KB193899

교과서
한국소설
핵심읽기

한 권으로 끝내기 02

중학생을 위한 논리사고력 길잡이

교과서

한국소설 핵심읽기

한국독서철학교육연구소
강민선, 고원재, 김민주,
선정완, 이영호, 이인환
지음

애플북스

 들어가는 글

한국 현대 문학에서 배우는
시간을 초월한 감동과 교훈

《교과서 한국소설 핵심읽기》는 오랜 집필 기획과 연구 과정 끝에 세상에 나오게 되었습니다. 최종 원고 검토를 하면서 다시 한번 작품들을 읽어 볼 기회를 가졌는데 역시 두고두고 읽어야 할 명작의 반열에 오른 작품들이 대부분이었습니다.

이곳에 수록된 소설들은 중학생 국어 교육 과정에 따라 선별한 작품들입니다. 또한 연구소에서 작품 선정 회의를 통해 교육과정에는 없더라도 우리 학생들이 반드시 읽어야 할 소설도 추가하였습니다.

이 책에서는 초등 고학년과 중학생 수준에 맞는 뛰어난 작품들이 탄생한 배경과 더불어 생각할 거리까지 꼼꼼하게 살펴 정리했습니다. 읽기 공부와 창의적 사고력을 키우는 것은 물론 문학을 통해 대한민국 근현대사 문제까지 꿰뚫을 수 있을 것입니다. 작품 한 편 한 편에 한국 근현대사는 물론 우리 삶을 전체적으로 조망해 볼 수 있도록 배려했기 때문입니다.

세상은 빠르게 변화합니다. 하지만 제아무리 세상이 빠르게 변화한다 해도 변화하지 않는 것이야말로 삶의 참된 가치라 할 수 있습니다.

신소설 이후 빠르게 발전해 온 한국 현대 문학은 시간을 초월해 감동과 교훈을 줍니다. 우리 삶의 정수라 할 수 있는 지혜를 담고 있으며 참된 삶을 가치를 보여 주고 있습니다. 우리의 삶을 돌아보면서 미래를 구상하고 안내하는 역할도 할 것입니다.

이 책은 현대문학사에서 중요한 한국소설 작품을 아직 읽지 못했거나 대략적인 줄거리만 알고 있는 이들에게 유용한 지식을 전해 주고자 합니다. 오랜 시간에 걸쳐 그 가치를 인정받는 작품을 더 명확하게, 그리고 더 즐겁게 이해할 수 있도록 말입니다. 작품 줄거리, 작가 소개, 작품 이해, 작품을 이해하기 위한 배경 지식, 통합 사고력 접근, 통합 사고력 문제, 한 번 더 생각하기 등으로 꾸며 반드시 알아야 할 교과 과정과도 자연스럽게 연계될 수 있도록 구성하였습니다. 관련 지식을 바탕으로 국어과, 사회과 등 실전 과정에도 대비할 수 있기를 바랍니다.

이 책은 한 번에 읽고 깨닫게 하는 실효성을 추구하고 있지만, 요약된 내용을 읽은 후 모든 작품을 정독해서 다시 읽기를 진심으로 바랍니다. 그래야만 학습 성취도를 더 높일 수 있을 뿐 아니라, 책 읽기를 통해 재미와 참된 가치를 깨달을 수 있을 것입니다. 감명 깊게 읽은 작품 하나가 인생을 바꾸어 줄 수도 있으니까요.

《교과서 한국소설 핵심읽기》를 통해 우리 사회와 역사 속에서 내가 지금 어느 위치에 있는지를 깨닫고,《교과서 세계소설 핵심읽기》를 통해서는 더 넓은 가슴으로 세상을 바라보는 안목을 키워 갔으면 좋겠다는 마음을 더해 봅니다.

이 책이 세상에 나올 수 있도록 도와주신 연구소 집필진과 애플북스 기획편집팀 여러분, 그리고 함께할 독자 여러분께도 이 지면을 빌어 감사의 말씀을 전합니다.

한국독서철학교육연구소장 이영호

차 례

제1부

성장기의 추억

제4부

현대 사회의 빛과 그림자

이 책의 구성

세상을 깨우치게 하는 어린 시절의 기
눈사람 속의 검은 항아리

줄거리 어느 날 세 든 사람과 처리해야 할 문제가 생긴
도 만날 겸 어린 시절부터 대학생 때까지 살았던 미아
"에 도착한 익숙한 풍경을 접한 나는 어린 시

★ **줄거리**

이야기의 전체적인 내용에 대해 소개했어요.
책을 다 읽지 않아도 무엇에 대한 이야기인지,
주인공이 어떤 결말을 맞는지 알 수 있어요.

싱긋눈웃음 숨겨 누는 것이었다. 나는 새
하려고 짐을 빠져나갔다.
그러고는 온종일 동네 여기저기를 배회하던   으로 돌아왔는데,
보다 더 큰 충격을
무도 나에게 관심이
것이다. 나는 커다
이며 다시 짐을 뛰
옛날 생각을 하며
자기 똥이 마려워
좀 홀거워 이

김소진
(충북도, 1963~1997)

김소진은 강원도 철원에서 태어나 서울대
학교 영문학과를 졸업하였습니다. 1991년
에 《경향신문》 신춘문예에 《쥐잡기》가 당
선된 후 작가가 되어 활발하게 활동했지만,
1997년 암으로 서른넷의 젊은 나이에 생
을 마칩니다. 김소진 작가의 특징은 시대
와 현실을 사실적으로 보여 주었다는 데 있
습니다. 특히 가난한 동네를 배경으로 힘
들게 살아가면서도 웃음을 잃지 않는 서민
'가 모습을 따뜻한 마음으로 담아냈으니

★ **작가 소개**

작품을 쓴 작가에 대해 알려 줘요. 작가의 성
격, 작품 세계, 성장 배경, 주요 작품 등을 알
수 있어요.

작품 이해 1997년/단편소설

충격과 깨달음을 담은 성장소설

성장소설이란 어린 주인공이 어른이 되어 가는 과정
겪은 경험을 통해 깨달음을 얻게 되는 소설을 말합니
어린 주인공은 삶의 경험을 통해 자신의 순수하
고 순진한 생각과는 다른, 세상의 민낯을 보게
되니다. 그 과정에서 주인공은 충격과 상처를

★ **작품 이해**

작품의 내용, 은유나 비유 등 표현 기법에 대한
설명이나 소설의 형태 등을 알려 줘요.

작품을 이해하기 위한 배경 지식

배경과 주제 알아보기

이 작품은 나의 과거 어린 시
절과 현재 어른이 된 시기인
1970년대와 1990년대라는 각
기 다른 두 가지 시간적 배경
으로 그려집니다. 작가가 이런
배경을 설정한 이유는 작품의

★ **작품을 이해하기 위한**
배경 지식

작품의 주요 등장인물에 대해 자세히 알아봅니
다. 또 작품의 시간적·공간적 배경과 더불어
작품이 쓰인 시대에 관해서도 짚어 봅니다.

★ 통합 사고력 접근

작품을 읽고 한층 더 깊이 생각해 보는 코너입니다. 작품과 관련된 주제의 글을 읽고 생각의 깊이를 더하고 시야의 범위를 넓혀 보세요.

★ 통합 사고력 문제

작품의 내용을 읽고 생각해 볼 수 있는 문제를 실었습니다. 스스로 답을 적어 보고 논리력과 사고력을 키워 보세요.

★ 한 번 더 생각하기

작품 내용에서 뻗어 나가 생각의 범위를 확장해 보는 문제입니다. 문제를 풀면서 역지사지해서 논지를 펼치거나, 편지를 쓰거나, 상상력을 펼칠 수 있어요.

제1부

성장기의 추억

1장

유년 시절의 추억과 아픔

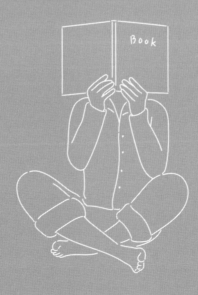

01 세상을 깨우치게 하는 어린 시절의 기억
눈사람 속의 검은 항아리

줄거리 어느 날 세 든 사람과 처리해야 할 문제가 생긴 나는 창이 형도 만날 겸 어린 시절부터 대학생 때까지 살았던 미아리를 찾는다. 옛 동네에 도착해 익숙한 풍경을 접한 나는 어린 시절 옛집에서 일어났던 '눈사람' 사건을 떠올린다.

사건 전날 밤 나는 나박김치 국물에 국수를 말아 먹고 잤던 탓에 새벽녘 오줌이 마려워 잠에서 깼었다. 그러고는 어두운 마당을 가로질러 변소에 가던 중 눈 덮인 마당에 묻혀 있던 김치 항아리를 깨트리고 말았던 것이다.

나는 재개발로 철거가 진행되어 폐허로 변한 옛 동네의 모습에 적잖이 충격을 받지만 옛 동네 사람들과 인사를 나누면서 여전히 따뜻한 인정을 느끼고는 그 충격을 갈무리한다. 그리고 잠시 뒤 창이 형을 만나 그의 집에 잠시 들르게 되는데, 거기서 노총각인 형과 함께 살고 있는 여자가 동네에서 행실이 단정치 못한 여자로 소문이 났던 사람임을 확인하고는 당황한다. 하지만 나는 곧 그녀를 따뜻하게 대하며 둘 사이를 축하해 준다.

창이 형과 헤어진 후 추위에 현기증을 느끼던 나는 어느 순간 어둠 속에서 '눈사람' 사건이 있었던 새벽을 다시 떠올린다. 그날 새벽 나는 전날 밤 깨트렸던 김칫독 주인이 하필이면 같은 집 옆방에 살고 있던 욕쟁이 할머니임을 알게 되고, 너무나 당황하고 두려운 나머지 해결책을 마련하기 위해 손오공 주문을 외웠다. 그러자 기발한 생각이 떠올랐는데, 그것은 마당에 쌓여 있던 눈으로 눈사람을 만들어 그 속에 깨진 김칫독을 숨겨 두는 것이었다. 나는 재빨리 일을 마치고는 꾸지람을 피하려고 집을 빠져나갔다.

그러고는 온종일 동네 여기저기를 배회하던 나는 저녁 무렵에야 집으로 돌아왔는데, 김칫독을 깨트렸을 때보다 더 큰 충격을 받았다. 야단은커녕 아무도 나에게 관심조차 가져 주지 않았던 것이다. 나는 커다란 충격에 눈물을 글썽이며 다시 집을 뛰쳐나갔다.

옛날 생각을 하며 일을 다 마친 나는 갑자기 똥이 마려워 적당한 곳을 찾던 중 반쯤 철거된 어느 집으로 들어가 마침 그곳에 있던 깨진 항아리에 변을 본다. 볼일을 본 뒤 김이 모락모락 나는 황금 똥을 바라보던 나는 갑자기 울고 싶은 심정이 된다. 옷을 추스르며 집에서 나온 나는 왠지 모를 상실감에 잠긴 채 옛 동네를 빠져나온다.

김소진
(金昭晉, 1963~1997)

김소진은 강원도 철원에서 태어나 서울대학교 영문학과를 졸업하였습니다. 1991년에 《경향신문》 신춘문예에 〈쥐잡기〉가 당선된 후 작가가 되어 활발하게 활동했지만, 1997년 암으로 서른넷의 젊은 나이에 생을 마칩니다. 김소진 작가의 특징은 시대와 현실을 사실적으로 보여 주었다는 데 있습니다. 특히 가난한 동네를 배경으로 힘들게 살아가면서도 웃음을 잃지 않는 서민들의 모습을 따뜻한 마음으로 담아냈습니다. 주요 작품으로는 《열린 사회와 그 적들》《장석조네 사람들》《자전거 도둑》《눈사람 속의 검은 항아리》 등이 있습니다.

© 문학동네

작품 이해_1997년/단편소설

충격과 깨달음을 담은 성장소설

성장소설이란 어린 주인공이 어른이 되어 가는 과정에서
겪은 경험을 통해 깨달음을 얻게 되는 소설을 말합니다.
어린 주인공은 삶의 경험을 통해 자신의 순수하
고 순진한 생각과는 다른, 세상의 민낯을 보게
됩니다. 그 과정에서 주인공은 충격과 상처를
받지만 이를 극복함으로써 보다 성숙한 인간으로
거듭납니다.

　이 작품의 중심 사건은 실수로 깨트린 김치 항아리를 눈사람으로 위장시
켜 놓고 하루 동안 가출한 일입니다. 어린 나는 어른들에게 꾸지람을 들을까
두려워 그랬던 것인데, 어른들은 정작 나의 그런 행동에 관심조차 갖지 않습
니다. 이 사건을 통해 나는 자신이 세상의 중심이 아니라는 것을 깨닫게 되
고, 그 깨달음은 자신이 세상의 주인공인 줄 알았던 나에게 엄청난 상처가 됩
니다.

　그러나 이 경험은 부정적인 것만은 아니었습니다. 이를 통해 미숙한 어린
아이로서 가졌던 자신의 존재에 대한 환상이 깨지는 대신 실제 모습 그대로
의 자신과 마주할 수 있게 되었기 때문입니다. 다시 말하면 그만큼 정신적으
로 성장한 어른이 되었다는 것입니다.

'검은 항아리'의 상징적 의미

이 작품의 주요 소재인 '검은 항아리'에는 중요한 의미가 담겨 있습니다. 나
가 당장 위기를 모면하려고 하얀 눈 속에 감춰 둔 검은 항아리는 금방 탄로

가 날 것이라는 점에서 나의 순진함을 상징적으로 보여 주는 소재라 할 수 있습니다. 동시에 깨끗하고 하얀 눈사람 속에 검은 물체가 들어 있다는 모순을 생각해 보면, '눈사람 속의 검은 항아리'에는 어린 내가 생각하는 세계의 모습과 실제 세계의 모습이 그처럼 다를 수 있다는 상징적 의미 또한 내포하고 있습니다.

✏️ 작품을 이해하기 위한 배경 지식

배경과 주제 알아보기

이 작품은 나의 과거 어린 시절과 현재 어른이 된 시기인 1970년대와 1990년대라는 각기 다른 두 가지 시간적 배경으로 그려집니다. 작가가 이런 배경을 설정한 이유는 작품의 주제를 효과적으로 드러내기 위해서입니다.

1970년 서울 마포 지역의 모습

이 작품의 주제는 두 가지로 생각해 볼 수 있습니다. 하나는 어린 시절의 '김치 항아리 사건'을 통해 알게 된 내가 세상의 중심이 아니라는 깨달음입니다. 과거 어린 시절인 1970년대는 바로 이러한 주제를 효과적으로 전달하고 있습니다. 이 작품의 또 다른 주제는 어른이 되어서 알게 된 잃어버린 것의 소중함이란 깨달음입니다.

작가가 어린 시절인 1970년대와 어른이 된 1990년대라는 두 가지 시간

1. 세상을 깨우치게 하는 어린 시절의 기억 〈눈사람 속의 검은 항아리〉

적 배경을 설정한 이유는 바로 이러한 주제를 효과적으로 보여 주기 위함입니다. 1970년대는 우리나라에서 산업화가 빠른 속도로 이루어진 시기입니다. 이 당시 우리나라에서는 아파트와 빌딩이 들어서는 등 재개발이 본격적으로 시작됩니다. 그 결과 1990년대의 도시는 1970년대 옛 모습을 거의 찾아볼 수 없게 됩니다. 어른이 된 1990년대의 내가 어린 시절에 살았던 동네를 보고 느끼는 것은 발전의 놀라움이나 기쁨이 아니라 어린 시절의 소중한 기억을 잃어버렸다는 상실감입니다. 즉 소중한 인간적 가치를 산업화에 빼앗겼다는 깨달음인 것입니다.

인물 알아보기

나는 이 작품에서 연령대가 다른 두 인물로 나옵니다. 성인이 된 현재의 내가 어린 시절의 경험을 이야기하는 동시에 지금 모습 또한 보여 줍니다.

나는 성인이 되었지만 여전히 순수함을 지닌 인물입니다. 어린 시절 살던 옛 동네가 재개발로 인해 폐허가 되어 버린 모습에 충격과 상실감을 느끼는 것은 그 순수함 때문입니다. 나는 낡은 옛날 집들이 헐리고 새 건물이 들어서는 옛 동네의 모습에서 발전의 기쁨을 느끼지 못합니다. 오히려 자신의 소중한 추억들이 사라지는 것을 마음 아파합니다.

이처럼 물질적인 발전보다 인간적인 가치를 더 소중히 여긴다는 점에서 나는 아직도 어린 시절의 순수성을 간직하고 있는 인물입니다. 옛 동네에서 만난 창이 형이 행실이 단정치 못하다고 소문이 났던 여자와 같이 살고 있는 것을 보고서도 반가워하며 축하해 주는 것도 그 때문입니다.

통합 사고력 접근

● **내가 세상의 중심이 되어야 할까요?**

이 작품은 주인공이 느끼는 두 가지의 좌절감을 보여 줍니다. 내가 세상의 중심이 아니라는 사실에서 느낀 좌절감과 어린 시절의 소중한 흔적들이 사라지게 만드는 변화를 통해 느끼는 좌절감이 그것입니다.

이 두 가지 좌절감 중 어린 시절에 느낀, 내가 세상의 중심이 아니라는 사실을 깨닫고 느낀 좌절감은 성장하면서 극복해야 할 감정입니다. 나는 세상의 중심이 아니라 세상에 필요한 하나의 구성원이라는 생각이 개인을 포함한 공동체 모두에게 더 바람직하기 때문입니다. 모든 사람이 제각각 자신이 세상의 중심이라 여기고 자기 마음대로 행동하려 한다면 이 사회는 갈등 때문에 제대로 작동하지 못할 것이고, 그렇게 되면 우리 모두 불행해질 수밖에 없을 것입니다.

● **개인의 행복을 위해 국가는 어떻게 해야 할까요?**

이 작품은 주인공이 느낀 좌절감 중 두 번째 좌절감은 첫 번째 좌절감과 달리 개인의 노력만으로 극복될 수 있는 것이 아닙니다. 이 점에서 〈눈사람 속의 검은 항아리〉는 개인의 행복과 국가와의 관계라는 시각에서 접근할 수 있습니다.

나는 어린 시절에 살던 옛 동네가 변해 버린 모습을 보면서 자신의 소중한 기억을 잃었다고 느낍니다. 이때의 기억은 단순히 추억이 아닙니다. 그것은 나를 나이게 만드는 기초입니다. 만약 한 인간이 자신의 과거에 대한 기억을 현재와 연결시킬 수 없다면 그의 본질(정체성)은 없어지고 말 것이기 때문입니다.

한편 나는 추억과 함께 사람들도 잃었음을 알게 됩니다. 어릴 적 살았던 옛

1. 세상을 깨우치게 하는 어린 시절의 기억 〈눈사람 속의 검은 항아리〉

동네가 재개발되고 고급 아파트가 들어서면서, 그곳에 살고 있던 나의 가난한 이웃들은 값싼 집을 찾아 그곳을 떠나야 하기 때문입니다. 내가 느끼는 좌절감은 바로 이러한 소중한 인간적 가치, 즉 추억과 이웃이 개발 때문에 사라졌다는 상실감에서 비롯된 것입니다.

국가가 시행하는 모든 정책은 국가와 국민을 위한 것입니다. 70~80년대 우리나라에서 시행된 산업화 정책도 국가의 발전과 국민의 행복을 위한 것이었습니다. 재개발 정책도 마찬가지였습니다. 그러나 이 작품은 '비록 국가와 국민을 위한 정책이라 할지라도 그것이 한 인간의 소중한 가치들을 뿌리째 사라지게 만드는 것이라면 진정 바람직한 일인가?'라는 물음을 우리에게 던져 주고 있습니다.

❶ 지금까지 지내오면서 자신과 세상에 대해 새로운 사실을 알려 준 가장 충격적인 경험은 무엇인지 말해 보세요.

....

....

....

❷ 10년 후, 지금 살고 있는 집이 없어지고 그 자리에 큰 공장이 들어서 있는 모습을 보게 된다면 어떤 느낌이 들지 말해 보세요.

....

....

....

❸ 우리 사회는 거의 모든 분야에서 세계 어느 곳보다 빠른 속도로 변화해 왔습니다. 이 작품의 주인공은 이런 빠른 변화에 곤혹스러워합니다. 이러한 변화가 바람직한지, 아니면 속도를 좀 줄여야 할 필요가 있는지에 대해 각자 자기 생각을 말해 보세요.

....

....

....

한 번 더 생각하기

1. 세상의 주인공이 되어야만 가치 있는 존재가 되는 것은 아닙니다. 그렇다면 나는 어떤 존재로서 나의 가치를 내세울 수 있는지 써 보세요.

....

....

....

2. 주인공처럼 실수하고 그 일을 감추려고 한 적이 한 번쯤은 있겠지요? 그 결과가 어땠는지 써 보세요.

....

....

....

3. '김치 항아리 사건'이 있었던 날의 일기를 주인공 '나'의 입장이 되서 써 보세요.

....

....

....

꿈꾸고 좌절하고, 다시 꿈꾸다
봄바람

0

🗨️**줄거리** 열세 살 나, 훈필이 사는 곳은 가난한 섬마을이다. 이 섬마을 아이들은 뭍으로 나가 성공해 돌아오는 것이 꿈이어서, 봄바람이 심하게 분 다음 날이면 초등학교를 마친 아이들이 뭍으로 가출을 하곤 한다.

어느 날 나는 교내 웅변대회에 참가한다. 좋아하는 은주에게 잘 보이고 싶어서였지만 나는 웅변대회에서 창피만 당한다. 그 후로도 나는 은주에게 말도 건네지 못한 채 속만 태운다. 그러나 얼마 뒤 내가 은주를 좋아하는 게 마을에 공개적으로 알려지게 된다. 반 아이들이 정신이 온전치 못한 은주의 고모를 은주와 함께 있는 자리에서 흉보는 것을 보고 내가 그 아이들을 야단친 것이 계기였는데, 이후 나는 마을에서 은주 신랑이라는 별명을 얻게 된다.

그 일이 있은 후 은주에 대한 그리움은 점점 더 깊어 가고, 나의 꿈은 급기야 은주와 결혼해 푸른 목장을 운영해 사는 것으로까지 발전한다. 그 꿈을 이루기 위해 나는 아버지가 내 농업고등학교 학비를 마련하기 위해 사 온 새끼 염소를 더 열심히 키운다.

한편 섬마을에 봄바람이 불 때면 섬으로 들어오는 꽃치라는 거지가 있는데, 그는 항상 망태기에 꽃을 꽂고 노래를 부르고 다니는 사람이다. 나는 늘 말이 없는 이 꽃치에게 신비감을 느낀다. 그런 꽃치가 어느 날부턴가 은주네 헛간에서 잠을 자기 시작하더니, 얼마 안 있어 마을에 은주 고모와 꽃치가 연애를 한다는 소문이 나돈다.

그렇게 시간이 흘러 2학기가 되고 서울에서 여학생 한 명이 전학을 온다. 나는 곧 서울에서 전학 온 여자아이와 은주 사이에서 갈등을 하게 된다. 그러던 어느 날 나는 서울에서 온 여자아이에게 꽃을 선물한다. 그러나 그 여자아이는 아무런 반응이 없고, 꽃을 선물한 사실을 알게 된 은주와 친구들은 나를 따돌리기 시작한다. 그러던 중 엎친 데 덮친 격으로 내 꿈을 이루어 줄 새끼 염소가 죽는다. 이후 모든 것을 잃었다는 상실감에 빠진 나는 목장 운영의 꿈을 접고 뭍으로 나가 성공하기로 결심한다.

나는 엄마의 돈을 훔쳐 뭍으로 간다. 하지만 하루가 채 지나기도 전에 돈을 잃어버리고 가출한 다음 날 섬으로 돌아온다. 이후 자신을 실패자로 여기는 한편, 또다시 떠날 날을 꿈꾸며 갑갑한 현실을 견딘다.

시간이 흘러 6학년 겨울 방학이 된다. 같은 반 아이들은 철없이 즐거워하지만

박상률
(朴祥律, 1958~)

박상률은 전라남도 진도에서 태어나 전남대학교 상과대학을 졸업하였습니다. 1990년 《한길문학》에 시 〈진도 아리랑〉을, 《동양문학》에 희곡 〈문〉을 발표하면서 작품 활동을 시작했으며 소설, 동화, 동시 등 여러 분야의 작품을 쓰고 있습니다. 박상률 작가는 규격화된 삶을 거부하고 자유를 지향하는 의지나 광주민주화운동의 상처를 그린 작품과 함께 가족의 소중함과 삶의 의미에 대한 성찰을 보여 주는 작품을 주로 썼습니다. 주요 작품으로는 시집 《진도 아리랑》《배고픈 웃음》, 소설 《봄바람》《나는 아름답다》《밥이 끓는 시간》, 동화 《바람으로 남은 엄마》《가치 학교》《미리 쓰는 방학 일기》 등이 있습니다.

나는 그런 아이들의 모습을 보며 자신이 그 아이들과 달리 좀 더 어른이 되었음을 느낀다. 그리고 얼마 뒤, 다시 봄바람이 불어오자 은주 고모의 배가 불러 오고 나는 마을에서 사라진 꽃치를 그리워한다.

작품 이해 _1997년/장편소설

내적 충격과 극복에의 의지를 담은 성장소설

이 작품은 열세 살 소년의 경험을 담은 성장소설입니다. 일반적인 성장소설이 외부 세계로 인한 충격과 그것을 극복해 나가는 주인공의 성장 과정을 담고 있는 데 비해, 이 작품은 내적 요인에 의해 발생하는 충격과 그것을 극복해 나가는 과정에 초점이 맞춰져 있는 게 특징입니다. 즉 이 작품은 소년의 내면에서 비롯된 사랑이나 자유에 대한 갈망이 문제의 근본적인 원인이자 극복을 위한 성장 원인으로 작용하고 있습니다.

꿈꾸기와 좌절의 의미

섬마을 소년인 나는 6학년 무렵 같은 반 친구인 은주에게 사랑의 감정을 느끼기 시작합니다. 그러나 은주에게 적극적으로 다가가지도 못하고 은주의 소극적인 감정 표현을 이해하지도 못합니다. 이런 상황에서 활달하고 상냥한 여자아이가 전학을 옴으로써 나의 감정은 그쪽으로 기울게 됩니다. 나는 이 두 사람 사이에서 방황하다 두 사랑 다 놓치고 맙니다. 사랑을 꿈꾸던 미숙한 어린 소년에게 이것은 첫 번째 좌절입니다.

사랑 이야기와 함께 이 작품을 채우고 있는 또 하나의 이야기는 나의 꿈입니다. 내가 꿈꾸는 삶은 더 넓은 세계에서 자유롭게 사는 것입니다. 이러한 꿈은 꽃치를 통해 점점 더 커집니다. 꽃치에 대한 나의 태도가 두려움에서 호기심 그리고 동경으로 바뀌는 동안 섬을 떠나고 싶은 나의 꿈은 점점 더 커집니다. 이 꿈은 두 소녀에 대한 사랑이 좌절되는 순간, 즉시 행동으로 옮겨집니다. 그러나 준비 없이 실행된 충동적 떠남은 현실 속에서 금방 실패로 끝나고 나는 두 번째 좌절을 맞게 됩니다.

이처럼 주인공인 나의 사랑과 넓은 세상으로 나가고자 하는 꿈 모두 좌절되고 맙니다. 그러나 그 좌절은 결코 무의미한 것이 아닙니다. 열세 살 소년의 사랑과 자유에 대한 동경은 너무나 자연스러운 인간의 본성일 뿐만 아니라 그에 대한 좌절은 자신의 삶을 되돌아볼 수 있게 해 주는 기회이자 정신적 성장을 이룰 수 있게 해 주는 자양분이기 때문입니다. 즉 나의 꿈꾸기와 좌절했던 경험은 또 다른 꿈을 꿀 수 있게 해 주는 동력인 것입니다.

✎ 작품을 이해하기 위한 핵심 정리

배경과 주제 알아보기

이 작품은 산업화가 한창이던 1970년대를 시간적 배경으로 하고 있습니다.

산업화의 단면을 보여주는 도시의 풍경

봄이면 섬마을 젊은이들이 뭍으로 몰려간다는 설정은 바로 이러한 배경과 긴밀한 관련이 있습니다. 산업화는 도시를 형성하고, 그렇게 형성된 도시의 화려함과 풍요로움은 젊은이들에게는 떨치기 힘든 유혹의 대상이 되기 때문입니다.

한편 이 작품의 공간적 배경은 남쪽의 어느 작은 섬마을입니다. 섬이라는 좁고 단절된 공간을 배경으로 설정함으로써 이 작품은 넓은 세상을 찾아떠나려는 소년의 꿈을 극대화시켜 보여 주는 효과를 거두고 있습니다.

이 작품의 주제는 한마디로 꿈꾸기입니다. 사람은 늘 꿈을 꾸며, 그 꿈을 이루기 위해 더 넓은 세상으로 나아가려는 본성이 있다는 것을 이 작품은 전

2. 꿈꾸고 좌절하고, 다시 꿈꾸다 《봄바람》

하고 있습니다. 열세 살 소년인 나의 꿈이 좌절되는 것도 이 본성을 강조해서 보여 주기 위한 것입니다. 아직 어려서 꿈을 이루진 못하지만, 나는 늘 꿈을 꾸고 살 것이며, 꿈을 이루기 위해 끊임없이 새로운 시도를 할 것임을 암시하며 작품은 끝을 맺고 있습니다.

인물 알아보기

주인공인 나 훈필은 일찍 사랑에 눈을 떠 결혼과 그 이후의 삶까지 생각하는 조숙한 6학년 소년입니다. 내성적인 성격이지만 가난하고 좁은 섬마을에서 벗어난 더 큰 세계에서의 자유로운 삶을 꿈꾸는 인물이기도 합니다.

꽃치는 섬마을과 뭍을 떠도는 동냥아치로 항상 꽃을 꽂은 채 노래를 부르고 다니는 신비스러운 인물입니다. 미적 감수성이 풍부하고, 자유로운 영혼을 지녔으며, 비록 동냥을 해서 살지만 남을 배려할 줄 아는 미덕을 지녔습니다. 한편 그는 은주 고모의 연애 상대며 애를 배게 한 남자로 소문이 난 인물이기도 합니다.

은주는 신랑에게 맞아 정신이 온전치 못한 고모를 돌보는 착한 심성을 가진 6학년 소녀로 내가 사랑하는 여학생입니다. 나에게 호감이 있으나 내성적인 성격 때문에 표현을 잘 못 하고 결국 나에게 사랑의 고통과 좌절을 안겨 주는 인물입니다.

서울에서 온 여자아이는 내가 사랑을 느끼는 또 한 명의 인물입니다. 나는 그 여자아이와 은주 사이에서 고민하게 됩니다. 부모의 개인적인 사정으로 서울에서 전학 온 그 아이는 하얀 얼굴과 상냥한 태도, 서울 말씨 등으로 나의 마음을 빼앗습니다.

● 나는 왜 뭍으로 나가려고 하는 걸까요?

우리나라 남해 지역 섬마을 풍경

섬마을에 봄바람이 불면 뭍으로 나가려는 젊은이들로 섬은 요동칩니다. 이런 현상은 당시 진행되고 있던 산업화라는 시대적 배경과 관련해 설명할 수 있습니다. 산업화로 인해 많은 일자리가 생겼고 물질적 풍요로움은 젊은이들을 도시로 불러 모았습니다. 그러나 내가 섬을 나가고 싶어 하는 이유는 도시로 나가 돈을 많이 벌어 물질적으로 풍요롭게 살려는 데 있지만은 않습니다.

내가 뭍으로 나가려는 것은 자유를 찾아 더 넓은 세상으로 나가기 위한 것입니다. 이것은 나의 본성이자 그 또래 소년들의 본성이기도 합니다. 이 작품에서 봄바람이 불면 젊은이들이 뭍으로 향한다고 표현된 것은 바로 이 때문입니다. 봄바람이 자연의 본성에 속하는 자연스러운 현상이듯, 젊은이들이 더 넓은 세상인 뭍으로 나가려 하는 것도 젊음의 본성에 속하는 자연스러운 행동이니까요.

그러나 본성에 따르는 자연스러운 행위가 현실에서는 위험한 것일 수도 있습니다. 은주의 언니가 도시로 나가 죽은 것과 내가 뭍으로 나가 이틀을 넘기지 못하고 돌아온 것도 그 때문입니다. 하지만 나는 다음 봄바람이 불 때면 또 떠날 것입니다. 어쩌면 또 실패해 다시 돌아올지 모르지만 그것은 나의 본성이자 젊음의 본성이기 때문입니다.

꽃치는 왜 섬으로 들어올까요?

봄바람이 불면 뭍으로 떠나는 젊은이들과 반대로 꽃치는 봄바람이 불면 섬으로 들어옵니다. 항상 노래를 부르며 자유롭게 떠돌아다니는 꽃치는 비록 동냥을 하며 살아가지만 범상치 않은 인물처럼 보입니다. 무엇보다 그는 좁은 섬마을에서도 자유로워 보입니다. 섬에 사는 젊은이들과는 달리 봄마다 섬으로 들어오는 꽃치는 어쩌면 미래의 나의 모습을 암시하는 것일지도 모릅니다.

1 주인공이 은주와의 사랑에 성공하지 못한 이유는 무엇이라고 생각하나요? 자기 관점에서 분석해 보세요.

....

....

....

2 대부분의 젊은이는 봄이 되면 섬을 떠나려 하는데 꽃치는 오히려 섬으로 들어옵니다. 삶의 거처에 대한 생각은 각자 다를 수 있습니다. 이 작품과 관련하여 섬에 살면 좋은 점을 자신의 입장에서 서술해 보세요.

....

....

....

3 주인공의 꿈은 목장을 운영하는 것과 바다를 누비는 배의 선원이 되는 것입니다. 이 꿈들을 통해 주인공은 어떤 사람인지 설명해 보세요.

....

....

....

한 번 더 생각하기

1. 제목 '봄바람'이 의미하는 것은 무엇인가요?

2. 주인공은 봄이 되면 뭍으로 나가고 싶어 합니다. 그의 성향으로 보아 도시와 섬, 어디에서 사는 것이 더 행복할지 자신의 생각을 말해 보세요.

3. 꽃치는 섬마을 청년들과는 반대로 봄바람이 불면 섬으로 들어옵니다. 이와 같은 인물을 설정함으로써 작가는 섬에 대한 어떤 상징성을 전하고 있다고 볼 수 있습니다. 꽃치가 항상 꽃을 꽂고 다녀서 생긴 별명이라는 점과 그가 항상 노래를 부르고 다닌다는 점을 근거로 작가가 상징하고자 한 것을 말해 보세요.

모든 것을 앗아간 가난
멀리 간 동무

줄거리 이웃에 사는 응칠이는 내가 가장 좋아하는 친구다. 그는 나와 5학년 동갑내기로 같은 반인데, 공부도 잘하고 용기 있을 뿐만 아니라 인간성도 좋아 아이들과도 잘 어울린다. 하지만 그의 집은 가난하다. 게다가 응칠이뿐만 아니라 열 살 난 여동생과 일곱 살, 세 살 난 남동생들까지 있어 식구도 많다. 고기 장사를 하는 응칠이 아버지는 며칠에 한 번 열리는 장날에 고기를 내다 팔아 가족을 부양했지만, 일 년 전부터는 돈벌이를 하지 못해 어머니가 남의 집 허드렛일을 해 생계를 꾸린다. 응칠이 어머니는 생활력이 강해 일손이 달리는 농사철에는 이것저것 가리지 않고 남의 논밭 일까지 닥치는 대로 한다.

응칠이는 학교 등록금을 내지 않았다는 이유로 수업 시간에 자주 벌을 서고, 학용품과 수업 준비물을 가지고 오지 않아 야단도 자주 맞는다. 그러던 어느 날, 선생님은 응칠이가 등록금을 다른 데 써 버려서 내지 못하는 것이라며 야단을 친다. 나는 학교와 아버지 사이에서 이러지도 저러지도 못하는 응칠이의 처지가 가엽고 마음 아픈 나머지, 응칠이네 집에는 정말 돈이 없으며 응칠이가 돈을 달라고 하면 그의 아버지는 학교에 가지 말라고 한다고 선생님께 얘기한다.

얼마 뒤, 형이 사다 준 잡지와 그림책을 웅칠이에게 보여 주려고 집을 나서다 집 앞에 서 있는 웅칠이를 만난다. 기운이 없어 보이는 그를 보며 나는 웅칠이가 밥을 못 먹어 그런 줄 알고 집으로 들어가자고 한다. 그러나 웅칠이는 그것을 거절하고는 대신 나에게 이별 소식을 전한다. 아버지가 만주로 돈을 벌러 가게 돼 오늘 저녁 아버지를 따라 이사를 간다는 것이었다. 나는 만주에는 도적이 많아 위험하니 가지 말라고 말리지만, 웅칠이는 힘없는 모습으로 자기 맘대로 할 수 있는 일이 아니라고 말한다.

웅칠이와 헤어진 나는 집으로 들어와 어머니에게 웅칠이 아버지에게 돈벌이할 것을 줘 만주에 가지 않게 해 달라고 떼를 쓰지만 꾸지람만 듣는다. 그날 저녁, 짐을 지고 떠나는 웅칠이네 가족을 배웅하는 나에게 웅칠이는 짐 궤짝에 책도 가져가니 만주 가서도 틈만 나면 열심히 공부할 것이라고 말한다. 나는 그런 웅칠이의 말에 가슴이 터질 듯한 아픔을 느끼며 소리 내 울고 만다. 나는 웅칠이를 따라가려고 발버둥 치지만 웅칠이네 옆방에 사는 순덕이 어머니가 붙잡고 놓아 주지 않는다. 그 사이 웅칠이는 한 걸음씩 멀어져 간다.

백신애
(白信愛, 1908~1939)

백신애는 경북 영천에서 태어나 대구도립사범대학교를 졸업하였습니다. 졸업과 동시에 영천공립보통학교 교사가 되었으나 여성운동 활동이 문제가 되어 곧 사직하게 됩니다. 이후 여성운동과 함께 작품 활동에 전념, 1929년 《조선일보》 신춘문예에 단편소설 〈꺼래이〉로 당선되며 여성 최초 신춘문예 당선자로 문단에 나왔습니다. 백신애 작가는 여성으로서의 정체성 문제와 일제강점기 조선 민중의 가난하고 힘든 삶을 주로 다루었습니다. 1939년 췌장암으로 사망하기까지 20여 편의 소설 및 수필을 남겼으며, 작품으로는 〈꺼래이〉 〈적빈〉 〈나의 어머니〉 〈오빠〉 등이 있습니다.

가난으로 인한 상처와 극복

이 작품은 열두 살짜리 소년이 가난으로 인해 겪는 마음의 상처를 다룬 성장 소설입니다. 나는 가난 앞에서 가정의 행복도, 인격도, 친구와의 우정도 모두 무너지는 광경을 목격하게 됩니다. 어린 주인공에게 이 모든 상황은 상처로 다가오는데, 특히 친구와의 갑작스러운 이별은 너무나 큰 충격이 됩니다.

응칠이가 떠난 이후 그 상처를 극복하는 것은 온전히 나의 몫입니다. 나는 세상의 척박한 현실을 이해하고 그 현실을 극복해 나갈 때 지금보다 더 성숙하고 강한 사람으로 성장할 것입니다. 그것은 아버지를 따라 만주로 떠난 응칠이도 마찬가지일 것입니다.

응칠이의 짐 궤짝 속에 들어 있는 희망의 메시지

이 작품은 가난이 주는 상처가 얼마나 큰지 이야기하고 있습니다. 그러나 가난 앞에서 속수무책으로 무너질 수밖에 없다는 무기력한 체념으로 끝나지만은 않습니다. 작품의 마지막 장면에서 가난이라는 현실을 극복하고자 하는 의지를 제시하고 있기 때문입니다. 그 의지의 상징이 바로 만주로 떠나는 응칠이의 짐 궤짝 속에 들어 있는 책입니다. 응칠이는 절박한 상황 속에서도 책을 챙겨 갑니다. 그리고 이 책에 바로 작가가 전하고자 하는 메시지, 즉 지금의 가난을 극복할 수 있는 길은 배움뿐이라는 메시지가 담겨 있는 것입니다. 착하고 용기 있으며 공부도 잘하는 응칠이의 성품과 재능으로 볼 때, 그는 어려움을 극복하고 우리 앞에 당당하게 다시 나타날 것입니다.

일제강점기 만주 지역(진회색)

3. 모든 것을 앗아간 가난 〈멀리 간 동무〉

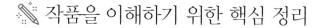

✎ 작품을 이해하기 위한 핵심 정리

배경과 주제 알아보기

이 작품의 시간적 배경은 이 작품이 발표된 시기인 1930년대 일제강점기입니다. 당시, 즉 1920~1930년대는 이 작품처럼 가난을 주제로 한 작품이 많이 쓰였던 시기입니다. 이는 그 당시 조선의 가장 심각한 문제가 가난이었다는 점을 알려 줍니다. 다만 이 시기에 발표된 가난을 다룬 많은 작품은 추상적인 표현과 폭력적인 내용, 그리고 가난의 해결 방안 제시 실패 등을 한계로 갖고 있습니다. 그러나 〈멀리 간 동무〉는 열두 살 소년이 경험한 일상적 생활 속에서의 가난을 포착하여 가난을 구체적이고 설득력 있게 보여 주었습니다. 두 소년의 우정을 통해 가난이라는 현실에 인간적으로 접근하고 있다는 점, 그리고 응칠이를 통해 가난에 절망하지 않고 그것을 극복하려는 의지를 표현했다는 점 등에서 높은 평가를 받고 있습니다.

인물 알아보기

나는 5학년 열두 살 소년으로 가난한 친구 응칠이의 처지를 안타까워하며 그를 도와주고 싶어 하는 착하고 인정 많은 아이입니다. 또한 친구의 억울한 사정을 선생님 앞에서 당당하게 이야기하는 정의감 강한 인물입니다.

응칠이는 내가 가장 좋아하는 같은 반 친구로 학교 등록금을 내지 못해 담임선생님에게 인격적 모욕을 당하면서도 집에 가서는 전혀 내색하지 않을 만큼 생각이 깊은 아이입니다. 어려운 환경 속에서도 미래를 개척하려는 의지를 보여줌으로써 이 작품의 주제를 잘 전달해 주는 인물이기도 합니다.

담임선생님은 자신이 가르치는 학생의 가난과 아픔을 이해하지 못하는 인물로 폭력적인 현실과 비정함을 상징하는 존재라 할 수 있습니다.

● 응칠이네 집이 가난한 이유

　이 작품은 가난이라는 문제를 중심으로 냉혹한 현실과 어린 소년이 받은 충격과 아픔을 그리고 있습니다. 그러나 작품에 대한 이해가 여기서 그친다면 그 속에 감춰진 중요한 핵심을 놓칠 수 있습니다. 우리는 한 걸음 더 나아가 다음과 같은 질문을 해야 합니다. '가난의 원인은 어디에서 온 것일까?'

　소설 속 이야기만 보자면 응칠이네 아버지가 돈벌이를 하지 못하게 되었다는 사실만 드러나 있으므로, 응칠이네의 가난은 그의 아버지의 실직에서 비롯된 것이라 할 수 있습니다. 만약 그 당시 다른 사람들은 다 잘살고 있는데 응칠이네 집만 가난했다면 그렇게 말할 수 있을 것입니다. 그러나 이 작품의 배경인 1930년대에 가난은 한 개인의 문제가 아닌 조선 민중 절대다수의 생존을 위협하는 가장 절박한 문제였습니다. 무엇보다 가난의 근본 원인이 응칠이의 아버지를 포함한 조선인 개개인의 무능함에 있었던 것이 아니라 일제의 잔혹한 수탈 정책에 있었기 때문입니다.

● 일본의 수탈 정책에 대한 간접적 고발

일제강점기 서울 아이들의 모습

　1930년대 일본은 조선인에 대한 잔혹한 수탈 정책을 시행합니다. 당시 중국 침략을 준비하던 일본이 전쟁 준비를 위해 조선인들을 희생시켰던 것입니다. 당시 조선인이 소유하고 있던 토지 대부분은 이미 일본인에게 넘어간 상태였습니다. 따라서 조선인은 소작인이 될 수밖에 없었고, 얻을 수 있는 식량도 얼마 되지 않았습니다. 그런데도 조선인은 수탈 정책으로 인해 얼마 안 되는 식량마저 대부분 일본군에게 빼앗겨 버렸습니다. 한편 조선의 경제력을 장악한 일본은 조선인들에게는 육체노동 외에는 변변한 일자리를 주지 않았는데, 그마저도 자리가 절대적으로 부족했습니다.

그래서 더는 조선 땅에서 먹고살 길이 없었던 조선인들이 가까이는 만주나 다른 중국 지역으로, 멀리는 러시아까지 이주해야 했습니다. 이와 같은 상황을 종합해 볼 때 응칠이네 집의 가난이 가장인 아버지의 개인적 무능 때문이 아니라는 사실을 알 수 있습니다. 이 작품에서 응칠이네 가족이 만주로 떠나는 장면은 이런 참혹한 현실을 보여 주는 것입니다.

작가는 당시 일본의 검열 때문에 드러내 놓고 말하지는 못하고 어려운 응칠이네 가족의 삶을 사실적으로 보여줌으로써 조선인들이 겪고 있는 가난의 참상과 그 가난의 근본 원인인 일본의 수탈 정책을 간접적으로 고발했던 것입니다.

1 응칠이가 아버지에게 등록금을 달라고 하면 아버지는 응칠이에게 학교에 가지 말라고 합니다. 이 이야기를 근거로 응칠이가 담임선생님에게 등록금 때문에 야단을 맞으면서도 어려운 집안 형편에 대해 얘기하지 않은 이유를 추리해 보세요.

....

....

....

2 응칠이가 생각이 깊다고 생각하나요, 아니면 답답하다고 생각하나요? 각각 그 이유를 말해 보세요.

....

....

....

3 이 작품은 성장소설입니다. 성장소설은 주로 한 인물이 성장하는 과정에서 겪는 충격적인 경험을 다룹니다. 주인공 처지에서 가장 충격적인 경험은 무엇이라고 생각하나요?

....

....

....

한 번 더 생각하기

1. 성실하고 재능도 있는 학생이 가난 때문에 공부할 기회를 놓쳐 좌절하고 있다면 이는 개인과 사회 중 어느 쪽 책임이 더 클까요? 이에 대한 자신의 의견을 써 보세요.

....
....
....

2. 이 작품에 나타난 응칠이에 대한 담임선생님의 행동 방식과 말하기의 문제점을 예를 들어 논리적으로 비판해 보세요.

....
....
....

3. 나는 응칠이가 담임선생님에게 등록금을 내지 못해 야단맞고 있을 때 응칠이 대신 그의 집안 형편을 사실대로 말합니다. 이러한 나의 행위를 긍정적인 면과 부정적인 면으로 나누어 설명해 보세요.

....
....
....

2장

아프면서 크는 나무

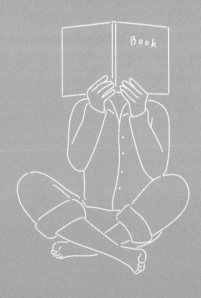

일가

사랑의 진정한 의미에 대한 깨달음

0

🙎 **줄거리** 오늘은 봄방학을 하는 날, 나는 특히 기분이 좋다. 미옥에 대한 나의 관심을 어떻게 전할까 고민하다 지난주에 아버지의 조언대로 편지를 써 보냈는데 오늘 답장이 온 것이다. 나는 아직 열여섯 살이지만 미옥이와 결혼하고 싶다.

편지가 빨리 보고 싶어 자전거 페달을 힘차게 밟아 집 앞에 이르렀는데 어떤 아저씨가 나를 부른다. 낯선 아저씨의 북한 말투에 나는 간첩을 떠올리며 겁을 집어먹고 집 안으로 뛰어 들어갔지만 그 아저씨가 따라 들어온다. 아버지는 그 아저씨가 중국에서 한국으로 일자리를 찾아온 아버지의 사촌 형이자 나에게는 당숙 되는 분이라고 소개한다.

당숙 되는 그 아저씨가 우리 집에 며칠 동안 머물게 되자 엄마와 나는 불편함을 느낀다. 게다가 미옥의 편지가 엄마에게 발각되고, 엄마는 공부에 지장을 준다며 편지를 압수한다. 나는 이 사실을 아버지에게 일러바친다. 그러자 아버지는 나에게 축하의 말을 해 준 뒤 엄마에게 그런 행동은 감춰라고 몰아붙인다. 엄마는 그 말에 상처를 받지만, 나는 이제 나도 내 생활과 인격을 존중받아야 할 나이라고 생각하며 엄마를 원망

한다. 엄마는 나에게 편지를 되돌려 주고는 외출한다. 집을 나서는 엄마의 뒷모습을 보며 나는 이상하게 마음이 아프다.

이튿날이 돼도 엄마가 돌아오지 않자 아저씨는 자기 때문이라며 아버지에게 미안해한다. 그러나 아버지는 도리어 아저씨에게 죄송하다고 말한다. 그러나 나는 엄마나 아저씨가 조금도 걱정되지 않았다. 왜냐하면 이미 시효가 지나버린 편지를 보았기 때문이다. 미옥의 편지에는 편지를 보낸 바로 그날 약속 장소로 나오면 내 마음을 받아 주겠다고 쓰여 있었던 것이다. 나는 모든 것이 끝났다는 생각에 울음을 터트린다. 며칠 후 새벽, 아저씨가 갑자기 떠나고 엄마가 집으로 돌아온다.

일 년 뒤 나는 고등학생이 된다. 지난 중학교 시절을 되돌아보던 나는 미옥이 생각을 해도 이상하게 눈물이 나지 않는다는 걸 깨닫는다. 대신 지금은 중국에 계시는 아저씨를 생각하며 가끔 눈물을 흘린다. 그때마다 나는 다른 사람의 외로움 때문에 울 수 있으면 비로소 다 자란 것이라는 국어 선생님의 말씀을 떠올린다. 그리고 이제 나는 더는 어린애가 아니라는 생각을 한다.

공선옥
(孔善玉, 1963~)

공선옥은 전남 곡성에서 태어나 전남대학교 국어국문학과를 중퇴했습니다. 1991년 《창작과 비평》에 〈씨앗불〉을 발표하면서 등단한 후 제13회 신동엽문학상, 제28회 요산문학상을 수상했습니다. 공선옥 작가는 우리 사회의 소외되고 어려운 이웃들의 삶에 대한 관심과 연민, 그리고 여성의 강한 생활력과 생명력을 생동감 있게 다루었습니다. 대표작으로 작품집 《피어라 수선화》와 장편소설 《시절들》《수수밭으로 오세요》, 〈일가〉가 수록된 청소년 소설집 《나는 죽지 않겠다》 등이 있습니다.

© 마동욱

4. 사랑의 진정한 의미에 대한 깨달음 〈일가〉

작품 이해 _2007년/단편소설

진정한 의미의 사랑이란?

이 작품은 한 소년이 사랑의 아픔을 통해 사랑의 진정한 의미를 깨달아 가는 성장소설입니다. 사랑을 다룬 대개의 소설과 달리 이 작품은 사랑의 의미를 남녀 관계에만 제한하지 않고 폭넓은 인간관계 속에서 찾고 있습니다.

작가는 우리에게 두 종류의 사랑을 나란히 배치해 보여 줍니다. 하나는 이성에 대한 사랑입니다. 미옥의 사랑을 얻는 데 실패한 나는 눈물을 흘리는데, 나는 그 눈물의 의미가 사랑의 슬픔 때문이 아니라 자신의 마음을 몰라주는 미옥에 대한 원망 때문이었다는 것을 나중에 알게 됩니다. 즉 미옥에 대한 사랑은 자기 자신을 향한 사랑이었던 것입니다.

타인을 위한 사랑, 진정한 의미의 사랑

한편 이 작품은 당숙 아저씨를 통해 자신만을 위한 사랑과는 다른 사랑도 보여 줍니다. 아버지는 나에게 중국에서 온 낯선 아저씨를 친척이라 소개하고는 혈육처럼 따뜻하게 대합니다. 하지만 작품 말미에 그는 사실 아버지와는 아무런 혈연관계도 없는 사이임이 밝혀집니다. 그는 단지 돈을 벌러 한국에 온 가난한 조선족 노동자였던 것입니다. 바로 이 사실이 나의 이기적 사랑과 대비를 이루면서 이 작품의 주제를 선명하게 부각시킵니다.

아버지가 그를 따뜻하게 대접했던 것은 그 아저씨가 비록 중국에 사는 조선족이지만 같은 민족이라는 더 넓은 의미의 혈연관계로 생각했기 때문입니다. 아버지의 그런 깊은 뜻을 뒤늦게 깨달은 나는 이제 아저씨를 생각하며 눈물을 흘립니다. 진정한 사랑은 다른 사람의 외로움으로 인해 내 마음이 아플 수 있는 것이라는 성숙한 깨달음과 함께 말입니다.

✎ 작품을 이해하기 위한 핵심 정리

배경과 주제 알아보기

우리나라 농촌 가옥의 모습

이 작품은 2000년 전후 어느 농촌 마을을 배경으로 한 성장소설입니다. 배경이 되는 2000년 전후는 중국과 수교가 이루어진 지 얼마 안 된 시점이며, 중국과 교류가 이루어짐에 따라 중국에 살던 조선족 동포들이 일자리를 찾아 우리나라에 들어온 시기기도 합니다.

이 작품의 주제는 두 가지로 생각할 수 있습니다. 먼저 넓은 의미의 주제는 일제강점기라는 역사적인 상처 때문에 조국을 떠나 해외에 흩어져 살게 된 우리 동포에 대한 관심과 사랑에 대한 촉구입니다. 다른 나라에서 살면서 이들이 겪은 고통을 국가적 차원에서 품어 주어야 한다는 것이 바로 그것입니다.

다음으로 좁은 의미의 주제는 핵가족화된 현대 사회에서 자기 가족만을 일가로 생각하는 가족 이기주의에 대한 비판입니다. 이러한 점은 나의 어머니가 아저씨를 꺼리는 태도를 통해 잘 드러납니다. 사실 아저씨는 혈연관계에 있는 일가는 아닙니다. 그러나 작가는 '일가'라는 제목을 붙임으로써 반어적으로 핵가족 사회로 인해 생긴 이기심을 비판한 것입니다.

4. 사랑의 진정한 의미에 대한 깨달음 〈일가〉

인물 알아보기

나는 열여섯 살 중학교 3학년 소년입니다. 우연한 사건으로 좋아하던 소녀 미옥과의 사랑이 좌절되는 아픔을 겪지만, 제3의 인물인 조선족 아저씨를 통해 성숙한 의미의 사랑을 깨닫는 인물입니다.

아버지는 다정하고 이해심 많고 높은 인격을 갖춘 사람입니다. 미옥에 대한 나의 사랑에 조언을 해 줄 뿐만 아니라 중국 조선족 아저씨를 친척처럼 대하는 동포애를 지닌 인물이기도 합니다.

아저씨는 중국에서 일자리를 찾아 한국으로 건너온 조선족 노동자로 인정 많고 호탕한 성격의 인물입니다. 작품 말미에서 주인공과 친척이 아님이 밝혀지면서 주인공으로 하여금 사랑의 진정한 의미를 깨닫게 하는 역할을 함은 물론 재외 동포를 대표하는 상징적 의미도 지니고 있습니다.

통합 사고력 접근

● '일가'는 누구를 가리키는 말일까요?

원래 일가는 한집에 사는 가족이나 혈연관계가 있는 사람을 뜻하는 말입니다. 더 넓은 뜻을 살펴봐도 성이나 본이 같은 사람, 곧 한 핏줄을 이어받은 사람입니다. 촌수가 멀더라도 어쨌든 핏줄이 같아야 한다는 말지요. 이 작품에서도 처음에 '일가'는 좁게는 사촌이나 오촌 같은 친척의 의미로 사용되고 있습니다. 나의 아버지는 중국에서 온 아저씨를 오촌 아저씨를 뜻하는 당숙이라고 소개합니다.

● 작가가 말하고자 하는 진정한 '일가'는 무엇일까요?

아저씨는 중국 랴오닝성 다롄에서 왔으며 일제강점기에 중국으로 이주한 우리 동포의 자손입니다. 즉 중국에 사는 조선족인 것입니다. 이 아저씨와 나의 아버지는 사실 사촌 관계가 아닙니다. 따라서 아저씨를 당숙으로 소개하는 한편 정말 피를 나눈 형제처럼 대하는 아버지의 행동은 다른 나라에서 소수민족으로 살아온 그들의 힘겨웠던 삶을 생각하여 조금이라도 도움을 주려는 동포애인 것입니다.

이 작품에서 '일가'는 혈연관계가 있는 친척뿐만 아니라 넓은 의미에서 우리 민족 전체를 가리키는 것이라 볼 수 있습니다. 작가는 일제강점기에 먹고살기 위해 다른 나라에 가서 살게 된 우리 민족에 대한 관심과 동포애를 환기하고자 했던 것입니다. 중국이나 러시아에서 살고 있는 우리 동포들은 대부분 일제강점기에 일본의 탄압을 피해 우리나라를 떠난 사람들입니다. 그러나 현재 같은 동포로서 마땅히 해야 할 도리를 다하지 못하고 있는 게 우리의 현실입니다.

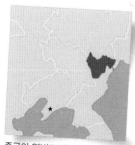

중국의 연변조선족자치구와 다롄(별표)

4. 사랑의 진정한 의미에 대한 깨달음 〈일가〉

1 이 작품의 배경이 되는 2000년에는 SNS 사용이 지금처럼 활발하지 않았으므로 종이 편지가 그것을 대신했습니다. 좋아하는 이성에게 종이 편지로 마음을 전하는 게 SNS와 어떤 차이가 있는지 설명해 보세요. 또 종이 편지를 쓴 경험이 있다면 어떤 차이를 느꼈는지 써 보세요.

2 만약 엄마가 자신의 연애편지를 감추고는 돌려주지 않는다면 어떻게 엄마를 설득해 편지를 돌려받을지, 그리고 앞으로 내 자식에게는 어떻게 할지에 대해 여러분의 생각을 써 보세요.

3 나는 다른 사람의 외로움이 내게로 전해지는 느낌을 받으며 어린아이에서 어른으로 성장했다고 생각합니다. 이와 비슷했던 경험이 있다면 써 보고, 왜 이런 현상이 어른이 되어 가는 과정인지도 설명해 보세요.

51

한 번 더 생각하기

1. 요즘은 부모님 세대만큼 친척과 가깝게 지내지 않습니다. 사촌 형제들과 얼마나 친하게 지내는지, 그리고 그들과의 관계에 얼마나 만족하는지에 대해 써 보세요.

....

....

....

2. 어머니는 아저씨가 집에 오래 머무르자 이를 싫어하며 다른 사정이 생겼을 때 집을 나가 버리는 행동을 취합니다. 어머니의 이러한 행동에 대해 여러분의 생각을 말해 보세요.

....

....

....

3. 나는 아저씨가 떠나고 1년이 지난 후 그를 생각하며 눈물을 흘립니다. 눈물을 흘린 이유를 생각하며 아저씨에게 보내는 편지를 간단하게 써 보세요.

....

....

....

죄와 벌, 그리고 양심의 무게
하늘은 맑건만

🧒**줄거리** 집에 숨겨 놓았던 공과 쌍안경이 없어진 것을 알게 된 문기는 숙모가 그것들을 보았을까 봐 불안해한다. 그 장난감들은 며칠 전 숙모 심부름을 갔다가 산 것이다. 문기는 심부름 갔던 고깃간에서 값을 치르고 열 배도 넘는 돈을 거스름돈으로 받았는데 그것을 돌려주지 않았다.

심부름을 하던 날, 집에 오는 길에 문기는 친구 수만이를 만나 거스름돈 이야기를 했고 수만이가 해결 방법을 가르쳐 주었다. 거스름돈 중 일단 잔돈만 숙모에게 줘본 후 반응을 살피라는 것이었다. 문기가 집으로 가 수만이가 말한 대로 했더니 숙모는 아무 말 없이 거스름돈을 받았다. 이렇게 해서 그들은 사실을 말하지 않고 그대로 넘어가기로 한 것이다.

수만이는 문기에게 가지고 싶었던 것들을 모조리 사자고 제안한다. 문기는 망설였으나 나중에 문제가 되어도 수만이가 하자고 한 거니까 자기에게는 책임이 없다고 생각하고 공과 쌍안경, 만년필, 만화책 등을 산다.

며칠 후, 삼촌이 문기를 부른다. 삼촌은 문기가 찾고 있는 공과 쌍안경을 내놓으며 어디서 났냐고 묻는다. 수만이가 준 거라고 거짓말을 하자 삼촌은 문기 말만 믿고는 수만이는 성실치 못한 아이니까 어울려 다니지 말라고 충고한다. 덧붙여 어머니가 일찍 돌아가시고 아버지도 가장 노릇을 못 해 삼촌이 키워 주고 있는 만큼 기대에 어긋난 행동을 해서는 안 된다고 한다.

삼촌 말을 듣고 잘못을 뉘우친 문기는 공과 쌍안경은 밖에 내다 버리고 거스름돈은 고깃간 주인집에 던진다. 그러자 문기는 비로소 홀가분해진다. 집으로 돌아오는 길에 수만이를 만나 돈과 물건들을 다 버렸다고 이야기하자 수만이는 문기의 말을 믿지 않고 엄포를 놓는다.

다음 날 문기는 골목길과 교실 칠판에 문기가 도둑질을 했음을 암시하는 낙서가 쓰여 있는 것을 본다. 수만이는 문기에게 돈을 내놓지 않으면 더 곤란한 일을 겪을 것이라며 협박한다. 불안감과 죄책감에 시달리던 문기는 수만이에게 돈을 주기 위해 숙모의 돈을 훔치고 만다. 그런데 숙모는 문기를 의심하지 않고 이웃집의 심부름하는 아이 점순이를 의심한다. 소문을 들은 이웃집에서 점순이를 쫓아내자 문기는 죄책감에 그날 밤을 뜬눈으로 새운다.

학교에서 집으로 돌아오는 길에 문기는

현덕
(玄德, 1909~?)

현덕은 서울에서 출생하여 인천 대부공립 보통학교에 진학했으나 집안 형편이 어려워 1년 만에 중퇴했습니다. 1938년 《동아일보》 신춘문예에 소설 〈남생이〉가 당선되어 등단한 후 동화 및 소년소설을 많이 발표하여 청소년 소설의 개척자로 평가받고 있습니다. 현덕 작가는 사회 비판적인 시선으로 농민과 도시 빈민의 가난하고 참혹한 현실을 잘 묘사하였습니다. 주요 작품으로는 단편소설 〈경칩〉 〈나비를 잡는 아버지〉 〈하늘은 맑건만〉 등과 장편소설 《집을 나간 소년》이 있습니다. 6·25전쟁 중 월북하여 현재 전해지는 작품이 많지 않습니다.

마음이 무거워 숙모도 삼촌도 점순이도 맑은 하늘도 쳐다보기가 두렵다. 정신없이 생각에 잠겨 있던 문기는 다가오는 자동차를 보지 못하고 치이고 만다. 문기가 눈을 뜨자 자신을 걱정스럽게 내려다보는 삼촌 얼굴이 보인다. 문기는 삼촌에게 모든 것을 고백하고 자신이 벌을 받은 것이라고 말한다. 문기는 이제야 몸도 마음도 가벼워짐을 느끼며 하늘을 떳떳하게 쳐다볼 수 있게 됐다고 생각한다.

성장소설의 또 다른 특징, 선과 악의 갈등

이 작품은 어린 소년이 순간적인 실수로 악의 세계에 가담하지만, 곧 잘못을 깨닫고 뉘우침으로써 선의 세계로 돌아오는 과정을 그린 성장소설입니다.

성장소설에서 주인공은 흔히 현실 세계의 악 또는 어둠의 세계를 경험하게 됩니다. 이것은 아직 미성숙한 어린 소년이 선 또는 밝은 세계의 진정한 의미를 깨닫게 하는 데 꼭 필요한 요소입니다. 주인공 문기는 악을 직접 경험해 보았기 때문에 그것이 얼마나 잘못된 일인지 절실하게 깨닫게 되고, 그 결과 보다 성숙한 인격체로 성장해 나갑니다.

문기가 나쁜 짓을 할 수 있었던 이유

이 작품은 한 소년이 나쁜 짓을 저지른 후 잘못을 깨달아 가는 과정을 담았습니다. 잘못은 우발적인 상황에서 발생합니다. 문기는 숙모의 심부름을 하는 과정에서 거스름돈을 더 많이 받게 됩니다. 돈을 돌려줘야 하나 망설이고 있을 때 우연히 친구 수만이가 나타나 그러지 말자고 하자 문기는 그의 말을 따르고 맙니다.

즉, 순간적인 유혹에 양심을 버린 것입니다. 문기가 그럴 수 있었던 것은 책임을 떠넘길 수 있는 대상을 만나 자신의 부도덕성을 합리화할 수 있었기 때문입니다. 이는 문기가 나쁜 짓을 하게 되는 과정에서 문기가 변명할 수 있는 핑계가 됩니다.

벌보다 고통스러운 양심의 가책

문기는 나쁜 짓을 저지른 후 평소에 원하던 물건들을 갖게 됩니다. 하지만 조금도 기쁘지 않고 오히려 자신의 잘못이 발각될까 봐 불안에 떨게 됩니다. 이때 그는 삼촌의 충고를 계기로 자신의 잘못을 뉘우칩니다. 그러나 작가는 현실이 그렇게 단순하지만은 않다는 것을 보여 줍니다. 수만이의 협박을 견디지 못한 문기가 끝내 숙모의 돈을 훔치고 만 것입니다. 이번에 문기는 우발적인 실수가 아니라 궁지에서 벗어나기 위해 계획적으로 나쁜 짓을 했습니다. 더구나 그런 잘못으로 죄 없는 이웃집 소녀가 누명을 쓰고 쫓겨나게 됩니다.

이제 문기는 아무도 자신을 의심하거나 비난하지 않아도 아무 생각도 할 수 없을 정도로 죄책감에 시달리게 됩니다. 그래서 자동차가 바로 뒤에서 경적을 울려도 듣지 못하고 사고를 당하게 되지요. 그는 교통사고를 자신의 벌로 받아들이고 모든 잘못을 고백하고 나서야 비로소 다시 마음이 맑아지는 것을 느낍니다. 이는 곧 자신이 양심이 가장 무서운 심판자이며 양심의 가책이 법이 주는 벌이나 다른 사람들의 손가락질보다 더 무섭다는 사실을 보여 줍니다.

✎ 작품을 이해하기 위한 핵심 정리

배경과 주제 알아보기

이 작품에 특별한 배경이 나오지 않는 것은 나름대로 의미가 있습니다. 소설에서 배경이란 사건이 일어날 수 있는 요인이 됩니다. 이 작품에서 특정한 시간적, 공간적 배경이 없는 것은 어느 곳, 어느 때나 이러한 일이 일어날 수 있기 때문이며, 무엇보다 이러한 사건을 일으키는 핵심 요인은 외부에 있는 것이 아니라 인간 내면에 있기 때문입니다. 그런 반면 '하늘'은 배경으로서 중요한 역할을 담당하고 있습니다. '하늘'은 문기가 자신의 잘못을 뉘우치게 하는 결정적 요인으로서 양심과 도덕성을 상징하고 있기 때문입니다.

이 작품의 주제는 죄와 벌의 의미를 보여 주고자 하는 데 있습니다. 사람은 순간적으로 유혹에 빠질 수 있습니다. 그리고 잘못을 숨기다 보면 더 많은 죄를 짓게 됩니다. 그러나 남에게는 죄를 숨길 수 있을지 몰라도 본인의 양심은 속일 수 없기 때문에 고통을 느낄 수밖에 없습니다. 이 작품은 이것이야말로 진정한 벌이라는 가르침을 전하고 있습니다.

인물 알아보기

문기는 소심하지만 착한 심성의 소유자입니다. 잠시 수만이의 유혹으로 나쁜 짓을 하게 되지만 잘못을 깨닫고 선한 인물로 돌아옵니다.

수만이는 문기의 친구로 문기가 나쁜 짓을 하도록 유혹하는 인물인데, 그는 이러한 사악한 태도를 계속해서 유지합니다.

이 두 사람은 서로 반대되는 인물 유형입니다. 소설 속 등장인물은 '평면적 인물'과 '입체적 인물'로 구분됩니다. 평면적 인물은 작품에서 성격이나 태도가 변하지 않는 인물로 수만이가 이에 해당하고, 입체적 인물은 작품이 진행되면서 성격이나 태도가 변하는 인물로 문기가 이에 해당합니다.

불완전한 인간의 도덕성

이 작품은 인간의 본모습이나 도덕성 그리고 죄
의식 등에 대해 많은 생각을 하게 합니다. 인간이란
불완전한 존재이고 완벽한 도덕성은 갖추기 어려운 것
입니다. 문기는 거스름돈을 원래 받을 돈보다 훨씬 많
이 받았음 알고 나서도 즉시 돈을 되돌려주지 않고 망
설입니다. 욕심 앞에 양심의 갈등을 겪었던 것입니다.

이때 친구 수만이의 유혹에 문기는 망설임을 멈추
고 나쁜 짓을 실행하고 맙니다. 자신의 비도덕적인 행위에 대한 변명거리를
확보했기 때문입니다. 그리고 문기는 수만의 협박으로 또다시 양심을 버리
고 죄를 짓게 됩니다. 이렇게 문기는 유혹과 폭력 앞에 굴복하며 쉽게 양심을
저버립니다. 이런 모습은 불완전한 우리 인간이 도덕성을 지켜 내는 데는 강
한 의지가 필요하다는 사실을 보여 줍니다.

죄의식과 도덕성의 관계

문기가 쉽게 양심을 버렸다고 해서 문기와 수만을 같은 차원에서 비판할
수만은 없습니다. 인간이 인간일 수 있는 것은 비록 불완전한 존재지만 그것
을 극복하려는 마음, 즉 도덕성을 가지고 있기 때문입니다. 죄의식을 느끼는
마음이 바로 도덕성의 출발인 것입니다. 문기는 한때 죄를 짓지만 양심에 가
책을 느끼고 도덕성을 회복합니다. 이에 비해 수만이는 끝까지 잘못을 뉘우
치지 않고 친구를 협박하는 행동까지 합니다. 수만이는 죄의식을 느끼지 못
하는, 도덕성이 결핍된 인간인 것입니다.

❶ 물건을 사고 난 후 더 많은 거스름돈을 받은 적이 있나요? 그때 자신이 한 행동과 심리를 자세히 묘사해 보세요.

....

....

....

❷ 이 작품을 읽고 난 후 죄에 대한 벌은 무엇이라고 생각하게 되었나요?

....

....

....

❸ 이 작품을 참고하여 인간 본성의 긍정적인 면과 부정적인 면을 말해 보세요.

....

....

....

한 번 더 생각하기

1. 이 작품의 제목인 '하늘은 맑건만'을 넣어 작가가 전하려 한 주제를 한 문장으로 표현해 보세요.

....

....

....

2. 문기와 수만 중 누가 더 부도덕한 인물인지 말해 보고 그 이유를 제시해 보세요.

....

....

....

3. 이 작품을 읽고 도덕은 무엇인지, 또는 도덕은 왜 필요한 것인지에 대해 여러분의 생각을 써 보세요.

....

....

....

사랑에 대하여

3장
가족 간의 사랑

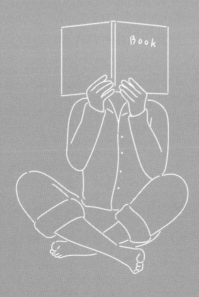

눈길

눈길 속에 감춰진 어머니의 사랑

0

줄거리　나는 여름휴가를 얻어 며칠간 머물 계획으로 아내와 함께 고향 어머니 집에 내려오지만, 핑계를 대고 내일 아침에 돌아가겠다고 한다. 갑자기 계획을 변경한 것은 어젯밤 어머니와 얘기하던 중 어머니가 집을 수리해서 방을 한 칸 더 늘리고 싶다고 이야기를 해서다. 어머니는 현재 단칸방 초가집이 너무 좁아 우리 내외가 내려오면 형수 잠자리도 불편하고, 옷궤도 간수할 곳이 마땅치 않다는 것이었다. 나는 어머니의 이야기를 듣는 내내 어머니에게 진 빚이 없다고 생각한다. 내가 고등학교 1학년 때 형의 주벽으로 집이 파산한 후, 나는 혼자 힘으로 대학까지 마치고 직장을 얻어 현재 안정된 가정을 이루었기 때문이다.

집 마당으로 들어서는데 우연히 어머니와 아내의 얘기 소리가 들려 마당에서 엿듣게 된다. 집수리를 하고 싶은 것은 당신의 초상을 치를 때 문상객들이 앉아 있을 방 한 칸이라도 마련해 두고 싶기 때문이라는 것이다. 옛집에 대한 아내의 물음에 어머니는 17년 전 '옷궤' 이야기를 꺼낸다. 큰 도시로 나가 혼자 공부하고 있던 나에게 집이 팔렸다는 소식이 전해져 나는 집안 사정도 알아볼 겸 고향 집을 찾았다. 소문대로 집은 팔려 텅 비어 있었고 가족들은 소재지를 알 수가 없었다. 그 집 앞에서 우두커니 서 있는데, 어머니가 소식을 듣고 찾아와 나를 옛집에서 하룻밤 재우고 새벽에 떠나보냈다. 당시 어머니는 나를 위로하기 위해 옛집의 흔적으로 '옷궤' 하나를 그때까지 남겨두었다. '옷궤' 이야기에 심리적 부담을 느낀 나는 더 이상 엿듣고 있을 수가 없어 그들 앞에 모습을 드러내 대화를 중단시킨다.

나는 이제 오늘 밤만 무사히 보내면 서울로 가게 되니 어머니에게 진 빚 걱정은 하지 않아도 된다는 생각에 안심하고 일찍 잠자리에 든다. 그러나 나는 잠결에 어머니와 아내가 얘기하는 것을 듣게 된다. 아내가 끈질기게 물어봐 어머니는 그날 눈이 내린 새벽에 먼 산길을 걸어 버스 타는 곳까지 나를 바래다주고 돌아갔다는 이야기를 한다. 혼자 되돌아가는 길에 어머니는 내가 밟고 왔던 발자국을 그대로 따라 밟으며 그 발자국 하나하나마다 나를 생각하며 울었다고 하셨다. 어머니의 얘기를 듣고 슬픔에 복받친 아내는 급기야 나를 흔들어 깨우면서 무슨 말을 좀 해 보라고 하지만 나는 부끄러움으로 인해 눈을 뜰 수가 없다. 그리고 눈꺼풀 아래로 눈물이 차오르는 것을 느낀다.

이청준
(李清俊, 1939~2008)

이청준은 전남 장흥에서 태어나 서울대학교 독어독문학과를 졸업하였습니다. 1965년 《사상계》에 〈퇴원〉이 당선되어 등단한 후 1968년 〈병신과 머저리〉로 동인문학상을, 1976년 〈잔인한 도시〉로 이상문학상을, 1990년 〈자유의 문〉으로 이산문학상 등을 수상했습니다. 이청준 작가는 장인정신과 예술세계에 대한 탐구, 사회적 억압에 억눌린 개인의 심리에 대한 추적, 그리고 인간 존재의 본질에 대한 탐색 등을 주로 다룬 작품을 썼습니다. 주요 작품으로는 《소문의 벽》《당신들의 천국》《이어도》《서편제》《시간의 문》 등이 있습니다.

6. 눈길 속에 감춰진 어머니의 사랑 〈눈길〉

작품 이해 _1976년/단편소설

귀향소설이라는 갈래

이 작품에서 나는 현재 살고 있는 서울에서 어머니가 계시는 고향으로 내려가 휴가를 보내고 다시 서울로 올라오는 여정을 따르고 있습니다. 이러한 구조의 소설을 '귀향소설'이라고 합니다. 귀향소설이란 주인공이 오랫동안 떠나 있었던 고향으로 돌아와 머물면서 그동안 미처 알지 못했던 과거 사건을 통해 고향과 가족의 소중함을 깨닫는 이야기 구조를 가진 소설을 말합니다.

어머니의 감춰진 사랑이 밝혀지는 과정

〈눈길〉은 모르고 있던 부모의 깊은 사랑을 깨달아 가는 과정을 보여 줍니다. 이 작품을 이끌어 가는 중심 구조인 나의 심리적 갈등은 어머니에게 보답할 빚이 있느냐 없느냐 하는 문제에서 발생합니다. 나는 부모의 도움 없이 혼자 힘으로 공부하여 성공했기 때문에

옷을 넣어 두던 나무 상자 옷궤

부모에게 빚이 없다고 생각하지만, 이야기가 전개될수록 어머니에게 진 빚이 밝혀집니다. 그 과정은 세 단계를 거칩니다.

첫 단계는 집수리 이야기 중에 어머니의 마음이 드러난 일입니다. 어머니는 현재 사는 집이 너무 좁아 방을 한 칸 더 들이고 싶어 하나, 나는 이것을 어머니가 말년에 호강하고 싶어 하기 때문이라고 오해하고 반대합니다. 그러나 어머니의 속마음은 자신이 죽은 뒤 자식과 문상객들이 불편하지 않게 장례를 치를 수 있는 공간을 마련하고 싶은 것이었습니다.

두 번째 단계는 '옷궤'를 통해 어머니의 자식 사랑이 드러난 일입니다. 나

는 어머니가 나를 버렸다고 생각하지만, 어머니는 남에게 넘어간 옛집에 옷궤를 그대로 둔 채 나를 기다리고 있었습니다. 집이 팔리고 살림이 다 없어졌는데도 그 옷궤를 통해서나마 옛집의 흔적을 간직해 내가 찾아왔을 때 슬픔을 덜 느끼게 해 주려는 마음이었던 것입니다.

마지막 단계는 나를 바래다주고 혼자 돌아가던 어머니의 심경이 밝혀지는 부분입니다. 어머니가 정류장까지 나를 배웅하고 혼자 돌아가면서 내 생각에 울었던 절절한 마음을 들은 나는 더 이상 버티지 못하고 어머니에게 진 빚을 인정하고 맙니다.

추리 기법을 통한 독특한 전개 방식

이 작품의 특징은 독특한 전개 방식을 사용하여 주제를 효과적으로 드러내고 있다는 것입니다. 작가는 단서를 단계적으로 조금씩 보여 주면서 독자를 마지막 지점까지 이끌어 가는 '추리 기법'을 사용하였습니다. 이러한 전개 방식은 감추어진 어머니의 사랑과 어머니에게 진 나의 '빚'을 효과적으로 밝혀내고 있습니다.

추리 기법으로 진행되는 이 이야기는 소설이 거의 끝날 무렵까지도 나에게는 '빚'이 없다는 것으로 결론이 나는 듯 보입니다. 그러나 마지막에 가서 결정적인 단서가 제시되면서 완강히 부인하던 어머니에게 진 나의 '빚'이 밝혀지게 됩니다.

✎ 작품을 이해하기 위한 핵심 정리

배경과 주제 알아보기

〈눈길〉은 1970년대 어느 시골 마을을 배경으로 한 작품입니다. 1970년대는 우리나라에서 산업화가 진행되던 시기로 이 작품의 주인공이 시골을 떠나 서울에서 생활하게 된 배경과 현재 의식 형성에 영향을 미치는 요소입니다.

1970년대 초 시골집의 모습

산업화는 효율성을 더 중시하기 때문에 일이 진행되는 과정이나 인간적인 면을 고려하지 않습니다. 이 작품은 이러한 산업화의 문제점을 다루고 있습니다. 작가는 이 작품을 통해 우리 사회가 산업화를 통해 고도의 경제 성장을 이루긴 했지만, 산업화가 사람들의 의식을 지배하여 부모와 자식 사이에서도 이러한 효율성이 적용되고 있음을 지적하고 있습니다. 그렇기 때문에 주인공은 어머니에게 '빚(도움)'을 진 게 없기 때문에 그 빚을 갚을 책임(부모 봉양)도 없다고 생각합니다.

작품의 결말에서 결국 주인공은 그러한 생각이 잘못되었음을 인정합니다. 이를 통해 작가는 부모의 사랑은 효율성 같은 기준으로는 계산할 수 없는 깊은 마음이라는 것을 전하고자 한 것입니다.

인물 알아보기

나는 어린 시절 집안이 파산해 혼자 힘으로 공부하여 현재 서울에서 단란한 가정을 꾸리고 좋은 직장을 다니며 안정된 삶을 살고 있는 인물입니다. 그러나 마음 한편에는 늘 어머니에 대한 서운한 감정이 있어 갈등을 겪고 있습니다.

아내는 이해심이 많은 인물로 시어머니가 힘들게 살았던 삶에 깊은 공감과 연민을 느낍니다. 서로 직접적인 대화를 피하는 나와 어머니 사이에서 어머니가 이야기하도록 유도하거나 나에게 어머니의 사랑을 깨닫게 하는 중재자 역할을 합니다.

어머니는 형이 노름으로 집안을 파산시킨 후 죽자 홀로 고향에 남아 힘들게 살아가는 인물입니다. 어려운 형편으로 나의 뒷바라지를 해 주지는 못하지만, 평생 나에 대한 미안함과 깊은 사랑을 간직한 인물입니다.

● 물질적 혜택으로 부모의 사랑을 가늠하는 자식의 모습

이 작품의 주인공은 결국 오랜 세월 외면해 왔던 어머니의 사랑을 깨닫습니다. 자식을 사랑하는 부모의 마음은 물질적 조건을 초월한다는 사실을 알게 된 것입니다. 하지만 반대의 경우, 즉 부모에 대한 자식의 사랑은 꼭 그렇지만은 않습니다.

주인공도 처음 자신은 어머니에게 갚을 '빚'이 전혀 없다고 생각합니다. 자기가 성장하고 성공하는 데 어머니가 별다른 도움을 주지 못했으니, 자신도 어머니의 노후를 돌볼 이유가 없다는 논리였지요. 이것이 자식과 부모가 서로를 대하는 방식의 차이인 것입니다.

● 효율성의 잣대로는 잴 수 없는 어머니의 사랑

이와 같은 주인공의 사고방식은 이 작품의 시대 배경인 1970년대 산업화와 관련이 있습니다. 산업화는 기계장치를 이용하여 능률적이고 효율적으로 물품을 생산하는 것을 목표로 합니다. 산업화는 이러한 합리주의적 가치를 통해 사람들의 의식에도 영향을 미치게 됩니다.

어머니로부터 받은 것만큼 보답하면 된다는 사고방식은 바로 이 합리주의적 사고의 영향이라 볼 수 있습니다. 하지만 문제는 부모와 자식 간의 사랑에도 이러한 합리주의적 사고방식을 적용하고 있다는 점입니다.

만약 어머니의 사랑을 합리주의적 가치로만 판단한다면 어머니의 세세하고도 깊은 사랑은 알아챌 수 없을 것입니다. 합리주의는 우리 사회가 물질적으로 발전하는 데 크게 도움이 된 건 분명하지만 인간의 정신적 가치문제에 있어서만큼은 분명한 한계를 지니고 있습니다.

① 이 작품에서 어머니에 대한 빚은 어머니의 은혜를 갚는 것을 의미합니다. 나는 어머니에게 받은 것이 없기 때문에 어머니에게 갚을 것도 없다고 생각합니다. 이러한 생각에 대해 비판해 보세요.

② 내가 서울로 돌아간 후 고향에서 깨달은 것을 어머니에게 편지로 써 보내려 합니다. 그 내용을 글로 표현해 보세요.

③ 부모님께 서운하게 생각했던 것이 나중에 알고 보니 부모님의 깊은 사랑이 없음을 깨닫게 된 경험이 있다면 글로 써 보세요.

한 번 더 생각하기

1. 나는 어머니에게 빚이 없다는 생각을 자신에게 끊임없이 주입시킵니다. 이러한 나의 모습을 심리적 측면에서 설명해 보세요.

....

....

....

2. 내가 어머니에게 빚이 없다고 생각하는 이유는 무엇일까요? 산업화와 효율성과 연관 지어 설명해 보세요.

....

....

....

3. 이 작품을 통해 자식에 대한 부모의 사랑과 부모에 대한 자식의 사랑에 대해 느낀 점을 말해 보세요.

....

....

....

소가 몰고 온 가족애와 행복
소를 줍다

0 7

🐂줄거리 나는 아버지가 흠은 조금 있지만 훌륭한 농사꾼이라고 생각한다. 아버지가 처음부터 농사꾼은 아니었다. 아버지는 한때 열차에서 땅콩이나 오징어를 팔며 객지를 떠돌아다녔지만 불량배들이 괴롭혀 장사를 포기하고 낙향하여 농사를 짓기 시작했다. 장사하던 그 시절 조금이나마 벌어 놓았던 세간마저 다 날려 버리고 남은 건 자식들뿐이었다.

농사꾼으로서 아버지에게는 몇 가지 문제가 있다. 하나는 논이 없다는 것과 또 하나는 농사일을 지나치게 꼼꼼히 한다는 것이다. 그러나 아버지의 이런 일하는 방식이 가축을 기르는 데 있어서만큼은 진가를 발휘한다.

우리 집에는 소가 세 번 들어왔는데, 첫 번째는 우리 집이 가축이 잘되는 집으로 소문이 나 마을의 오쟁이네가 우리 집에 소를 맡겼을 때이다.

기르는 가축마다 죽어 버리는 오쟁이 아버지는 암소를 우리 집에 맡겨 새끼를 낳게 해 달라고 하고, 그 대가로 소를 농사일에 써도 좋다고 한다. 그러나 나는 그것에 만족하지 못하고 송아지를 낳으면 우리도 한 마리 달라고 하자며 욕심을 부리지만, 남의 것을 넘보지 말라며 아버지에게 야단만 맞는다. 그리고 아버지가 지극 정성으로 키운 오쟁이네 암소는 두 번이나 새끼를 낳고 건강하게 주인집으로 돌아간다.

우리 집에 소가 두 번째로 들어온 것은 내가 초등학교 3학년 무렵 장맛비로 하천에 떠내려온 소를 위험을 무릅쓰고 건져 왔을 때이다. 나는 우리 집 형편을 생각해 주인에게 보상을 바라고 한 건데, 아버지는 오히려 남의 소를 가져왔다며 호통치고는 다음 날 그 자리에 도로 가져다 놓는다. 그 후 내가 계속 소 때문에 칭얼거리자 아버지는 하는 수 없이 그 소를 집으로 데리고 와 주인이 올 때까지만 기르기로 한다. 대신 소에게 정을 붙이지는 말라고 한다.

그러나 소 주인은 나타나지 않고 아버지의 태도도 점점 누그러지더니 두 달째는 소가 발정 난 걸 알아본 아버지가 수소를 데려와 교배를 시킨다. 하지만 석 달째 되어서야 주인이 나타난다. 아버지도 정이 많이 들어 그 소를 헐값에 사려고 시도하지만 그 집 사정으로 실패하고 만다. 나는 그때 빈손으로 돌아온 아버지가 눈물을 흘리는 모습을 처음으로 보게 된다.

세 번째 소는 형이 고등학교 3학년이었을 때 가출한 후 데려온 소다. 형은 애

전성태
(全成太, 1969~)

전성태는 전남 고흥에서 태어나 중앙대학교 문예창작학과를 졸업하였습니다. 1994년 《실천문학》에 단편소설 〈닭몰이〉 당선으로 등단한 후 2000년에 신동엽창작상을 받았습니다. 소설집 《늑대》로 2009년에 채만식문학상을, 2010년에 무영문학상을 수상하기도 했습니다. 그는 탄탄한 구성과 치밀한 묘사, 토속적 언어와 해학적 문체로 소외된 농촌의 현실과 민중의 삶을 밀도 있게 묘사하며, 최근에는 분단 문제, 시대적 억압 문제로 작품 세계를 확장하고 있습니다.
주요 작품으로는 소설집 《매향》 《국경을 넘는 일》 《늑대》 등과 장편소설 《여자 이발사》 등이 있습니다.

인이 임신했다는 소식을 듣고 서울에 일하러 가서 수술비를 구해 돌아오지만 그 애인이 거짓말한 것으로 밝혀지자 그 돈으로 소를 사 버린 것이다. 아버지는 그 소를 보고는 내력 없는 손자가 들어왔다며 한탄했지만, 그 소는 매년 새끼를 낳고 지금도 잘 크고 있다. 자식을 키운 건 소라며 그러니 소는 정이 안 갈 수 없는 짐승이라고 아버지는 말한다.

해학이라는 독특한 표현 방식

이 작품에 흥미를 더해 주면서 주제를 효과적으로 드러내는 역할을 하는 것은 기가 막힌 사투리 사용입니다. 작가는 전라도 사투리를 맛깔스럽게 구사함으로써 도시에 물들지 않은 가족들의 순박함을 잘 드러냅니다. 여기에 해학성까지 곁들어지면서 이

멍에를 쓰고 쟁기질하는 소

작품만의 독특한 문학적 효과가 나타납니다.

해학이란 인물들이 어려운 상황에서도 인간적인 면모를 보여 줌으로써 독자에게 따뜻한 웃음을 전하는 표현 방식입니다. "당장 저 도짓소라도 읋으믄 니하고 니 성, 핵교도 끝이여. 그란다고 니놈이 목에다 멍에를 걸그냐?"(당장 저 빌린 소라도 없으면 너하고 네 형, 학교도 끝이야. 그렇다고 네 놈이 목에다 멍에를 걸 것이냐?) 이와 같은 해학적 문체는 웃음을 유발하며 따뜻한 시골 정취를 생동감 있게 전하면서도, 자세하고 논리적인 설명보다 훨씬 더 효과적으로 농촌의 어려운 현실과 민중의 팍팍한 삶을 표현해 내고 있습니다.

해학의 의미

이 작품이 재미있게 읽히는 것은 인물과 상황을 해학적으로 표현했기 때문입니다. 해학이란 웃음을 유발하기도 하지만, 이 웃음 속에는 대상에 대해 공감하며 따뜻하게 감싸 주려 하는 작가의 마음도 들어 있습니다.

이 작품에서 가장 해학적으로 묘사된 인물은 아버지입니다. 그는 남들처

럼 도시에 나가 돈을 벌 수 있는 재주가 없어 시골로 돌아왔지만 농사지을 땅도 없을 뿐만 아니라 성격도 지나치게 꼼꼼하여 농사일에 적합하지 않은 인물입니다. 그러나 이러한 결함에도 불구하고 그는 소를 잘 키우는 재주가 있습니다. 전통적으로 소에 대한 우리나라 사람들의 관념에 비추어 보면 소와 궁합이 잘 맞는다는 것은 이 인물이 원칙에 충실하며 착한 성품을 지녔다는 것을 의미합니다.

따라서 남들이 인정해 주지 않더라도 작가는 이 인물의 가난한 처지는 물론 상식에 어긋나는 행동도 감싸 주곤 하는데, 여기에서 해학적 표현이 나오는 것입니다. 다시 말해 해학적 표현에는 인물에 대한 작가의 긍정적 태도와 격려의 마음이 담겨 있다 할 수 있습니다.

✎ 작품을 이해하기 위한 핵심 정리

배경과 주제 알아보기

〈소를 줍다〉는 1970년대 어느 농촌 마을에서 일어난 일을 다루고 있습니다. 이 작품의 시대 배경인 1970년대는 산업화가 한창인 시기였지만, 이 작품은 산업화의 특징과는 반대되는 전통적 사건을 끄집어내 산업화의 부정적인 면을 비판하고 있습니다. 작가가 공간적 배경으로 농촌을 설정한 것은 이러한 의도 때문입니다. 여기에서 제시된 농촌 마을은 산업화가 진행 중인 도시의 교활함이나 폭력성이 없는, 순수한 인간성이 남아 있는 곳입니다.

이 작품은 소를 둘러싸고 일어나는 사건을 통해 드러나는 농촌의 끈끈한 가족애를 주제로 하고 있습니다. 나의 아버지는 퉁명스럽고 엄합니다. 내가 소 때문에 공부를 게을리하자 아버지는 나의 책가방을 불구덩이에 던져 버리고 학교에 가지 말라고 합니다. 그러나 다음 날 더 좋은 가방과 학용품을

7. 소가 몰고 온 가족애와 행복 〈소를 줍다〉

사 주며 자식에 대한 속 깊은 사랑을 보입니다.

가족애는 자식들에게서도 나타납니다. 나는 가난한 아버지를 위해 위험한 물속으로 뛰어들어 소를 건져낼 만큼 부모에 대한 애정이 강합니다. 또한, 형은 가출 후 번 돈이 쓸모없어지자 소를 사서 집으로 돌아오는데, 이 역시 부모에 대한 사랑 없이는 할 수 없는 행동입니다.

인물 알아보기

나는 초등학교 3학년으로 아직 어리지만 집안의 가난한 형편을 걱정할 만큼 일찍 철이 든 소년입니다. 또한, 집안일을 돕기 위해 위험한 상황에서도 몸을 사리지 않는 용기를 가지고 있고 집안의 경제적 이익을 위해 친구들을 제압하는 영악함도 있는 인물입니다.

아버지는 융통성 없이 원칙만 중시하는 답답한 성격을 지녔지만 남의 것을 넘보지 않는 성실하고 우직한 사람입니다. 나에게는 무뚝뚝하고 엄하지만, 자식에 대한 속정이 깊으며 가축을 사람처럼 대하는 따뜻한 심성을 지니고 있습니다.

형은 아버지의 인간성을 부각하는 부차적 역할을 합니다. 동네 여자 친구가 임신했다는 거짓말에 속아 서울에 가서 아르바이트로 수술비를 벌어 오지만 사실이 아님이 밝혀지자 그 돈으로 소를 사서 집으로 돌아올 만큼 순박하고 집안을 생각하는 인물입니다.

통합 사고력 접근

🗨 도시와 다른 농촌의 삶의 방식

1970년대 중반 서울의 모습

이 작품을 좀 더 깊이 이해하기 위해서는 등장인물들이 보여 주는 농촌 공동체의 삶의 방식에 대해 생각해 봐야 합니다. 이 작품에서 묘사된 농촌은 도시와 대비되는 모습으로 나타나 있습니다. 나의 아버지는 농사를 짓기 전 젊은 시절 열차에서 장사를 하며 생활하다가 도시의 폭력배들에게 돈을 뜯기고 낙향한 인물입니다. 이러한 장면은 도시의 폭력적이고 황폐한 모습을 간접적으로 보여 줍니다.

🗨 공동체와 생명을 존중하는 농촌

이 작품에서 농촌은 도시와는 대조적으로 공동체 의식과 생명에 대한 존중이 바탕이 된 세계입니다. 이러한 공동체 의식은 비단 사람에게만 적용되는 것이 아니라 동물에게까지 확장되고 있습니다. 아버지는 어미 돼지의 젖꼭지 수보다 더 많은 새끼 돼지를 키울 때면 젖 먹는 순서를 바꿔 가며 새끼 돼지들이 골고루 젖을 먹을 수 있게 배려합니다. 또한 장맛비에 떠내려온 소를 두고 나는 주운 사람이 임자라고 생각하지만, 소는 원래 주인의 것이라고 생각합니다.

아버지는 소를 키우면서도 한 가족이라고 생각하며 소에게도 고마움을 느낍니다. 주워 온 암소가 발정 났을 때 교배시켜 주는 장면이나 가출했던 형이

7. 소가 몰고 온 가족애와 행복 〈소를 줍다〉

사 온 소를 손자인 듯 여기며 하는 말을 통해 아버지가 소를 단순히 짐승이 아니라 가족 구성원으로 생각하고 있음을 알 수 있습니다. 이러한 농촌의 공동체 의식과 생명을 존중하는 태도는 당시 도시를 중심으로 진행되던 산업화로 인해 잃어버린 인간적 가치를 지켜 나가는 농촌 사회의 소중함을 부각합니다.

❶ 동네 사람들은 아버지를 융통성 없고 답답한 사람이라고 말합니다. 이에 대한 여러분의 생각과 그 이유를 써 보세요.

....

....

....

❷ 아버지는 형이 데리고 온 소를 '내력 없는 손자'라고 말합니다. 이 말에 담긴 소에 대한 아버지의 태도는 무엇일까요?

....

....

....

❸ 나는 위험을 무릅쓰고 홍수에 떠내려가던 남의 집 소를 구해 집으로 데려옵니다. 소를 구한 대가를 받아 가난한 집에 보탬이 되게 하려 했던 것입니다. 그러나 아버지는 이런 나의 행동에 오히려 호통을 치며 소를 다시 제자리에 갖다 놓으라고 합니다. 이런 상황에서 호통을 친 아버지의 행동에 대해 평가해 보세요.

....

....

....

한 번 더 생각하기

1. 인도에서는 소를 숭배의 대상으로 생각하는가 하면, 우리나라 농촌에서는 소를 가족 구성원으로 생각하기도 합니다. 이 작품을 통해 우리가 소를 가족으로 생각하게 된 이유를 추리해 보세요.

2. 나는 주운 소를 내 것이라고 생각하고 아버지는 원래 주인의 것이라고 생각합니다. 이러한 생각의 차이는 어디에서 오는 것일까요?

3. 나의 아버지는 지나치게 꼼꼼하고 융통성 없는 성격으로 주변 사람들에게 부정적으로 평가되기도 하지만 가축 기르기에서만큼은 탁월한 능력을 발휘합니다. 이러한 사례를 통해 어떤 교훈을 얻을 수 있을까요?

4장

이성에 대한 사랑

이성에 대한 순박한 사랑
봄봄

줄거리 나는 마름인 봉필이의 딸 점순이와 혼인하기 위해 3년 넘게 돈 한 푼 받지 않고 머슴살이를 한다. 봉필이 점순이가 자라면 혼인시켜 주겠다고 약속했던 것이다. 그러나 아무리 시간이 흘러도 봉필은 점순이와 혼인시켜 줄 생각을 하지 않는다. 점순이의 키가 작다는 이유에서다. 나는 순진하게도 점순이의 키가 빨리 자라기만을 바란다.

나는 모를 붓다가 가만히 생각해 보니 싱겁다. 이 벼가 자라서 점순이가 먹고 좀 큰다면 모르지만 그렇지도 못한 걸 내가 모를 심어서 뭘할 거냐면서 꾀병을 내 보기도 한다. 그럴 때마다 봉필은 뺨을 때리거나, "얘, 그만 일어나 일 좀 해라. 그래야 올 갈에 벼 잘되면 너 장가 들지 않니" 하는 말로 살살 달랜다.

그러다 친구에게서 봉필이 큰딸의 데릴사위를 열 번이나 갈아 치웠다는 이야기를 듣는다. 게다가 점순이로부터 일만 하는 병신이냐는 핀잔까지 받자 죽기 살기로 봉필에게 달려들어 점순이와 혼인시켜 달라며 항의한다. "부려만 먹구 왜 성례 안 하지유!" 나는 이렇게 호령을 했다. 하지만 장인님이 선뜻 "오냐, 낼이라두 성례시켜 주마" 했으면 나도 성가신 걸 그만두었을지 모른다.

봉필은 징역을 보내겠다며 협박을 한다. 병신 소리 듣는 것보다 징역 가는 게 더 낫다며 내가 물러서지 않자, 서로 바짓가랑이를 잡고 늘어지며 대판 싸움이 일어난다. 싸움을 말리러 장모님과 점순이가 헐레벌떡 단숨에 뛰어나온다. 내 생각에 장모님은 제 남편이니까 역성을 낼는지도 모른다. 그러나 점순이는 내 편을 들어 속으로 고소해 하겠지.

그런데 대체 이게 웬 속인지 아버질 혼내 주라기는 제가 먼저 해 놓고 이제 와서는 달려들며 "에그머니! 이 망할 게 아버지 죽이네!" 하고 귀를 뒤로 잡아당기며 마냥 우는 것이 아니냐. 여기에 그만 기운이 탁 꺾이어 나는 얼빠진 등신이 되고 말았다. 장모님도 덤벼들어 남은 한쪽 귀마저 뒤로 잡아채면서 같이 우는 것이다. 내 편인 줄 알았던 점순이가 봉필 편에 서서 자신을 비난하자 나는 허탈감을 느낀다.

김유정
(金裕貞, 1908~1937)

김유정은 강원도 춘천에서 태어나 휘문고보를 졸업하고 연희전문 문과에 입학했으나 중퇴했습니다. 1935년에 《조선일보》 신춘문예에 〈소낙비〉가, 《중외일보》에 〈노다지〉가 당선되어 등단한 뒤 이상과 함께 구인회 동인으로 활동하기도 했습니다. 폐결핵으로 스물아홉 살에 세상을 떠날 때까지 30여 편의 작품을 발표한 김유정 작가는 1930년대 농촌을 배경으로 해학적이면서도 토속적인 작품을 주로 창작했습니다. 주요 작품으로는 〈봄봄〉 〈금 따는 콩밭〉 〈동백꽃〉 〈따라지〉 〈만무방〉 등이 있습니다.

8. 이성에 대한 순박한 사랑 〈봄봄〉

🔆 작품 이해 _1935년/단편소설

해학에 담긴 현실 비판 의식

이 작품은 혼인을 미끼로 노동력을 공짜로 얻으려는 장인 봉필과 우직하고 순진해 장인의 꾀에 속아 넘어가는 데릴사위 나와의 갈등을 매우 익살스럽고도 해학적으로 그린 농촌소설입니다. 강원도 농촌을 배경으로 지역 사투리가 잘 드러나 있는 토속성 짙은 작품입니다. 겉으로는 그저 바보 같은 주인공이 약아빠진 봉필에게 속아 넘어가는 이야기인 듯 보이지만 그 이면에서 현실 비판적 의식이 담겨 있습니다.

풍자와 해학

〈봄봄〉은 김유정의 작품 중에서 가장 해학성이 뛰어나다고 평가받는 작품입니다. 문학 작품에서 풍자와 해학은 모두 웃음을 끌어내는 동시에 우회적으로 현실을 비판하고 있다는 점에 있어 매우 닮았습니다. 이 작품에서처럼 해학은 인물에 대한 연민과 동정을 불러일으켜 웃음을 끌어냅니다. 한편 풍자는 전통 가면극에서 하인이 무능력한 양반을 조롱하며 웃음을 자아내는 것처럼, 대상에 대한 날카로운 비판을 통해 웃음을 이끌어 낸다는 점에 있어 해학과 차이가 있습니다.

✏️ 작품을 이해하기 위한 핵심 정리

배경과 주제 알아보기

이 작품의 배경은 1930년대 봄, 강원도 어느 산골입니다. 데릴사위제를 이

밭을 갈고 있는 소작농

용해 교묘히 노동력을 착취하는 마름과 머슴 사이에서 일어나는 갈등을 해학적으로 그려낸 작품으로, 강자인 마름이 약자인 머슴을 착취하는 당대 농촌 상황을 비판적으로 보여 주고 있습니다.

당시 사회는 일제강점기로 '지주-마름-소작인'이라는 지배 구조가 형성되어 있었습니다. 우리 농민들은 80퍼센트가 소작인으로 살면서 극심한 빈곤과 수탈에 시달려야 했지요. 이때 지주였던 사람들은 대부분 친일을 했던 사람들로 마름을 통해 소작인들을 수탈하였습니다. 이 소설에서 봉필과 나는 장인과 데릴사위 관계지만 그 이면에는 마름과 소작인이라는 지배 구조에 놓여 있기도 합니다. 즉 이 작품은 당시 농촌 사회에서 강자가 약자를 착취하는 모습을 데릴사위라는 제도를 통해 보여 주고 있는 것입니다.

인물 알아보기

나는 어리석고 고지식한 인물로 점순이와 혼인시켜 준다는 봉필의 말만 믿고 3년 7개월간 무일푼으로 머슴살이를 하고 있습니다.

봉필은 딸과의 혼인을 핑계로 나를 부려먹는 교활하고 위선적인 인물로 욕을 잘해 '욕필이'라고도 불립니다.

점순은 키가 작으나 야무지고 당돌한 성격입니다. 나와의 혼인을 원하면서도 막상 나와 자기 아버지 사이에 싸움이 벌어지자 엉뚱하게 아버지 편을 듭니다.

8. 이성에 대한 순박한 사랑 〈봄봄〉

해학의 따뜻함과 아름다움

이 작품에서 주인공은 교활한 봉필의 계략에 말려드는 우직하고 바보스러운 인물로 그려집니다. 그는 노동력 착취와 지배 구조를 깨닫지 못하는 어리석고 무식하고 능력 없는 사람으로 비춰집니다.

그러나 작가는 이런 주인공을 따뜻하고 연민 어린 시선으로 그려 내고 있습니다. 주인공이 하는 행동이나 말을 통해 독자는 억울하고 슬픈 감정을 느끼지만 어이없는 웃음을 짓기도 합니다. 인간의 어리석은 행동을 통해 타인에 대한 안타까운 마음을 수용하려는 해학의 따뜻함과 아름다움이 돋보이는 작품입니다.

암담한 현실의 순환

봉필은 데릴사위 제도를 이용해 순진한 사람들을 교묘히 착취합니다. 작가는 봉필을 통해 인간의 교활함을 비판하고 있습니다. 그리고 나와 봉필, 이 둘을 통해 인간관계에서 일어날 수 있는 갈등과 마찰을 특유의 방식으로 희화화해 보여 줍니다.

봉필과 나 사이의 갈등은 해결되지 않은 상태로 끝나게 됩니다. 그리고 제목에서 암시하듯 내년 봄에도 똑같은 상황이 반복되리라는 것을 어렴풋하게 예상할 수 있는데, 이는 주인공이 암담한 현실에서 헤어나올 수 없다는 순환을 상징하기도 합니다.

소작농이 도리깨질하는 모습

1 억울한 일을 당한 주인공에게 해 주고 싶은 이야기를 써 보세요.

....

....

....

2 주인공은 장인 봉필이 약속을 지키지 않아 속상해합니다. 여러분도 누군가가 약속을 지키지 않아 난처하거나 속상한 적이 있었나요? 그런 경우에 어떻게 했나요?

....

....

....

3 작품 속의 장인 봉필처럼 여러분도 지킬 생각이 없는 약속을 한 경우가 있나요? 약속을 지키지 않은 이유는 무엇이었나요?

....

....

....

한 번 더 생각하기

1. 주인공처럼 간절히 이루고자 하는 소원이 있지만 이루지 못한 일이 있다면 말해 보세요.

....

....

....

2. 주인공 나와 점순이가 만약 결혼하게 된다면 그 결혼은 사랑일까요, 아니면 조건을 보고 하는 결혼일까요?

....

....

....

3. 주인공처럼 누군가로부터 '~하면 ~해 주겠다'는 약속을 경험한 적이 있나요? 있다면 그러한 약속들의 문제점은 무엇인지 이야기해 보세요.

....

....

....

순수한 어린아이의 눈에 비친 어머니의 사랑과 이별

사랑손님과 어머니

줄거리   여섯 살인 나의 이름은 옥희로 나는 홀로 된 어머니와 단둘이 살고 있다. 어느 날 돌아가신 아버지의 어릴 적 친구였다는 아저씨가 이 동리 학교 교사로 오게 되면서 우리 집에 하숙을 하게 된다. 아저씨는 아버지가 쓰던 사랑에 기거하면서 나와 금방 친해진다.

아저씨도 나처럼 삶은 달걀을 좋아한다고 어머니한테 얘기한 다음부터는 내가 좋아하는 삶은 달걀도 실컷 먹을 수 있게 된다. 나는 아저씨가 아버지가 되어 주었으면 하고 생각한다. 어느 날 그 얘기를 했더니 아저씨는 떨리는 목소리로 그런 소리 하면 못쓴다고 대답한다.

다음 날 어머니와 예배당에 갔을 때 남자석에 아저씨가 있어 손을 흔들었는데 어머니가 얼굴을 붉혔다. 그날 예배당에서 어머니는 예전처럼 나를 보며 웃어 주지도 않고 앞만 바라보았다. 아저씨 역시 화가 났는지 앞만 보고 나를 모른 척했다. 어머니는 공연히 두리번거리는 나를 얼굴도 돌리지 않고 꽉꽉 잡아당겼다.

하루는 내가 벽장 속에 숨었다가 깜빡 잠이 드는 바람에 집안에 난리가 난 적이 있다. 다음 날 미안한 마음에 어머니를 기쁘게 해 드리려고

유치원에서 몰래 꽃을 갖고 와서는 아저씨가 갖다 주라고 했다고 말한다. 어머니는 얼굴이 빨개져서 아무에게도 얘기하지 말라고 한다. 그러나 그날 밤 어머니는 아버지가 돌아가신 후 한 번도 타지 않던 풍금을 타고 꽃은 예쁘게 말려 찬송가 갈피에 꽂아 둔다.

어느 날 어머니는 아저씨가 밥값을 넣어 보낸 봉투에 함께 있던 쪽지를 읽고는 얼굴이 파랬다 빨갰다 한다. 밤에는 아버지 옷을 장롱 속에서 꺼내 본다. 아저씨나 어머니나 깊은 시름에 빠진 것 같다. 그 후 어머니는 나를 통해 종이가 든 손수건을 아저씨에게 전한다. 몇 날이 지나자 아저씨는 예쁜 인형을 나에게 주고는 영영 집을 떠나 버린다. 어머니는 내 손을 잡고 뒷동산으로 올라가 아저씨가 탔을 기차를 멀리서 바라본다. 나는 어머니의 슬픈 듯한 얼굴을 쳐다보면서 아마 어디가 아픈가 보다고 생각한다.

풍금 뚜껑은 다시 닫히고 찬송가책 갈피에 끼워져 있던 마른 꽃송이는 버려진다. 매일 사던 달걀도 다시는 사지 않게 된다.

주요섭
(朱耀燮, 1902~1972)

주요섭은 평안남도 평양에서 태어나 평양 숭덕소학교와 숭실중학교를 졸업한 후 도쿄로 건너가 아오야마 학원에서 공부했습니다. 1927년에 상하이 후장대학 교육학과를 졸업한 뒤 미국 스탠퍼드 대학에서 공부했습니다. 1921년 《매일신보》에 〈깨어진 항아리〉를 발표하면서 등단했습니다. 주요섭 작가는 초기 작품에서 가난한 사람들의 삶과 반항 의식을 다루었으며, 1930년대에 들어서면서부터는 서정성 짙은 작품을 발표했고, 광복 직후에는 사회 비판적인 소설을 발표하다가 그 이후에는 삶과 죽음의 문제에 대한 작품을 주로 썼습니다. 주요 작품으로는 〈사랑손님과 어머니〉 〈아네모네의 마담〉 등이 있습니다. 1984년에는 그의 이름을 딴 주요섭문학상이 제정되었습니다. 〈불놀이〉를 쓴 주요한이 그의 형입니다.

📍 작품 이해_1935년/단편소설

어린아이의 눈으로 그려 낸 어른들의 미묘한 사랑과 심리적 갈등

이 작품은 여섯 살 어린아이의 눈에 비친 어머니와 사랑손님 사이의 애틋한 감정을 그려 냈습니다. 작중 화자인 나는 아저씨의 얼굴이 빨개지는 것을 보고 화가 났다고 생각합니다. 어머니가 꽃을 받아 들고 다시는 이런 걸 받아 오지 말라고 하자 어머니도 성이 난 것이라고 생각합니다. 어머니가 매일 삶은 달걀을 주다가 아저씨가 떠난 후로는 왜 주지 않는지 알지 못합니다. 이 작품은 성인 남녀 간에 오가는 미묘한 감정을 맑고 순수한 어린아이의 눈으로 그려 냄으로써 서정적인 아름다움으로 승화시키고 있습니다.

절제된 표현을 통한 심리 변화의 전달

옥희가 살던 시대에는 여성의 재혼을 부정적으로 보았습니다. 오늘날과 같이 감정 표현이 자유롭고 개방적인 사회에서도 이성에게 끌리는 마음은 은밀하고 조심스럽기만 합니다. 하지만 이 작품에서 그런 미묘한 사랑의 감정과 갈등은 옥희가 전달하는 내용만으로도 충분히 짐작할 수 있습니다. 작가는 어머니의 소극적이며 순응하는 자세, 전통 윤리와 억압된 욕망 사이에서의 갈등을 어린 옥희의 눈을 통해 더욱 효과적으로 표현하고 있습니다.

✏️ 작품을 이해하기 위한 핵심 정리

배경과 주제 알아보기

소설의 배경은 1930년대로 조선 시대의 전통 윤리가 여전히 남아 있을 때입

9. 순수한 어린아이의 눈에 비친 어머니의 사랑과 이별 〈사랑손님과 어머니〉

니다. 당시에는 오늘날처럼 남자와 여자가 자유롭게 만나 연애할 수 없었습니다. 여자의 재혼 또한 못마땅하게 여겨졌습니다.

옥희 어머니와 아저씨가 서로 끌리는 감정을 가지고 있음은 옥희의 관찰자적 시선을 통해서도 잘 알 수 있습니다. 그러나 두 사람은 사회적 관습과 사람들의 이목이 두려워 마음을 제대로 표현하지 못하고, 아저씨는 끝내 집을 떠나고 맙니다.

1900년대 초반 여성들의 생활

이 소설은 전통 윤리에 좌절하는 한 젊은 과부의 사랑을 여섯 살 여자아이의 순수한 눈을 통해 표현한 작품입니다.

인물 알아보기

나는 여섯 살 난 여자아이로 명랑하며 순진한 '관찰자'입니다. 태어나기도 전에 아버지가 돌아가시고 어머니와 단둘이 삽니다. 그러던 중 사랑채에 아버지의 친구가 하숙을 하게 되고 나는 그 아저씨와 친해집니다. 아저씨가 아버지였으면 하는 마음으로 어머니와 아저씨와의 애정을 티 없이 맑은 눈으로 바라봅니다.

어머니는 젊은 과부로 사랑손님에게 애정을 느끼지만 사별한 남편에 대한 그리움, 아이에 대한 사랑, 당대의 풍습과 세상 사람들의 이목이 두려워 갈등하는 여인입니다.

아저씨는 옥희 아버지의 옛 친구로 옥희 어머니에게 연정을 품지만 그 마음을 접고 다시 고향으로 돌아갑니다.

시대에 따라 변화하는 사회적 관습

19세기 조선 화가 신윤복의 〈월하정인〉

사랑손님과 어머니가 사랑을 이루지 못한 까닭은 사회적 관습 때문이라 할 수 있습니다. 이 작품에서 어머니는 사회적 관습 때문에 자연스러운 사랑의 감정을 억누릅니다. 아마 현재라면 어머니의 사랑은 이루어졌을 수도 있었겠죠.

이처럼 사회적 관습은 시간이나 공간에 따라 변화합니다. 예를 들면 조선 시대에는 남녀가 일곱 살이 넘으면 함께 공부하면 안 된다고 생각했지만, 현대 사회에서는 남녀가 함께 교육받는 것이 학습 효과 면에서 더 효율적이라고 봅니다. 이 소설이 발표되던 시대는 과부가 재혼하는 것이 관습상 허용되기 어려웠던 시기였습니다.

이 작품에서처럼 대부분의 사람은 사회적 관습에 순응하며 살아갑니다. 하지만 그 관습이 잘못된 것이라면 무조건 따르기보다는 개선하거나 없애려고 노력해야 합니다.

여섯 살 아이의 눈으로 그려 낸 편견 없는 사랑

편견이나 도덕, 관습에 얽매이지 않는 옥희의 순수한 눈으로 그려지지 않았다면 이 소설의 이야기는 다르게 전개되었을 것입니다. 어머니와 아저씨 두 사람 간의 애틋한 감정은 사회적 관습 속에서 괴로워하며 갈등하는 모습으로 표현되었겠지요. 하지만 화자인 옥희는 아직 편견이 없고 도덕도 관습도 알지 못하는 여섯 살짜리 어린아이입니다. 작가는 독자들이 이런 아이의 눈을 통해 두 사람을 보게 함으로써, 당연하다고 여겨지던 사회적 전통이나 질서의 틀 밖에서 그들의 사랑을 바라볼 수 있게 했습니다.

1 이 이야기에서 가장 인상 깊었던 부분과 그 이유를 말해 보세요.

....

....

....

2 여러분이 작가라면 '끝나고 난 뒤의 이야기'를 어떻게 전개할지 써 보세요.

....

....

....

3 여러분도 사회적 관습 때문에 곤란했던 적이 있었나요?

....

....

....

한 번 더 생각하기

1. 〈사랑손님과 어머니〉는 여성의 재혼이 부정적으로 인식되었던 시절의 이야기입니다. 지금은 사람들의 인식이 많이 변화하여 여성의 재혼을 부정적으로 보지 않습니다. 이처럼 그때는 맞았지만 지금은 틀린 불필요한 관습이 있다면 어떤 것이 있을까요?

2. 작품 속 어머니의 선택을 찬성하는지 반대하는지 여러분의 의견을 말해 보세요.

3. 여러분은 어머니의 헌신적인 사랑을 느껴 본 적이 있나요? 그런 경험이 있다면 말해 보세요.

1 소년 소녀의 순수한 사랑
소나기

🎭**줄거리** 소년은 어느 날 징검다리에 앉아 물장난하는 소녀를 만난다. 소년은 소녀가 간 다음에야 징검다리를 건넌다. 다음 날 또다시 징검다리에서 만난 소녀는 세수하다 말고 물속에서 조약돌 하나를 집어 들어 "이 바보" 하며 소년에게 던지고는 갈밭 속으로 사라진다. 며칠 동안 개울가에 소녀가 보이지 않자 소년은 소녀에 대해 알 수 없는 애틋한 그리움을 느낀다.

어느 토요일, 소년과 소녀가 개울가에서 다시 만난다. 소녀가 비단 조개를 소년에게 보이면서 말을 건넨다. 그들은 황금빛으로 물든 가을 들판을 달려 산 밑까지 간다. 가을꽃을 꺾으며 송아지를 타고 놀다가 소나기를 만난 둘은 수숫단 속에 들어가 비를 피하고, 내려오는 길에 물이 불어 난 도랑을 소년이 소녀를 업고 건넌다.

그 후 소년은 소녀를 오랫동안 보지 못한다. 그러던 어느 날 소녀를 다시 만났을 때 소녀는 그날 소나기를 맞아 많이 아팠으며 아직도 앓고 있다고 말한다. 이때 소녀는 소년에게 분홍 스웨터 앞자락을 보이며 그날 무슨 물이 들었다고 한다.

"그래, 이게 무슨 물 같니?"

소년은 스웨터 앞자락만 바라만 본다.

"그날, 도랑을 건너면서 내가 업힌 일이 있지? 그때 네 등에서 옮은 물이다."

소년은 얼굴이 확 달아오른다. 소나기를 만나 소년이 소녀를 업었을 때 묻은 풀물 자국이었던 것이다. 그리고 소녀는 아침에 땄다는 대추를 한 줌 주며 곧 이사 갈 거라고 한다. 소년은 소녀에게 줄 생각으로 제일 실한 호두가 있는 덕쇠 할아버지 호두밭으로 가서 몰래 호두를 딴다.

소녀가 이사 가기로 한 전날 저녁, 소년이 자리에 누워 아직 소녀에게 주지 못한 호두를 만지작거리고 있는데 마을에 갔던 아버지가 어머니에게 소녀가 죽었다는 소식을 전한다. 소녀가 죽기 전 "자기가 입고 있던 옷을 그대로 입혀서 묻어 달라"라는 말을 했다는 얘기와 함께.

황순원
(黃順元, 1915~2000)

황순원은 평안남도 대동에서 태어나 일본 와세다 대학 영문과를 졸업하였습니다. 1931년 《동광》에 시 〈나의 꿈〉을 발표하며 등단, 1934년에 시집 《방가》를 출간하면서 본격적인 활동을 시작하였습니다. 이후 《삼사문학》 동인으로 활동하면서 소설도 함께 쓰기 시작해 1940년에 소설집 《늪》을 발표했습니다. 황순원 작가는 시인으로서의 섬세한 감수성과 소설가로서의 치밀한 문체 및 스토리 전개 능력을 바탕으로 현실의 비극성을 심원한 사상이나 종교로 승화시켜 주제 의식을 분명하게 드러내 보였습니다. 주요 작품으로는 〈독짓는 늙은이〉 〈학〉 〈별〉 〈이리도〉 〈땅울림〉 〈어둠 속에 찍힌 판화〉 〈황노인〉 〈모델〉 〈목넘이 마을의 개〉 〈소나기〉 등의 단편소설과 장편소설 《별과 같이 살다》 《카인의 후예》 《인간접목》 등이 있습니다.

작품 이해 _1953년/단편소설

소년 소녀의 때 묻지 않은 사랑

이 작품은 소년과 소녀의 때 묻지 않은 사랑을 평화
로운 농촌을 배경으로 아름답게 그리고 있습니다. 하
지만 '소나기'란 제목처럼 그 사랑은 어느 날 갑자기
폭풍처럼 왔다가 소리 없이 사라집니다.

작가는 소년과 소녀를 통해 사랑의 순수함을 보여 주
지만 비극적 결말에 대한 슬픔을 직접 드러내지 않습니다.
하지만 독자는 이들의 사랑에 설레고 소녀의 죽음을 통해
애잔함을 느낍니다. 소녀는 죽어 가면서 자기가 입고 있던 옷을 그대로 입혀
서 묻어 달라고 하는데, 이 대목에서 소년에 대한 소녀의 애틋한 사랑을 느낄
수 있습니다.

소녀의 죽음과 성숙의 고통

일반적인 남녀 간의 사랑 이야기와 달리 이 작품은 아직 어른이 되지 않은 소
년과 소녀가 주인공으로 등장함으로써 성장소설로 분류됩니다. 유년 시절에
는 가정이라는 울타리 안에서 어른들의 경험과 지식에 의존해 살아갑니다. 이
때에는 대부분 직접 시련을 맞닥뜨린 적이 없을 뿐만 아니라 사랑이 무엇인
지, 죽음이 무엇인지에 대해서 알지 못하지요. 하지만 우리는 필연적으로 크
든 작든 소중한 것을 잃는 경험을 하게 되고, 그 경험을 통해 인생이 무엇인지
에 대해 배우게 됩니다.

시련을 겪은 후에는 아무 걱정 없던 유년 시절로 되돌아갈 수 없습니다.
이 작품 역시 성숙한 세계로 입문하는 통과의례로서 시련을 겪는 한 소년의

이야기입니다. '통과의례'란 돌잔치, 성인식과 같은 '통과제의'처럼 인간이 성장하는 과정에서 다음 단계로 가기 위한 의식이나 의례입니다. 문학 작품에서는 어른으로 성장하기 위해 이별의 아픔과 같은 시련을 겪는 과정을 통과의례적 요소로 봅니다.

이 작품은 소년과 소녀의 만남, 조약돌과 호두알로 은유되는 감정의 교류, 소나기를 만나는 장면, 소녀의 병세 악화, 그리고 소녀의 죽음 순으로 이야기가 전개됩니다. 이러한 흐름 속에서 소년과 소녀 사이에 사랑이 움트는 미묘한 감정을 표면적으로 드러내면서, 내면적으로는 소녀와의 만남과 이별을 통해 유년기를 벗어나는 소년의 통과의례적 아픔을 보여 주고 있습니다. 소녀의 죽음은 소년에게 큰 슬픔으로 남음으로써 유년기에서 성년에 이르는 성숙의 깨달음을 알게 해 줍니다.

✎ 작품을 이해하기 위한 핵심 정리

배경과 주제 알아보기

이 작품의 공간적 배경은 현재 '황순원문학촌 소나기마을'이 세워져 있는 경기도 양평의 어느 조용한 시골입니다. 시간상으로는 여름에서 가을까지 짧은 기간입니다.

〈소나기〉의 배경을 재현해 만든 소나기마을 이정표

이 작품이 발표된 시기는 6·25 전쟁이 끝난 1953년이지만 '윤 초시'란 말로 미루어 보아 시대적 배경은 일제강점기로 추측됩니다. '초시(初試)'는 조선 시대 각종 과거의 제1차 시험에 합격한 사람을 말합니다. 윤 초시가 1890년대에 초시 합격을 했다고 한다면 1910~30년대쯤일 것으로 추측할 수 있습니다.

이 작품은 '소녀'란 제목으로 발표했다가 나중에 '소나기'로 제목을 바꾸었다고 합니다. 소년과 소녀의 짧은 만남과 이별의 아픔은 여름철 한바탕 내리는 소나기와 닮았습니다. 또한, 소나기는 소년과 소녀가 가까워지는 계기가 되기도 합니다.

인물 알아보기

소년은 순박한 시골 아이로 서울에서 온 윤 초시네 증손녀를 좋아하지만 마음속에 품고만 있을 뿐 겉으로는 드러내지 않습니다. 소년이 소녀를 좋아하는 마음은 위험을 감수하고서 덕쇠 할아버지네 호두를 몰래 따는 데서도 엿볼 수 있습니다.

소녀는 윤 초시네 증손녀로 아름답고 귀여운 아이지만 병을 얻어 서울에서 내려와 요양하다가 일찍 세상을 떠납니다. 그녀가 남긴 유언에서 소년과의 짧은 만남을 소중하게 여기고 있음을 알 수 있습니다.

● 만남과 이별, 그리고 성숙

소녀와의 만남과 이별을 소년이 성숙해지기 위한 통과의례로 본다면 이 작품은 일종의 성장소설이라 할 수 있습니다. 성장소설이란 주인공이 어린 시절부터 어른이 되기까지 자신의 인격을 완성해 가는 성장 과정을 그린 소설이지요. 소년기에서 성인의 세계로 들어설 때에는 보통 특별한 경험을 하게 되며, 특히 갈등과 시련을 통해 성숙해지는 과정을 겪곤 합니다. 아픔만큼 성숙해진다는 말처럼 소년은 소녀와의 짧은 만남과 이별이라는 아픔을 통해 성숙한 사람이 되어 가는 것입니다.

● 소나기처럼 짧지만 강렬한 여운을 남긴 첫사랑

소년과 소녀의 만남은 또래 아이들이 흔히 겪을 수 있는 일상이기도 합니다. 그 또래 아이들은 다른 이성을 보기만 해도 설레고 무언가 해 주고 싶은 마음이 생기곤 합니다. 그런 만남 이후 소녀의 죽음은 소년에게 큰 슬픔으로 남으면서 소년기에서 성년에 이르는 성숙의 과정을 겪게 합니다. 소설 속에서 소녀에 대한 소년의 마음을 느낄 수 있는 대목을 찾아보는 것도 이 소설을 재미있게 읽는 방법 중 하나일 것입니다.

1 이야기가 끝나고 난 뒤 소년에게 하고 싶은 이야기가 있으면 해 주세요.

....

....

....

2 이야기가 끝나고 난 뒤 소녀에게 하고 싶은 이야기가 있으면 들려주세요.

....

....

....

3 소년이 경험한 이별의 아픔처럼 다른 사람과 이별을 경험한 적이 있나요?

....

....

....

한 번 더 생각하기

1. 〈소나기〉의 주인공들은 청소년기에 한없이 맑고 순수한 사랑을 합니다. 여러분은
소년기의 이성 교제에 대해 어떻게 생각하나요?

....

....

....

2. 소년의 입장에서 〈소나기〉의 뒷이야기를 상상해 보세요.

....

....

....

3. 소년과 소녀의 만남을 첫사랑이라고 할 수 있을까요? 누군가를 만나 가슴이 설레었
던 경험이 있다면 이야기해 보세요.

....

....

....

1
꽃신에 얽힌 이루지 못한 사랑 이야기
꽃신

🧑‍🦰줄거리 어느 가을날, 나는 시장에 햅쌀을 사러 갔다가 시장 한쪽 구석에 좌판을 깔아 놓고 가죽 꽃신을 팔고 있는 나이 많고 병약한 꽃신장이를 만난다. 그는 예전에 우리 집 울타리 너머에 살았던 꽃신장이다. 그리고 몇 해 전 겪었던 서러웠던 기억을 되새기며 내 마음속에 사라지지 않는 앙금으로 자리 잡은 그 날, 그 일을 떠올린다.

아버지가 암소를 사러 새벽같이 부산으로 떠났을 때다. 농부 몇이 자식들 혼사에 쓸 갈비와 쇠머리를 구하러 왔다. 농부들은 꽃신장이 집을 보며 비싸기만 한 꽃신보다 고기가 낫다고 이야기했다. 그런 날이면 꽃신장이는 술을 마셨다. 꽃신을 사러 오는 사람이 점점 줄어들었기 때문이다. 그날 오랜 세월 머뭇거렸던 내 발길은 꽃신장이 집으로 향했다. 그리고 꽃신장이 부인에게 "따님에게 장가를 들겠소!" 하고 그 집 딸과 결혼하고 싶다고 말했다. 부인은 아이 아버지와 상의해 보겠다고 했다.

나는 꽃신장이 딸과의 결혼을 그 누구도 막을 수 없다고 생각했다. 꽃신장이는 나를 좋아했고, 꽃신장이 집과는 담 사이에 자란 표주박조차 사이좋게 나누어 왔기 때문이다. 그렇게 청혼에 대한 답을 기다리던 어느 날 꽃신장이가 얘기했다. "내 딸은 백정 집 자식에겐 안 준다!" 내 심장은 갈고리로 긁는 것같이 아팠다. 나는 내 팔을 깨물고 그 아픔을 잊으려 했다. 하지만 그것은 영원히 잊을 수 없는 쓰라림이었고 치욕이었다. 여러 날 나는 집 안에 틀어박혀 처녀가 아이를 밴 것처럼 해를 피했다.

그리고 시간이 흘러 전쟁으로 부산은 피란민들로 넘쳐 났다. 그런 와중에 그곳 시장에서 꽃신장이를 만나 과거의 아픈 기억을 떠올렸던 것이다.

첫눈이 일찍 내린 날 다시 시장으로 갔다. 그러나 꽃신장이는 없고 꽃신장이 부인이 나와 있었다. 거기서 꽃신장이가 죽었다는 소식을 전해 듣는다. 두 켤레의 꽃신을 사서 따님에게 전해 달라고 하자 딸 역시도 죽었다고 한다.

김용익
(金溶益, 1920~1995)

김용익은 경남 통영에서 태어나 통영공립보통학교와 중앙중학을 거쳐 도쿄 아오야마 학원 영문과를 졸업했습니다. 광복 이후 대학 강사를 지내다 1948년 미국으로 유학을 떠나 문예창작을 공부한 후 1956년 미국의 문예지 《하퍼스 바자(Harper's Bazzar)》에 〈꽃신(The Wedding Shoes)〉을 발표하며 등단합니다. 이 작품은 1963년 8월 《현대문학》을 통해 국내에 소개되었습니다. 김용익 작가는 한국의 토속적인 공간과 그 속에서 펼쳐지는 한국인의 삶을 사실적으로 그려 냈습니다. 주요 작품으로는 〈꽃신〉〈해녀〉〈변천〉〈막걸리〉〈행복의 계절〉〈푸른 씨앗〉 등이 있으며, 이중 〈꽃신〉은 《런던 바자》《뉴요커》등 각종 외국 문예지에 실렸고 영화와 발레 등으로 제작되기도 했습니다.

대조법으로 그린 과거와 현재

김용익 작가는 평소 대조법을 잘 사용하는데, 그 기법은 이 작품에서도 유감 없이 발휘되고 있습니다. 꽃신장이의 집과 백정의 집, 그리고 시대 변화에 따라 달라지는 경제적 상황, 또 그에 따른 사회적 지위의 변화, 그리고 꽃신과 고무신으로 대변되는 전통과 현대의 대조 등이 그것입니다.

실제 보았던 장인의 삶을 그린 작품

작품에 등장하는 꽃신장이는 실제 작가가 거주했던 통영시 태평동 22번지 앞집에 살았다고 합니다. 작가는 어렸을 때 자신의 보았던 꽃신장이의 삶을 아름다운 작품으로 승화시킨 것입니다. 이 작품에서 꽃신장이는 변화하는 세태 속에서 전통을 지키려 하지만 사람들에게 냉대받고, 주인공은 사회적 편견으로 사랑을 이루지 못합니다.

작품을 이해하기 위한 핵심 정리

배경과 주제 알아보기

이 작품의 주요 사건은 주인공인 나의 청혼에 대한 꽃신장이의 거절입니다. 거절한 이유는 꽃신장이가 가진 전통적 가치에 대한 고집과 자기 일에 대한 자부심 때문이라 할 수 있습니다. 자부심은 장인정신처럼 좋은 고집을 갖게 합니다. 하지

만 자부심이 지나치면 다른 사람을 무시하는 오만함이 되기도 합니다. 주인공이 '백정의 아들'이라는 이유로 차별받은 것도 바로 이 때문입니다. 사실 어찌 보면 '백정' 또한 장인으로 인정해야 할 전통적 직업일지도 모릅니다. 이 작품은 이러한 점을 생각해 보게 하며 이루지 못한 사랑을 통해 사라져 가는 전통적 가치에 대한 안타까움을 효과적으로 표현하고 있습니다.

인물 알아보기

나는 백정이라는 신분 때문에 사랑을 이루지 못한 비운의 인물입니다. 하지만 이루지 못한 사랑에 대해 분노하지 않고 삶을 긍정적으로 승화시킬 만큼 삶에 대한 애정 또한 큽니다.

　꽃신장이는 전통적 가치를 최고로 여기는 인물입니다. 장인으로서의 자부심과 장인정신은 뛰어나지만 시대의 변화를 받아들이지 못할 정도로 고지식합니다.

11. 꽃신에 얽힌 이루지 못한 사랑 이야기 〈꽃신〉

● 시대 변화에 의해 사라지는 전통적 가치

이 작품에서 꽃신은 상징적 의미를 갖습니다. 꽃신은 주인공에게는 이루지 못한 사랑을 상징합니다. 동시에 꽃신장이에게는 자신의 삶이자 자부심이기도 합니다. 또한, 꽃신은 꽃신장이가 헐값에는 내놓지 않으려는 전통적 가치를 대변합니다.

이 작품에서 꽃신장이는 시대 변화에 맞춰 변화를 모색하지 않고 과거의 가치만 고수하려고 하다가 서서히 몰락하고 맙니다. 사실 많은 전통적 가치들이 물질 문명의 편리함이나 새로운 도구 등으로 인해 변화를 겪거나 사라지고 있습니다. 그리고 점점 더 빠르게 변화하는 현대 사회에서 전통적 가치 또는 장인정신을 어떻게 볼 것인가 하는 문제는 계속 풀지 못한 숙제로 남아 있습니다.

● 용서와 긍정적인 삶의 자세

이 작품의 또 다른 핵심 주제는 용서와 화합, 그리고 이를 아우르는 통합적 정신입니다. 단지 백정이라는 이유로 결혼 승낙을 받지 못한 치욕은 쉬 지워질 수 없는 것입니다. 그런데도 주인공은 모든 것을 받아들이고 꽃신장이를 용서합니다. 그렇게 꽃신장이의 오만함도, 꽃신장이 딸에 대한 사랑의 좌절도 모두 받아들임으로써 분노에 그치지 않고 삶을 긍정적으로 바라보며 아름다움으로 승화시킵니다. 그 모든 승화는 꽃신이라는 상징으로 나타나는데, 그렇게 꽃신은 이 작품의 시작점이자 끝이기도 합니다.

① 꽃신장이가 주인공 집안을 멸시하는 태도가 드러나는 부분을 찾아보고 그 이유가 무엇인지 이야기해 보세요.

② 꽃신장이는 꽃신이 잘 팔리지 않아 괴로워하며 술을 마십니다. 이는 사라져 가는 전통에 대한 아쉬움의 표현이라 할 수 있습니다. 우리가 지키지 않으면 곧 사라질 것들에는 어떤 것들이 있을까요?

③ 주인공이 당당하게 꽃신장이 집을 찾아가 그 집 딸과 결혼하겠다고 한 이유는 무엇일까요?

한 번 더 생각하기

1. 젊은 시절의 나는 꽃신장이의 딸을, 꽃신장이는 꽃신을 가장 소중하게 생각했습니다. 여러분이 지금 가장 소중하게 생각하는 것은 무엇인가요? 그 이유도 써 보세요.

....

....

....

2. 직업에 귀천이 있다고 생각하나요? 여러분의 생각을 말해 보세요.

....

....

....

3. 이 작품에서 '꽃신 만들기'는 소중하게 지켜야 할 가치지만 돈이 되지 않는 일이라 볼 수 있습니다. 예전의 '꽃신장이' 같은 직업이 현재도 있는지 찾아보세요. 여러분이라면 그런 직업을 선택할지도 함께 이야기해 보세요.

....

....

....

제3부

더불어 사는 세상

5장

사람과 사람 사이의 갈등

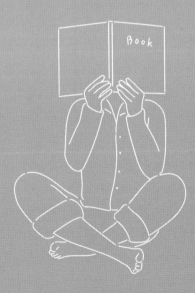

1

시골 소년이 경험한 도시 사람들의 부도덕성
자전거 도둑

🧒**줄거리** 시골에서 올라온 수남이는 청계천 세운상가 뒷길의 전기용품 도매상 점원으로 일한다. 열여섯 살이지만 앳된 얼굴인 수남이는 단골 손님들에게 귀여움을 받는다. 수남이는 부지런하고 성실해서 주인 할아버지한테도 칭찬받으며 열심히 일한다. 주인 할아버지는 단골손님들에게 내년에는 수남이를 야학에 보낼 거고 대학도 갈 거라며 추켜세운다. 수남이는 주인 할아버지의 말에 한껏 기대를 하고 시간이 날 때마다 책을 보려 하지만 세 사람이 해야 할 일을 혼자서 하느라 좀처럼 짬이 나지 않는다.

유난히 바람이 많이 불던 어느 날, 수남이는 시골집 풍경을 떠올리며 자전거를 타고 심부름을 간다. 어찌나 바람이 세게 부는지 골목에 세워 두었던 자전거가 넘어지는 바람에 지나가던 비싼 자동차에 흠집을 내고 만다. 수남이는 빌고 또 빌어 보지만 차 주인은 감당하기 힘든 돈을 요구한다. 차 주인은 자전거를 담보로 잡고 수리비를 가져와야 자전거 열쇠를 돌려주겠다며 자전거를 묶어 둔다. 그런데 구경꾼들이 수남이에게 "도망가라, 어서어서 자전거를 번쩍 들고 도망가라" 외친다. 결국 수남이는 차 주인이 담보로 잡아 놓겠다는 자전거를 번쩍 들고 도망치면서 묘한 쾌감을 느낀다.

주인 영감은 수남이로부터 자초지종을 듣고 난 뒤 무엇이 그리 좋은지 무릎을 치면서 통쾌해한다. 그러고는 가게에서 쓰는 드라이버니 펜치를 가지고 자전거에 채운 자물쇠를 분해하기 시작한다. 그 모습이 수남이의 눈에는 흡사 도둑 같아 보여 속으로 정나미가 떨어진다. 주인 영감은 마침내 자물쇠를 열고 나서 수남이의 머리를 쓰다듬고 볼과 턱을 두둑한 손으로 귀여운 듯이 감싼다. 영감님은 기분이 좋을 때면 수남이에 대한 애정 표시로 으레 그랬고, 수남이도 그걸 좋아했다. 그런데 오늘은 왠지 싫다.

저녁에 수남이는 오늘 자기가 한 일이 정말 잘한 일인지 생각한다. 낮에 자전거를 갖고 달리면서 맛본 공포와 함께 느꼈던 쾌감이 자기의 핏속에 도둑놈의 피가 흐르고 있기 때문은 아닐까 두려워한다. 수남이네 형이 돈을 벌겠다고 서울에 갔다가 도둑질을 해 지금 감옥에 있기 때문이다. 그 일로 아버지는 화병으로 몸져눕

박완서
(朴婉緒, 1931~2011)

박완서는 경기도 개풍에서 태어나 서울대학교 국어국문학과에 입학했으나 6·25전쟁으로 중퇴했습니다. 1970년 《여성동아》에 장편소설 《나목》이 당선되어 등단한 후 1980년에 한국문학작가상을, 1981년에 이상문학상을, 1990년에 대한민국문학상을 수상했습니다. 박완서 작가의 특징은 크게 다음 두 가지로 정리할 수 있습니다. 첫째는 6·25전쟁과 분단으로 인한 가족의 비극을 다루었다는 것입니다. 《나목》《그 많던 싱아는 누가 다 먹었을까》《엄마의 말뚝》 등이 여기에 속합니다. 두 번째로 1970년대 이후 사회를 배경으로 중산층의 정신적 황폐함, 허영심 등을 파헤쳤다는 것입니다. 《살아 있는 날의 시작》《그대 아직도 꿈꾸고 있는가?》《부끄러움을 가르칩니다》 등이 여기에 속합니다. 주요 작품으로는 《휘청거리는 오후》《도시의 흉년》《미망》 등의 장편소설과 소설집 《배반의 여름》《엄마의 말뚝》, 산문집 《나는 왜 작은 일에만 분개하는가》 등이 있습니다.

12. 시골 소년이 경험한 도시 사람들의 부도덕성 〈자전거 도둑〉

고 집안 형편 또한 말이 아니다. 아버지는 수남이가 서울로 올라올 때 도둑질만은 절대 하지 말라고 타일렀는데, 주인 영감님은 자기가 한 짓을 나무라기는커녕 손해 안 난 것만 좋아서 '오늘 운 텄다'고 좋아하지 않았던가.

수남이는 아버지가 그리워 짐을 꾸린다.

💡 작품 이해_1999년/단편 동화

현대인들이 지녀야 할 양심과 정신적 가치에 대한 물음

이 작품은 여섯 개의 단편소설로 구성된 박완서의 동화집《자전거 도둑》의 표제작입니다. 이 책은 어른과 어린이가 함께 읽어도 될 만한 동화로 구성되어 있습니다.

〈자전거 도둑〉에 등장하는 전기용품 가게 주인 영감과 자동차 주인은 돈을 위해서라면 개인의 가치와 인간성마저 저버리는 현대인을 상징하고, 시골에 계신 아버지는 올바른 인간성과 도덕성을 지닌 인물로 대표됩니다. 수남이는 도덕적으로 갈등을 겪으며 둘 사이에서 고민하지만 결국 시골에 계신 아버지를 선택합니다. 아버지가 계신 고향으로 가기 위해 짐을 싸는

1999년판 《자전거 도둑》 표지
©다림

수남이의 모습은 도덕성을 지켜 줄 어른에 대한 그리움을 표현한 것입니다.

물질적 이익만을 추구하는 현대인들의 부도덕성을 보여 주면서, 도덕과 양심이 회복되기를 바라는 작가의 생각을 잘 보여 주는 작품입니다. 맑은 영혼을 가진 수남이를 통해 현대인들이 지녀야 할 양심과 정신적 가치가 무엇인지 생각해 보게 합니다.

✏️ 작품을 이해하기 위한 핵심 정리

배경과 주제 알아보기

이 작품의 시간적 배경이 되는 1970년대는 도시화와 산업화가 한창 진행되

던 시기였습니다. 그래서 많은 사람이 돈을 벌기 위해 가난한 농촌을 떠나 도시로 갔습니다. 수남이도 돈을 벌기 위해 정든 시골을 떠나 도시 생활을 시작하지만 곧 도시인의 탐욕과 부도덕성을 맞닥뜨립니다. 또한, 자신도 그런 도시인으로 변해 가는 과정을 겪으면서 아버지가 계신 시골로 돌아가려 합니다. 물질적 가치와 도덕적 가치 사이에서 갈등을 겪다가 결국 도덕적 가치를 선택하는 것입니다.

이 작품은 도둑질이라는 소재를 통해 급격하게 변화하는 시대에 어떻게 사는 것이 올바른 삶인지 생각해 보게 합니다. 작가는 정신적 가치보다 물질적 가치를 중요시하는 도시를 과감히 떠나는 수남이의 모습에서 존중해야 할 가치가 있음을 보여 주고 있습니다. 동화라는 형식을 빌려 보편적 도덕적 가치를 제시한 수작입니다.

인물 알아보기

열여섯 살 수남이는 맑은 영혼을 지닌 소년으로 시골에서 서울로 올라와 돈을 벌며 공부하고 싶어 합니다. 서울 생활을 하면서 도덕적으로 갈등하며 자신을 제대로 이끌어 줄 어른을 그리워하는 인물입니다.

주인 영감은 수남이를 위하는 것처럼 보이지만 수남이의 노동력을 착취하는 인물입니다. 자동차 주인 또한 고급 승용차를 몰지만 가난한 수남이에게 악착같이 돈을 받아 내려는 걸 보면 주인 영감과 마찬가지로 탐욕스러운 도시인을 대변하는 인물입니다.

아버지는 시골에서 가난하게 살지만 도덕성을 잃지 않고 살아가는 인물입니다. 도시 생활에서 경험한 부도덕성을 떨치고 올바른 삶을 살아가려는 수남에게 마음의 안식처 역할을 합니다.

● 시골의 존재 가치

설이나 한가위처럼 명절이 되면 서울에서 시골로 향하는 차량 행렬이 고속도로를 꽉 채웁니다. 도시 생활에 지친 몸과 마음을 풀기 위해 여행을 떠날 때도 주로 산과 들, 계곡, 바다가 어우러진 시골로 갑니다. 그만큼 시골 농촌은 사람들의 마음속에 고향으로 자리 잡고 있습니다. 도시 생활이 빡빡한 경제생활을 위한 활동의 중심이라면 시골은 평온과 휴식 등 정신적 가치를 채워 주는 공간으로 남아 있는 것입니다.

이 작품에서 수남이 역시 돈을 벌고 공부를 하겠다는 꿈을 안고 도시로 올라오지만 물질적 가치만 중요시하는 도시의 어두운 면을 보고 올바른 삶의 가치를 찾아 시골로 내려갑니다.

● 올바른 삶으로 이끌어 주는 어른의 역할

수남이가 일하는 전기용품 가게 주인은 얼핏 보면 수남이에게 친절한 사람입니다. 하지만 실은 수남이의 노동력을 착취하고 달콤한 약속으로 그를 계속 붙잡아 두려는 속셈을 가진 욕심 많고 계산적인 사람일 뿐입니다. 수남이는 자신의 잘못에도 손익을 따져 칭찬을 하는 그의 모습을 보고 그 부도덕성과 탐욕에 물이 들 것 같은 두려움을 느낍니다. 그래서 자신을 올바른 삶으로 이끌어 줄 수 있는 어른, 즉 아버지가 계신 시골로 돌아가는 것입니다.

① 수남이는 왜 도시가 아닌 시골을 선택했을까요? 여러분의 생각을 써 보세요.

....

....

....

② <자전거 도둑>을 읽고 '서울은 나쁘고 시골은 좋다'라고 말하는 사람이 있다면 어떤 이야기를 해 줄 수 있을까요?

....

....

....

③ 여러분도 시골에 가 본 적이 있나요? 시골 하면 떠오르는 느낌이나 생각을 이야기해 보세요.

....

....

....

한 번 더 생각하기

1. 수남이는 어른들의 행동에 실망합니다. 여러분도 어른들에게 실망했던 경우가 있었나요? 어른들이 고쳐야 할 점이 있으면 말해 보세요.

....

....

....

2. 수남이는 열여섯 어린 나이에도 일을 합니다. 여러분 나이에는 어떤 일을 할 수 있을까요?

....

....

....

3. 물질적 가치와 도덕적 가치 중에서 무엇이 더 중요하다고 생각하나요? 그리고 그 이유는 무엇인가요?

....

....

....

1 돌다리

땅을 둘러싼 신구 세대의 갈등

줄거리 창섭은 서울에서 맹장 수술을 잘하는 것으로 소문 난 권위 있는 내과 의사다. 열 살이나 나이 차이가 나는 어린 누이가 의사의 오진으로 억울하게 세상을 떠나자 농사일을 물려받길 원했던 아버지의 뜻을 저버리고 의사가 된 것이다. 그는 병원이 좁아 큰 건물로 이전할 계획을 세우지만 자금이 부족하자, 모자라는 돈을 시골집 땅을 팔아 해결하기 위해 부모님께 말씀드리러 고향에 내려온다. 이참에 부모님을 서울로 모시고 가려고 생각 중이다.

창섭의 마음에는 자금 부족 문제도 있지만 부모님을 모시고 살지 않는 것에 대한 죄송스러움도 있다. 늙은 부모님께서 농사를 지으시면서 겪는 어려움이 마음에 걸리기 때문이다.

창섭의 아버지는 매우 부지런하고 검소한 사람이다. 논과 밭을 정성을 기울여 가꾸고 동네와 읍내 길도 닦은 등 마을을 위해 일해 왔다. 창섭이 내려갔을 때 아버지는 동네 사람들과 함께 돌다리를 고치고 있었다. 오륙십 년 동안 한 번도 무너진 적이 없었던 돌다리가 몇 년 전 장마 때 내려앉아 버린 것이다. 창섭은 그런 아버지에게 땅을 팔고 서울로 올라가자고 말한다. 장남인 자신이 부모님을 모시겠다고 하면서 말이다.

　그러나 아버지는 창섭의 제안을 단번에 거절한다. 이 땅은 조상 대대로 물려받은 것이고, 이 땅으로 창섭의 공부 뒷바라지를 했다는 것이다. 또한 이 돌다리는 아버지가 글을 배우러 다니던 다리고, 어머니가 시집올 때 가마 타고 건너온 다리이며, 조상의 상돌을 옮긴 다리인 동시에, 아버지 자신이 죽으면 건널 다리라는 것이다. 그러면서 자신이 죽을 때가 되면 이 땅을 진정으로 아끼며 농사지을 사람들에게 넘기겠다고 한다. 아버지의 땅에 대한 신념은 그만큼 확고부동하다. 창섭은 아버지와의 거리감만 느끼고 서울로 돌아간다.

　아버지도 마음이 불편한 채로 다음 날 새벽이 되자 고쳐 놓은 돌다리를 보러 나간다. 새로 놓은 돌다리가 튼튼하다는 것을 확인하고 돌다리에 앉아 양치도 하고 세수도 한다. 그리고 돌다리를 늘 보살펴야 하는 것이 천리임을 되새긴다.

이태준
(李泰俊, 1904~?)

이태준은 강원도 철원에서 태어나 휘문고보를 거쳐 1927년 도쿄 조치대학 예과에 입학하지만, 극심한 생활고로 1928년 중퇴했습니다. 1925년 《시대일보》에 〈오몽녀(五夢女)〉를 발표하면서 등단한 후 1933년 구인회 동인 및 1946년 조선문학가동맹 부위원장으로 활동했으며, 조선문학가동맹이 제정한 제1회 독립기념 조선문학상을 수상하기도 했습니다. 이태준 작가는 김동인, 이효석과 함께 아름다운 문장력을 구사한 대표적인 작가로서 한국 단편소설의 선구자, 1930년대 작가들에게 큰 영향을 끼친 소설가란 평을 받고 있습니다. 주요 작품으로는 〈달밤〉 〈밤길〉 〈독립전후〉 등의 단편소설과 수필집 《무서록》 및 문장론 《문장강화》 등이 있습니다.

13. 땅을 둘러싼 신구 세대의 갈등 〈돌다리〉

🔍 작품 이해_1943년/단편소설

물질만능주의와 전통적 가치의 갈등

이 작품은 일제강점기 말기인 1943년에 《국민문학》에 발표
된 작품입니다. 이 시기는 우리나라에 서구적인 가치관이 들
어오면서 전통적인 가치관과 갈등을 일으키던 때입니다. 이런
시대적 배경 속에서 작가는 부자지간의 갈등을 통해 전통적인
가치관을 지켜야 함을 보여 주고 있습니다.

《국민문학》 1941년 11월
창간호

서울에서 의사를 하는 창섭은 돈을 더 많이 벌기 위해 병원
확장에 필요한 자금을 아버지가 조상 대대로 살아온 땅을 팔아
마련하고자 합니다. 하지만 아버지는 땅이야말로 천지 만물의
근본이라는 논리를 내세워 거절하고, 이 일로 아들과 아버지는
결별하게 됩니다. 여기서 창섭이 돈이면 최고라는 물질만능주의와 편리만을
따지는 근대 자본주의 사회의 가치관을 대변하고 있다면 아버지는 땅으로
대변되는 자연의 순리와 전통적 가치를 대변하고 있습니다.

✏️ 작품을 이해하기 위한 핵심 정리

배경과 주제 알아보기

이 작품의 배경은 일제강점기 말기인 1940년대입니다. 이 작품을 구성하는
표면적 갈등은 땅을 팔자는 창섭과 땅을 팔지 않겠다는 아버지와의 대립입
니다. 두 인물의 성격과 가치관에 비추어 볼 때, 근본적인 갈등의 원인은 땅
의 본래 가치를 중시하는 아버지와 땅을 금전적 가치로만 보는 창섭과의 생

각 차이입니다. 그 갈등은 1940년대 말기에 근대적 물질주의적 가치관이 전통적 가치관을 밀어내던 시기의 모습이기도 합니다.

땅을 팔지 않겠다는 아버지는 시대의 변화를 거부하는 것처럼 보일 수도 있습니다. 하지만 아버지에게 땅은 '가족과 선조들의 인연'이 맞닿아 있는 안식처이자 농촌 공동체라는 전통적 세계가 뿌리내리고 있는 터이기도 합니다. 작가는 이런 아버지의 생각에 비추어 근대 자본주의 사회의 가치관을 비판하고 있습니다.

인물 알아보기

아버지는 평생 농사만 지으며 산 근면 성실한 농부입니다. 땅에 대해 강한 애착이 있고, 물질적인 이익보다 인정과 의리를 더 소중하게 여깁니다. 땅을 사고파는 세태를 비판하면서 땅을 팔자는 아들의 제안을 단호히 거절합니다.

아들인 창섭은 서울에서 잘나가는 의사로, 누이의 죽음을 보고 충격을 받아 의사가 되었지만 의술보다는 돈을 버는 데 더 관심이 많은 인물입니다. 아버지에게 땅을 팔자고 하지만 아버지의 거절에 자신의 계획이 잘못되었음을 인정합니다.

어머니는 아들과 함께 살기를 바라는 평범하고 소박한 여인입니다.

가족사의 일부로서의 돌다리

이 작품에는 근대 세계에 대한 작가의 비판적인 시각이 잘 나타나 있습니다. 제목이 '돌다리'인 것에서 알 수 있듯이 이 작품에서 돌다리는 중요한 의미를 갖고 있습니다. 아버지가 공을 들여 고쳐 놓은 돌다리는 단순한 다리가 아니라 가족사의 일부입니다.

어린 시절부터 성장하여 결혼할 때까지 아버지 인생의 역사가 돌 하나하나에 새겨져 있고, 윗 세대 어른들에 대한 기억이 묻어 있는 것입니다. 또 아버지는 훗날 자신이 세상을 떠날 때도 저 돌다리를 지나갈 것이라고 말합니다. 즉 돌다리는 바로 과거와 현재와 미래를 이어주는 매개체인 것입니다. 아버지가 돌다리를 정성껏 고치는 행위는 무분별한 개발과 근대 자본주의에 대한 도전이기도 한 동시에 지난 과거가 과거로 끝나지 않고 후대에도 그 정신과 문화가 이어지기를 바라는 염원의 표현이라 할 수 있습니다.

물질주의적 가치관 비판

이 작품에서 돌다리는 모든 것을 금전적 가치로만 파악하는 세태를 비판하기 위한 도구입니다. 그뿐만 아니라 조상과 현 세대, 자식 세대를 잇는 문화 전승의 기능도 갖고 있습니다. 또한 돌다리는 이 소설의 배경인 일제강점기와도 연결 지어 살펴볼 수 있습니다. 돌다리는 당시 우리나라 농촌 공동체가 가진 전통적 세계를 상징할 뿐만 아니라, 근대화라는 미명하에 자행된 무차별적 개발과 토지 몰수에 대한 저항의 표현이라고도 할 수 있는 것입니다.

1 창섭과 아버지의 갈등은 땅의 가치를 어떻게 보느냐에 따른 것입니다. 창섭은 땅을 어떤 가치로 보며, 아버지는 어떤 가치로 보고 있나요?

....

....

....

2 <돌다리>에서 아버지와 아들의 갈등은 아직 끝난 것이 아닙니다. 이후의 이야기는 어떻게 전개될지 여러분의 생각을 글로 써 보세요.

....

....

....

3 여러분도 창섭의 아버지처럼 돈으로 바꿀 수 없을 만큼 아끼는 것이 있나요? 있다면 그 이유를 써 보세요.

....

....

....

한 번 더 생각하기

1. 작품 속에서 아버지가 굳게 믿고 있는 돌다리처럼 여러분도 마음속에 굳게 믿고 있 거나 신뢰하고 있는 것이 있다면 소개해 보세요. 그리고 그 이유도 덧붙이세요.

2. 아버지는 땅을 지키려 하고 아들은 땅을 팔아서 병원을 확장하려 합니다. 이와 흡 사하게 우리 사회에서도 토지의 개발과 보전에 관한 갈등이 끊임없이 일어나고 있 습니다. 땅을 개발해야 한다는 정부의 의견과 보전해야 한다는 마을 사람들의 의견 이 대립한다면 과연 어떻게 해야 할지 여러분의 의견을 말해 보세요.

3. 도시에 사는 사람은 촌락에 대해, 촌락에 사는 사람은 도시에 대해 떠오르는 생각 들을 써 보세요. 그리고 이런 생각을 친구들과 나눠 보세요.

14 교실 안의 폭군과 권력의 맛
우리들의 일그러진 영웅

🧑‍🏫**줄거리** 나는 Y읍의 시골 초등학교로 전학을 가게 된다. 잘나가던 공무원 아버지가 좌천되었기 때문이다. 도시에서 살다가 시골로 오니 많은 게 불편하고 낯설다. 그래서 선생님께도 아이들에게도 살갑게 대하지 못한다. 그곳에서 나는 학교 반장이자 독재자로 군림하던 엄석대를 만난다. 엄석대와 나는 첫날부터 불편한 관계에 놓인다. 엄석대는 일 년 동안 담임선생님의 두터운 신임과 아이들의 절대적 복종을 받으며 지낸다. 남들에 비해 뛰어난 싸움 실력과 성적 등으로 학급을 완전히 장악한 것이다.

나는 그에게 도전하고 엄석대를 이기기 위해 가능한 모든 방법을 동원하지만, 이미 선생님과 아이들에게 두터운 신임을 얻고 있는 그에게 맞선 결과 나에게 돌아온 건 '불량한 아이'와 '외톨이'라는 꼬리표뿐이었다. 친구를 만들려고 밥도 사 주고 선물도 주었지만 그때뿐이었다. 아이들이 자의 반 타의 반으로 엄석대를 따르고 있기 때문이다. 엄석대의 행동이 잘못되었기 때문에 나의 가치관대로 행동하지만 선생님도 나를 못마땅하게 여긴다.

결국 나는 엄석대에게 굴복하고 복종하는 대신 그의 보호를 받으며 편안하게 지내기로 한다. 처음 엄석대에게 굴복할 때 충성하겠다는 표시로 샤프를 바쳤다. 그 후에 맛본 권력의 맛은 즐겁고 달콤했다. 그러나 새 학년이 되고 민주적인 담임선생님의 등장으로 상황은 완전히 뒤바뀌게 된다. 게다가 엄석대는 답안지를 조작하여 성적 위조를 한 사실까지 밝혀져 서서히 몰락해 간다.

그 후, 좋은 중학교로 진학하기 위해 시험과 경쟁 속에서 지내던 나는 엄석대에 얽힌 기억들을 모두 잊고 만다. 나는 어른이 되어 다니던 대기업에서 나와 대리점 경영을 하다가 망해 실업자로 전락했을 때 다시 한번 엄석대의 지배로 다스려지는 가혹한 왕국에 내던져졌음을 실감하게 된다. 그러던 중 피서길에 엄석대가 수갑을 찬 채 경찰에 붙들려 가는 것을 우연히 목격한다.

이문열
(李文烈, 1948~)

이문열은 서울에서 태어나 서울대학교 국어교육과를 중퇴했습니다. 1979년 《동아일보》 신춘문예에 중편 《새하곡》이 당선되며 등단한 후 수많은 문제작을 발표해 왔으며, 이상문학상을 비롯해 각종 문학상을 10여 개 이상 수상했습니다. 이문열 작가의 특징은 크게 두 가지로 나눌 수 있는데, 첫 번째는 현실의 부조리한 삶과 그에 대한 문제의식을 이야기로 재구성해 새로운 대안을 추구했다는 것이고 두 번째는 자신의 경험을 바탕으로 삶의 문제를 형상화했다는 것입니다. 주요 작품으로는 단편소설 〈우리들의 일그러진 영웅〉과 장편소설 《젊은 날의 초상》 《사람의 아들》 《대륙의 한》 등이 있습니다.

작품 이해_1987년/단편소설

부정하고 부패한 권력의 상징 엄석대

이 작품은 1987년 6월 《세계의 문학》 44호에 발표되었지만 그 배경은 1960년대 4·19혁명 전후 자유당 말기로 설정되어 있습니다. 이 작품은 제11회 이상문학상을 수상하고 1992년 영화로 만들어질 만큼 세간의 주목을 받았습니다.

이 소설은 정치 풍자소설로서, 서울의 명문 초등학교에서 시골로 전학 간 주인공 한병태와 학급 아이들에게 폭력과 부정한 방법으로 군림하던 엄석대와의 갈등을 통해 1960년대 부정부패한 정치적 현실을 보여 주었습니다.

계간지 《세계의 문학》
1976년 창간호

엄석대는 윤병조의 라이터를 빼앗고 한병태는 담임선생님에게 이를 알립니다. 그러나 한 아이의 밀고로 엄석대는 위기를 모면하고, 한병태만 곤경에 처하게 됩니다. 이 과정에서 한병태는 처음엔 분노를 느끼고 저항해 보지만 곧 좌절하고 맙니다.

민주주의가 탄압받는 세상의 축소판이 된 교실

이 이야기는 1960년대 독재에 항거해도 정의를 찾을 수 없는 암울한 현실과 부정한 권력의 속성을 대변한 것입니다. 즉 교실은 민주주의가 짓밟힌 한국 사회를 상징합니다. 이야기는 현재-과거-현재의 구조로 전개되며 현재 어른이 되어 학원 강사가 된 한병태의 시선으로 묘사되고 있습니다.

또한 교실이라는 공간을 통해 사회를 비판하는 우의적 표현 기법이 사용되었습니다. 작가가 교실의 상황에 빗대 그 의도를 드러내고 있지만 자신이 인식한 현실을 그대로 담아내려 했다는 점에서 이 작품은 사실적이기도 합

니다. 어른들의 세계에서 행해지는 불법적인 일들이 어린아이들의 세계에서
도 그대로 행해지다가 외부 조력자의 출현으로 바로 잡힌다는 것이 이 작품
의 특징입니다.

✎ 작품을 이해하기 위한 핵심 정리

배경과 주제 알아보기

이 작품의 시간적 배경은 1960년대 4·19혁명 전
후입니다. 공간적 배경은 시골의 한 초등학교 교실입
니다. 화자인 나 한병태가 어른이 되어 과거를 회상
하는 형식이며, 작품 후반에는 현재로 돌아와 현재-
과거-현재의 역순행적 구조로 진행됩니다.

4·19혁명 이후 질서 회복을 위해 거
리를 행진하는 학생들

시골 아이들은 엄석대의 독재에 익숙해져 있습니
다. 그러나 전학생인 나는 그렇지 않습니다. 그래서 엄
석대의 권력에 저항해 봅니다. 그러나 주위에서 어떤 지지도 받지 못하자 굴
복하고 맙니다. 심지어 나중에는 엄석대가 제공하는 권력을 즐기기까지 합
니다. 그러나 담임선생님이 바뀌면서 엄석대의 권력은 흔들리기 시작합니다.
6학년 담임선생님은 엄석대의 불의를 막기 위해 적극적으로 움직입니다. 결
국 아이들도 엄석대에게 등을 돌립니다.

작가는 몰락한 엄석대의 권력과 지금까지 자유를 향한 투쟁을 방해하고
엄석대에게 수동적으로 휘둘리며 동조하던 아이들의 모습을 통해 절대적으
로 보이는 권력의 허구성과 부조리한 현실에 대해 침묵하는 기회주의적인
대중을 비판하고자 한 것입니다.

이 작품의 시간적 배경은 1960년대이고 작가가 이 작품을 출간할 당시는

1980년대입니다. 이 두 시기 모두 독재 정권이 몰락해 가는 시기였습니다. 1960년대에는 이승만의 독재 정권이 무너졌고, 1980년대에는 박정희의 군사 정권이 무너졌습니다. 엄석대의 몰락은 바로 현실에서 독재 권력을 휘두르던 정권의 몰락을 상징하기도 합니다.

인물 알아보기

나 한병태는 아버지의 좌천으로 서울에서 시골로 전학 온 초등학생입니다. 전학 온 시골 학교엔 절대 권력을 가진 엄석대라는 학생이 있었습니다. 한병태는 엄석대에게 저항해 보지만 결국 굴복하고 복종합니다.

엄석대는 다른 학생들보다 조금 더 뛰어난 능력으로 선생님의 눈에 띄어 권력을 잡게 된 반장입니다. 그는 선생님의 암묵적인 지지 아래 학생들 사이에서 막강한 권력을 휘두릅니다.

6학년 담임선생님은 방관자였던 5학년 담임선생님과는 달리 엄석대의 횡포를 방치하지 않고 부조리를 척결하려는 의지를 지닌 인물입니다.

14. 교실 안의 폭군과 권력의 맛 〈우리들의 일그러진 영웅〉

● 엄석대가 절대 권력을 휘두를 수 있었던 이유

엄석대는 학급의 반장입니다. 그래서 반장으로서 선생님이 수행해야 할 업무들을 일부 수행합니다. 숙제 검사, 복장 검사, 소지품 검사 등 선생님의 자리를 대신합니다. 선생님의 업무, 권한, 권위를 이어받은 그는 점차 힘이 커집니다. 그렇게 선생님의 암묵적인 지원을 바탕으로 절대 권력을 형성해 나간 것입니다.

그렇다면 엄석대가 비뚤어진 것에 대한 책임은 5학년 담임선생님에게도 있을 것입니다. 그는 학생의 인격 성장을 방해했으며 오히려 악화시켰기 때문입니다. 5학년 담임선생님은 엄석대가 반 아이들을 자신의 입맛대로 휘두르고 있다는 것을 알면서도 자신의 편의를 위해 묵인했던 것입니다.

● 독재 권력과 무기력한 지식인의 모습

오직 목숨을 연명하기 위해 옳은 것을 옳다고 말하지 못하는 대중의 나약함, 지식인들의 함구 등이 〈우리들의 일그러진 영웅〉에서 작가가 비판하고자 한 점입니다. 대중은 억압에 익숙해져 있습니다. 시간이 갈수록 목소리를 내는 것도 꺼려합니다. 지식인들이 절망하는 이유도 이 때문입니다. 대중이 독재자의 지배에 익숙해진다면 설사 독재 정권으로부터 운 좋게 탈출한다 하더라도 언제고 다시 지배받을 것이기 때문입니다.

1 친구에게 힘으로 굴복당한 경험이 있나요? 그때 어떤 기분이 들었나요?

....

....

....

2 무리를 지어 반 아이들에게 권력을 행사한 엄석대의 행동은 무엇이 잘못된 것일까요?

....

....

....

3 노력해도 바뀌지 않을 것 같았던 절망적인 상황이 있었나요?

....

....

....

한 번 더 생각하기

1. 괴롭힘을 당하는 친구를 외면한 적이 있나요? 그런 적이 있다면 왜 그랬는지 적어 보세요.

....

....

....

2. 다른 친구를 괴롭히는 친구가 있다면 어떻게 해야 할까요?

....

....

....

3. 만약 내가 엄석대 같은 힘을 가져서 편안하게 살 수 있다면 어떻게 할 건가요?

....

....

....

6장

소시민의 삶

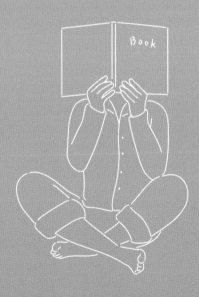

1 원미동 사람들의 일상적 삶
일용할 양식

줄거리 원미동에 사는 사람들에게, 아니 더 정확하게 말해 원미동 23 통 5반 사람들에게 겨울 들어 아주 난처한 일이 하나 생겼다. 생각하기에 따라서는 무에 그리 대단한 일이겠느냐고, 제법 요령 있게 넘어갈 수도 있지 않겠느냐고 하겠지만 어쨌든 딱한 일임에는 분명하다.

원미동에 슈퍼가 두 개로 늘어났기 때문이다. 일의 발단은 쌀과 연탄만 취급하던 경호네 '김포쌀상회'가 '김포슈퍼'로 확장하면서부터다. 경호 아버지는 '김포쌀상회'의 비어 있는 옆 칸을 헐어 가게를 확장하더니 각종 생필품과 부식, 과일 등도 함께 팔면서 가게 이름도 '김포슈퍼'로 바꿨다. 그러니 원래 동네에서 유일하게 슈퍼를 운영하던 김 반장네가 가만있을 리 없었다. 동네 사람들은 많은 식구를 거느리고 살다 보니 자연히 악만 남았다는 김 반장의 말을 떠올렸다. 김 반장네 '형제슈퍼' 역시 쌀과 연탄을 취급하며 반격에 나섰다.

결국 '김포슈퍼'와 '형제슈퍼'는 가격 인하 경쟁에 들어섰다. 처음에는 두 가게 사이에서 난처해하던 원미동 동네 주민들은 싼값에 물건을 살 수 있게 되어 좋아한다. 서로 손해를 감수하고 출혈경쟁을 하던 것

도 잠시, 싸움에 지쳐 있던 김 반장과 경호네 가게 사이에 새로 '싱싱청
과물'이 들어선다. 새로 생긴 '싱싱청과물'에서는 과일뿐만 아니라 부식
일체와 완도 김까지 팔기 시작한다.

경호네와 김 반장은 어쩔 수 없이 서로 동맹을 맺고 '싱싱청과물'의
장사를 방해하기 시작한다. 이에 견디다 못한 '싱싱청과물'은 과일만 팔
겠다고 양보하지만 방해가 계속돼 결국 가게 문을 닫고 만다. 이 일을
계기로 김 반장과 경호네는 예전처럼 사이좋게 지내게 됐지만 동네 사
람들의 시선은 곱지 않다. 그 일로 김 반장은 동네 사람들에게 비난을
받는다. 특히 '써니전자'를 운영하는 시내
엄마가 김 반장을 가장 많이 비난한다.

겨울이 끝날 무렵 '싱싱청과물' 자리에
전파상이 생긴다는 소식이 나돈다. 전파
상을 하는 시내 엄마는 불안한 눈빛을 띠
고 주민들은 앞으로 어떻게 될 것인지 궁
금해한다.

양귀자
(梁貴子, 1955년~)

양귀자는 전라북도 전주에서 태어나 전주
여자고등학교를 졸업하고 문예 장학생으로
원광대학교 국어국문학과에 입학, 1978년
졸업하였습니다. 1978년에 〈다시 시작하
는 아침〉과 〈이미 닫힌 문〉으로 《문학사상》
신인상을 받으며 등단한 후 1990년대에는
베스트셀러 작가가 되었습니다. 양귀자 작
가의 특징은 이해하기 쉬운 문체를 구사하
고 시대의 흐름에 따른 주제 선정이 뛰어
나 대중의 호응도가 높다는 점입니다. 주요
작품으로는 《귀머거리새》《원미동 사람들》
《지구를 색칠하는 페인트공》《희망》《나
는 소망한다 내게 금지된 것을》《슬픔도 힘
이 된다》《길모퉁이에
서 만난 사람》《천년
의 사랑》《엄마노
릇 마흔일곱 가지》
《모순》 등이 있습
니다.

15. 원미동 사람들의 일상적 삶 〈일용할 양식〉

작품 이해 _1987년/단편소설

사실적으로 그린 서민들의 일상

이 작품은《원미동 사람들》이라는 연작 소설 중 하나입니다. 총 열한 편으로 이루어진 이 작품은 서로 다른 인물들의 이야기로 서민들의 일상과 애환을 담고 있습니다. 〈일용할 양식〉은 그중 아홉 번째 단편입니다. 1980년대 겨울, 서울 외곽에 위치한 경기도 부천의 작은 동네 원미동 마을을 배경으로 서민들의 일상적인 삶을 구체적으로 보여 주고 있습니다.

등장인물의 사투리 사용과 소박한 대화, 구체적인 배경 묘사로 사실성과 생동감을 더했을 뿐만 아니라, 작가 자신이 실제로 원미동에서 살았던 경험을 바탕으로 소시민들의 삶을 구체적으로 그려 냈습니다.

서민들의 일상에 비친 인간의 나약함

원미동 사람들의 일상적인 삶은 우리나라 사람들 대부분의 이야기이기도 합니다. 작가는 이 작품을 통해 고단한 삶을 살아가면서 이웃들과 사소한 문제로 갈등하고 이해관계에 따라 울고 웃는 서민들의 삶을 생생하게 보여 주고 있습니다.

〈일용할 양식〉은 경호네와 김 반장이 그랬듯 서로의 이해관계에 따라 갈등하기도 했다가 동맹을 맺기도 하는 서민들의 삶의 방식에 대해 이야기합니다. 또한, 작가는 작은 이해관계 때문에 이웃끼리 서로 외면하는 나약한 서민들의 모습을 재미있는 에피소드로 풀어 놓습니다.

✎ 작품을 이해하기 위한 핵심 정리

배경과 주제 알아보기

1980년대 텔레비전

작품 중에 등장하는 연탄, 유선 방송, 쌀 상회, 180원 하는 과자, 복덕방, 전파상 등은 이 작품의 시대 배경이 1980년대임을 알 수 있게 해 줍니다. 1980년대 한국 사회는 경제 성장을 최고의 가치로 내세우는 자본주의가 뿌리를 내리던 시기였습니다. 서울 변두리에 인접한 작은 도시 부천의 원미동은 경제 성장의 주역이 되지 못한 소시민들이 모여 사는 곳입니다. 돈을 최고의 가치로 여기는 각박한 사회에서 상처받은 이들이 모인 곳이라 할 수 있지요.

사회에서 소외된 사람들끼리 서로의 상처를 보듬고 위로하며 살아갈 거라 기대하겠지만 현실은 그렇지 않습니다. 오히려 작은 이해관계 때문에 갈등하고 외면하는 나약한 인간의 모습을 적나라하게 보여 줍니다. 작가는 그런 삶을 비판적이면서도 연민 어린 시선으로 바라보고 있습니다.

인물 알아보기

경호네 아버지는 부지런하고 싹싹한 모습과는 다르게 '형제슈퍼'와 경쟁하면서 이기적인 모습을 드러냅니다.

김 반장은 원미동 23통 5반 반장으로 동네의 모든 일을 꿰고 있습니다. 그는 자신의 이익 앞에서는 무자비한 성격을 드러내는 인물이기도 합니다.

'싱싱청과물'의 사내는 상대방을 배려하거나 깊이 생각하지 않고 일을 벌여 손해를 봅니다.

고흥 댁은 이기적이며 이해타산적이고 체면보다는 실리를 중시하는 인물로 눈치가 없습니다.

　시내 엄마는 인정 많고 마음도 여리지만 자신의 이익 앞에서는 이기적인 성향을 보입니다.

통합 사고력 접근

넉넉하지는 않지만 감사하는 삶에 대한 기대

이 소설 중에 나오는 '다닥다닥 붙어 있는 안테나'라는 표현은 당시 원미동 사람들이 경제적으로 넉넉지 못한 생활을 하고 있었음을 적절하게 묘사한 부분입니다. 그래서 친하게 지내던 김 반장네와 경호네가 서로 경쟁하게 된 이유를 궁금해하던 동네 사람들은 "먹고살기가 힘드니까 그렇지요"라는 말에 공감할 수밖에 없는 것입니다.

당시 부천 원미동은 서울에서 밀려난 사람들이 살아가는 변두리 지역을 대표합니다. 그런 이유 때문인지 제목조차도 하루하루 힘들게 살아가는 생활을 떠올리게 합니다. 작가는 어쩌면 '일용할 양식'에 감사하는 마음이 필요함을 역설하고자 한 것인지도 모릅니다.

어려울수록 필요한 이웃 간의 이해와 공존

원미동 사람들은 자신의 이익을 위해 대립하고 심지어는 주먹다짐까지 합니다. 그리고 결국 '싱싱청과물'을 문 닫게 하고 말지요. 평소에는 인정 많고 친절한 원미동 주민들이 자신의 이익 앞에서는 한 치의 양보도 없이 서로 맞서고 갈등하는 모습은 당시 사회가 소시민들이 먹고살기만으로도 얼마나 힘들었는지를 잘 보여 줍니다.

넉넉하지 못한 생활환경 속에서 사람들은 누구나 이기적인 모습을 드러낼 수 있습니다. 하지만 작가는 소시민들의 이야기를 통해 사람들이 자신의 모습을 되돌아보게 합니다. 즉 어려운 환경 속에서도 이웃 간에 서로 이해하고 공존해야 한다고 역설하고 있는 것입니다.

15. 원미동 사람들의 일상적 삶 〈일용할 양식〉

1 다른 사람과 경쟁해 본 적이 있나요? 그때의 경험이 좋았는지 나빴는지 각자의 경험을 써 보세요.

....

....

....

2 '싱싱청과물' 자리에 전파상이 생긴다는 소식이 전해지면서 시내 엄마는 걱정이 태산입니다. 뒷이야기가 어떻게 전개될지 써 보세요.

....

....

....

3 원미동 사람들은 평소에는 인정도 많고 친절합니다. 여러분은 어떤 이웃이 있는지 소개해 보세요.

....

....

....

한 번 더 생각하기

1. 여러분이 생각하는 이 세상 최고의 가치는 무엇인지 얘기해 보고 그 이유를 설명하되, 돈에 가치를 두지 말고 설명해 보세요.

....

....

....

2. 살아가면서 경쟁을 피하려 해도 피할 수 없는 경우가 있습니다. 경쟁에서 이기는 것이 좋은지, 경쟁 없이 더불어 사는 것이 좋은지 여러분의 생각을 자유롭게 말해 보세요. 그리고 다른 사람과 의견을 교환해 보세요.

....

....

....

3. 이 작품의 배경이 되는 원미동은 소득이 높지 않은 사람들이 모여 사는 동네입니다. 우리 주변을 돌아보면 원미동 말고도 어려운 이웃들이 모여 사는 동네들이 많습니다. 여러분은 그 이웃들을 위해 어떤 일을 했나요? 아직 아무 일도 한 적이 없다면 어떤 일을 하고 싶나요?

....

....

....

1

고향을 상실한 가족의 삶과 애환

노새 두 마리

줄거리 나는 아버지와 도시 변두리에서 생계를 위해 노새로 연탄 배달을 하며 어렵게 생활한다. 우리 동네는 변두리고 얼마 전까지만 해도 그날 벌어 그날 먹고사는 사람들이 많아 연탄 배달 일도 그리 많지 않았다. 동네 사람들 대부분이 기껏해야 구멍가게에서 연탄을 두서너 장 사서는 새끼줄에 대롱대롱 매달고 가는 게 고작이었다. 그랬는데 이삼 년 전부터 빈터에 집터가 다져지고 하나둘 문화주택이 들어서더니 이제는 제법 그럴듯한 동네 꼴이 갖춰졌다.

새로 생긴 집들은 원래부터 있던 허름한 집들과 골목 하나를 경계로 금을 긋듯 나누어져 있는데, 먼 데서 보면 제법 그럴싸한 동네처럼 보인다. 하지만 가까이서 보면 지저분한 헌 동네가 이웃에 널려 있다. 먼발치에서 보면 2층 슬래브 집들에 가려 닥지닥지 붙은 판잣집 등속이 보이지 않아 서울 변두리의 여느 신흥 마을처럼 보이는 것이다.

동네 옆 골목을 경계로 새 동네가 들어서자 아버지와 구멍가게 주인들은 은근히 무언가를 기대하는 눈치다. 새 동네 사람들은 옛날 동네 사람들과 달리 노새를 신기하게 생각해 연탄 배달 주문이 늘어났다. 아버지는 신이나 연탄 배달을 하지만 시간이 흐르자 새 동네 사람들의 연탄 배달 주문도 줄어들기 시작한다. 노새에 대한 흥미와 관심이 떨어졌던 것이다.

그러던 어느 날 두 집에서 2백 장씩 연탄 배달 주문이 들어온다. 연탄 4백 장을 싣고 살얼음판 같은 가파른 골목길을 오르던 중 노새가 움직이지 않는다. 지나가는 사람들에게 도움을 청하지만 모두 외면하고 결국 마차가 미끄러져 아버지와 나는 마차와 함께 밑으로 굴러떨어지고 만다. 연탄은 모두 부서지고 이 틈에 노새까지 달아나 버린다.

아버지와 나는 막막한 심정으로 노새를 찾아 헤매지만 결국 찾지 못한다. 다음 날도 이른 새벽부터 노새를 찾으러 다니다 밤늦게 동물원까지 갔다 돌아오는 길에 아버지는 다짜고짜 대폿집으로 들어선다. 소주를 연거푸 들이켠 아버지는 "이제부터 내가 노새다"라는 말만 되풀이한다. 집으로 돌아오니 도망간 노새가 여기저기에 피해를 줘 경찰이 집에 찾아 왔었다고 한다. 아버지는 말없이 집을 나가 어두운 골목길로 사라진다. 나는 또 한 마리의 노새를 찾아 캄캄한 골목길을 마구 뛰어다닌다.

최일남
(崔一男, 1932~2023)

최일남은 전라북도 전주에서 태어나 전주사범학교를 거쳐 서울대학교 국어국문학과를 졸업한 뒤 《민국일보》 문화부장, 《경향신문》 문화부장, 《동아일보》 문화부장과 논설위원을 지냈습니다. 1953년 《문예》지에 〈쑥 이야기〉가 추천되고, 1956년 《현대문학》에 〈파양(爬痒)〉이 추천되어 등단한 후 월탄문학상, 한국창작문학상, 이상문학상 등을 수상하였습니다. 최일남 작가는 급격한 도시화와 산업화 과정에서 농촌에서 도시로 올라온 사람들이 겪는 이야기를 풍부한 토착어와 건강한 해학미로 표현했습니다. 주요 작품으로는 《서울 사람들》《타령》《흔들리는 성》《해치는 소리》《거룩한 응답》《누님의 겨울》《하얀 손》 등이 있습니다.

16. 고향을 상실한 가족의 삶과 애환 〈노새 두 마리〉

작품 이해_1974/단편소설

1970년대 산업화 시대 서민들의 고달픈 삶

〈노새 두 마리〉는 아이의 눈으로 바라본 아버지의 삶을 생생하게 표현한 작품입니다. '무거운 짐을 지고 언덕을 오르는 노새'는 가족의 생계를 책임지는 아버지의 모습을 상징합니다. 1970년대 근대화와 산업화 과정에서 도시 빈민으로 밀려난 서민들의 삶을 실제 노새와 아버지를 동일시하는 방법으로 사실적으로 그려 낸 것입니다. 거부할 수 없었던 개발과 성장의 시대, 농촌을 떠나 도시 변두리에서 고달픈 삶을 살아가는 아버지의 모습을 통해 산업화의 어두운 그림자를 보여 주고 있습니다.

대도시에 적응하지 못하는 도시 이주민의 삶

이 작품은 '노새'라는 상징적 소재를 통해 대도시에 적응하지 못하는 도시 이주민의 삶을 효과적으로 드러내고 있습니다. 노새는 산업화와 근대화가 급속하게 진행되면서 그 변화에 적응하지 못하고 힘들고 고단한 삶을 살아가야 했던 소시민을 뜻하기도 합니다. 실제로 1970년대 많은 농촌 사람들이 먹고살 길을 찾아 도시로 몰려들었지만 대부분 열악한 노동 환경에 처한 채 힘겹게 하루하루 생계를 꾸려 가야 했습니다.

✏️ 작품을 이해하기 위한 핵심 정리

배경과 주제 알아보기

트럭형 삼륜차

이 작품의 배경은 1970년대 도시화가 빠르게 진행되던 도시 변두리입니다. 이 작품은 옛 동네와 새 동네를 대비시켜 도시화와 산업화의 빛과 그림자를 보여 줍니다.

말이나 노새를 이용해 운송하던 방법이 자동차, 삼륜차로 바뀌고 문화주택이 보급되지만 도시 변두리에는 여전히 슬래브 집과 판잣집이 있습니다. 도시의 삶에 적응하지 못하는 사람들의 궁핍하고 고된 생활, 다른 사람을 도와주지 않는 무관심과 인정이 사라진 세태는 도시화와 산업화의 어두운 면을 보여 줍니다.

무거운 짐을 지고 가파른 언덕을 오르는 노새는 그런 시대를 고단하게 살아가는 아버지를 상징한다고 할 수 있습니다. 이 작품은 도시에 어울리지 않는 노새를 등장시킴으로써 도시화로 인해 고향을 잃어버리고 힘겨워하는 소시민들의 고달픔과 소외감을 더욱 부각시키고 있습니다.

인물 알아보기

아버지는 도시화와 산업화의 변화에 적응하지 못하고 어렵게 살아가는 도시 빈민층을 대표하는 인물입니다. 자존심과 책임감은 뛰어나지만 사회 변화에 적응하지 못하는 인물로 그려지고 있습니다.

나는 순수하고 정이 많은 긍정적인 인물입니다. 어린아이의 눈으로 도시 변두리 동네에서 살아가는 아버지의 삶을 관찰하여 독자에게 전달합니다.

● 산업화와 근대화의 그늘

이 작품은 노새를 끌고 다니며 연탄 배달을 하는 아버지를 둔 아이의 눈을 통해 사건을 서술하고 있습니다. 고향을 등지고 도시 변두리에 자리 잡은 주인공의 가족은 노새를 운송 수단으로 연탄 배달을 하며 근근이 살아갑니다.

연탄을 싣고 언덕을 오르던 노새가 갑자기 서도 어느 한 사람 도와주지 않는 장면은 도시인의 비정함을 드러내는 대목입니다. 이 이야기는 도시화, 산업화의 물결 속에서 사라져 가는 노새에 빗대 세상에서 환영받지 못하고 힘들게 살아가는 또 다른 노새(아버지)를 현실감 있게 그리고 있습니다.

1970년대 들어서 경제발전이 빠르게 이루어졌지만 그 뒤에는 변화의 속도에 적응하지 못한 소외된 이웃들이 있었음을 이 작품을 통해 알 수 있습니다.

● 급변하는 사회의 혼란스러운 풍속도

도시에서 흔히 볼 수 없는 노새가 연탄을 배달하는 상황을 제시함으로써 당시 사회의 혼란스러운 풍속도를 보여 줍니다. 고향을 떠나 도시에 사는 소시민들의 고달픔과 소외감을 더욱 부각시키기 위해 작가는 도시에 노새를 등장시킨 것입니다. 하늘에는 비행기가, 땅에는 자동차들이 다니는 도시에 마차를 끄는 노새는 어울리지 않습니다. 노새는 급변하는 사회 속에 내재되어 있는 신구 가치의 괴리와 뒤죽박죽된 삶의 모습을 보여 주려는 작가의 의도를 드러내고 있기도 합니다.

① 〈노새 두 마리〉 속의 생활 모습은 오늘날과 매우 다릅니다. 오늘날과 어떻게 다른지 비교해 보세요.

....

....

....

② 이 작품 속의 아들과 아버지가 빠르게 변화하는 세상에 맞춰 변화하려면 과연 어떻게 해야 할까요? 어떤 직업을 가지면 좋을지도 생각해 보고 그들에게 도움의 말을 해 주세요.

....

....

....

③ 4차 산업 시대에 접어든 요즘, 미래에는 현재의 직업이 없어질 거라고 합니다. 여러분이 직업을 갖게 되는 시기에 없어질 직업에는 무엇이 있을까요?

....

....

....

한 번 더 생각하기

1. 거리를 난장판으로 만든 노새가 경찰에게 잡혀갔습니다. 노새에게 벌을 내리겠다는 군요. 노새는 불만이 없을까요? 노새 입장에서 생각해 보고 여러분이 대신 얘기해 주세요. 그리고 여러분이 재판관이 되어 현명한 판결을 내려 주세요.

....

....

....

2. 여러분의 아버지는 어떤 모습인가요? 여러분의 아버지를 소개해 보세요.

....

....

....

3. 인공지능 시대를 살아가기 위해 현재의 아버지들에게 필요한 것에는 무엇이 있을지 생각해 보세요.

....

....

....

7장

일상 속에서

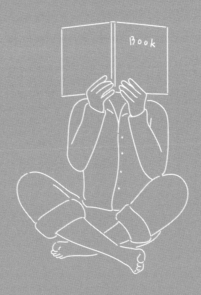

1 영수증

추운 세상을 혼자 살아가야 하는 노마 이야기

줄거리 노마는 열다섯 살 어린 고아다. 노마는 돈이 없어 학교도 가지 못하고 우동집에서 잡일을 하며 지낸다. 이 우동집 일도 친척 아저씨의 도움을 받아 겨우 얻은 자리다. 그러나 최근 두 달 동안 월급을 받지 못했다. 우동 장사가 잘 안되기 때문이다. 노마가 이 사실을 자기를 챙겨 주는 아저씨에게 말씀드리자 아저씨는 우동집 주인을 혼내 주었다고 말한다.

섣달 초아흐렛날은 노마의 생일이다. 노마는 오정이 넘어 우동집 주인과 우동을 끓여 먹는다. 아무 말 없이 우동을 먹던 중 노마는 주인이 우는 것을 본다. 그리고 건너편 우동집 때문에 장사가 안돼 문을 닫을 것이라는 말과 밀린 월급을 주지 못할 것 같다는 말을 듣게 된다. 주인은 밀린 월급을 주진 못하지만, 대신 여기저기에 준 외상값이라도 받아 가라고 한다. 외상값을 다 받아 낸다 하더라도 두 달 동안 밀린 월급에는 미치지 못한다. 그나마도 노마 입장에선 소중한 돈이기 때문에 노마는 추운 겨울 외상값을 받기 위해 이곳저곳 돌아다닌다.

노마는 제일 먼저 고려 모자집에 자주 놀러 온다는 단골 손님 오 서방을 찾아가지만 오 서방은 이런저런 핑계로 돈을 지불하지 않는다. 여섯 번째 찾아갔을 때 오 서방은 영수증을 써 오라고 한다. 하지만 영수증을 들고 일곱 번째 찾아갔을 때 노마는 오 서방을 만나지도 못한다. 노마는 모자집에서 오 서방을 오랫동안 기다리지만 끝내 만나지 못한다. 기다리다 못한 노마는 결국 포기하고 돌아간다. 노마는 돌아가던 중 전등 달린 전신주 밑에 서서 돌연 영수증을 찢더니 길바닥에 내버리고는 엉엉 울며 어두운 길을 걸어간다.

박태원
(朴泰遠, 1909~1986)

박태원은 서울에서 태어나 도쿄 호세이 대학 예과를 중퇴하였습니다. 1930년 《신생》에 〈수염〉을 발표하며 등단한 후 1933년에는 구인회에 가입하여 반계몽성, 반계급주의 사상을 토대로 창작 활동을 했습니다. 작품은 6·25전쟁을 기점으로 그 특징이 갈립니다. 박태원 작가는 6·25전쟁 전까지는 세태소설과 높은 수준의 모더니즘 작품을 발표했으며, 6·25전쟁 이후에는 전쟁의 참혹함을 목격한 뒤 자신의 삶을 되돌아보며 '지금까지 잘못 생각하며 살아온 것은 아닐까?'라는 의문을 던지는 작품을 주로 창작했습니다. 주요 작품으로는 〈소설가 구보씨의 일일〉 〈천변풍경〉 〈우맹 (愚氓)〉 〈성탄제〉 등이 있습니다.

17. 추운 세상을 혼자 살아가야 하는 노마 이야기 〈영수증〉

작품 이해_1933년/단편소설

암울한 시대의 아픔을 역설적으로 보여 주는 노마

이 작품은 1933년 11월 1일부터 11월 11일까지 《매일
신보》에 연재되었던 동화입니다. 어린 고아의 가난한 삶
이라는 자칫 진부해질 수 있는 소재지만 이야기를 지루
하지 않게 잘 끌어냈다는 평가를 받고 있습니다.

작가는 노마의 서럽고 힘든 마음에 대해 지루하게 서술
하지 않고 고된 생활상과 정말 참기 힘들 때 노마가 보이
는 반응 등을 단순하게 서술함으로써 독자로 하여금 노마
의 처지에 공감하게 만듭니다. 이야기의 끝에 노마가 울며
어두운 밤길을 홀로 걸어가는 장면에서는 어떠한 희망의
빛도 찾아볼 수 없습니다. 아무것도 표현하지 않음으로써
드러나는 역설적 표현이 이 작품의 특징입니다.

1935년 2월 14일 자 《매일신보》

주관적 감정과 해석이 최대한 절제된 사진 같은 작품

소설가 박태원의 다른 작품 〈소설가 구보씨의 일일〉은 1930년 일제강점기
절망적인 시대를 살아가는 무기력한 지식의 모습을 탁월하게 그려 낸 작품
으로 유명합니다. 또 〈천변풍경〉은 1930년대 서울에 거주하는 민중의 모습
을 묘사한 작품입니다.

이 두 작품의 특징은 다음과 같습니다. 〈소설가 구보씨의 일일〉은 주인공
의 생각을 따라 소설이 진행됩니다. 당연히 이야기도 시간과 공간의 흐름에
따라 전개됩니다. 〈천변풍경〉은 카메라로 사진을 찍듯 1930년대 서울의 모
습을 보여 줍니다.

이 작품 〈영수증〉은 시간과 공간의 흐름에 따라 사건이 진행되며, 작가의 주관적 감성과 해석이 최대한 억제되어 있다는 점에서 앞의 두 작품의 특징을 모두 포함하고 있습니다. 이러한 특징은 작가가 표현하고자 하는 시대상을 효과적으로 전달하며, 굳이 주인공의 생각을 언급하지 않아도 그 시대가 얼마나 암울했는지 잘 보여 줍니다.

작품을 이해하기 위한 핵심 정리

배경과 주제 알아보기

이 작품의 배경은 1930년대 서울입니다. 이 시기는 일제강점기로 일본이 조선을 침략하여 강제로 식민지화했을 때입니다. 이들은 갖은 방법을 동원해 조선 사람들의 돈을 빼앗고 강제로 일을 시켰습니다. 사람들은 시간이 갈수록 살기 어려워졌고 수탈로 인해 경제도 나빠질 수밖에 없었습니다.

이런 시기에 고아로 살아가는 것은 한겨울에 얇은 옷을 입고 바깥에 있는 것과도 같습니다. 이야기 속 주인공인 노마는 마지막 장면에서 영수증을 찢어 버리고 엉엉 울며 어두운 길을 걷습니다. 노마는 각박한 현실에 상처 입지만 어찌할 도리가 없습니다. 아픈 마음에 눈물을 흘리며 빛 하나 없는 어두운 거리를 혼자서 걸어가야만 합니다.

작가는 힘겨운 삶 속에서 홀로 상처 입은 노마와 각박한 세상의 인심을 보여 주고자 한 것입니다.

인물 알아보기

노마는 우동집에서 잔심부름을 하며 월급을 받는 고아입니다. 원래대로라면

17. 추운 세상을 혼자 살아가야 하는 노마 이야기 〈영수증〉

학교에 가서 공부해야 하지만 돈이 없어 그러지 못합니다. 그나마도 월급을 받지 못해 외상값이라도 받으러 다니는데, 어른들의 이기적인 행동에 결국 상처받고 울음을 터뜨리고 맙니다.

아저씨는 친척인 노마가 우동집에서 일을 할 수 있도록 도와주는 협력자입니다.

우동집 주인은 자신도 어려운 상황이지만 노마를 거둬 준 인물입니다.

오 서방은 어린 노마에게 속임수를 써서 돈을 주지 않으려는 이기적인 인물입니다.

● 오 서방은 왜 노마를 만나 주지 않았을까요?

　노마는 열다섯 살 어린아이로 돌봐 줄 어른이 없는 고아입니다. 노마에게 해코지한다고 해서 오 서방에게 달려가 따져 줄 사람은 아무도 없습니다. 그래서 그는 노마에게 지독하게 굽니다. 외상값을 받기 위해 일곱 번씩이나 찾아갔는데도 그는 결국 외상값을 주지 않습니다. 자신에겐 큰돈이 아니지만 노마에겐 꼭 필요한 돈이라는 것을 알면서도 전혀 배려하지 않습니다.

　오 서방은 자신이 노마보다 힘이 세기 때문에 마지막까지 돈을 주지 않습니다. 모두가 어려운 시대에 상대가 자신보다 약하다고 해서 돌봐 주는 게 결코 쉬운 일만은 아닐 겁니다. 하지만 자신이 남들보다 좀 더 나은 상황에 있고 힘이 있다고 해서 불의하게 행동한다면 조선 사람들을 핍박했던 일본 사람들과 다를 바 없습니다.

● 노마에게 월급을 주지 않은 우동집 주인은 비난받아야 할까요?

　노마는 고아인 자기 같은 아이에게조차 자비심 없는 각박한 세상에 슬퍼할 수밖에 없습니다. 어른들은 노마가 어리고 보호자가 없기 때문에 어떻게든 돈을 떼어먹으려고 합니다. 꿋꿋이 버티던 노마도 결국 참지 못하고 울음을 터트립니다. 전쟁 직후 고아들로 넘쳐 나던 시대 대부분의 아이들은 이런 불합리한 상황에 아무런 보호 없이 그대로 노출되었습니다.

　하지만 우동집 주인은 달랐습니다. 그는 노마에게 진심으로 미안하게 생각했습니다. 그래서 우동을 나눠 먹을 때 눈물을 흘리기도 했습니다. 더군다나 그는 노마에게 일거리를 주었고 가게가 망한 후에도 조금이라도 챙겨 주기 위해 노력했습니다. 우동집 주인은 비록 장사에는 실패했지만 자신의 어려운 처지에도 불구하고 인간적인 도리를 지키고자 했습니다.

❶ 월급을 받지 못했을 때 노마는 어떤 기분이 들었을까요? 노마의 입장이 되어 써 보세요.

    ....

    ....

    ....

❷ 받지 못한 월급을 외상값으로 대신 주고 직접 받아 가라는 우동집 주인의 행동은 적합한 것일까요?

    ....

    ....

    ....

❸ 받아야 할 돈을 받지 못한 적이 있나요? 그때 어떤 기분이 들었나요?

    ....

    ....

    ....

한 번 더 생각하기

1. 만약 우동집 주인처럼 주어야 할 것을 주지 못하는 상황이라면 어떻게 해야 할까요?

....

....

....

2. 노마가 힘들어할 때 도와준 사람이 있었습니다. 여러분도 그런 도움을 받은 적이 있나요?

....

....

....

3. 노마는 상처받았지만 다른 사람들에게는 티를 내지 않으려 노력합니다. 아픔은 나누기가 쉽지 않기 때문입니다. 내 주변에도 그런 친구가 있는지 생각해 봅시다.

....

....

....

1

아주 소중한 편지를 담은 휴지
표구된 휴지

🧑 줄거리 '니무슨주변에고기묵거나. 콩나물무거라. 참기름이나마 니처
서무그라.' 누렇게 뜬 창호지에 먹으로 쓴 편지의 일절이다. 나는 앞도
끝도 없이 중간만 있는 편지를 받았다. 특이하게도 편지를 액자에다 넣
어 표구해 놓은 것이다.

3년 전 은행에서 일하는 친구가 찾아왔다. 친구는 그림인지 글인지
분간이 안 갈 정도로 삐뚤빼뚤 제멋대로 쓰여 있는 편지를 구했다고 했
다. 게다가 구겨져 있는 상태를 보자니 방구석에 처박혀 있던 창호지를
꺼내 몇 번이고 손으로 쓸어 비로소 두루마리 비슷한 형태로 만들어 낸
듯했다고 했다.

이야기를 듣자 하니, 친구가 일하는 은행에 지게꾼 한 명이 찾아왔다
는 것이다. 은행은 처음인지 어리숙하고 불안한 모습을 보이던 지게꾼
은 라면 봉지에서 꼬깃꼬깃한 지폐를 꺼냈다. 통장을 받은 지게꾼은 굽
실거리며 나가더니 날마다 찾아와 몇 백 원씩 저금을 했다고 한다. 통장
을 살펴보면 출금은 없고 입금만 적혀 있다.

하루는 그 지게꾼이 항상 오던 시간보다 일찍 왔다. 저금통을 뜯었다

고 하는데 이 날 돈을 담아 온 종이가 친구가 가져온 종이라고 했다. 친구는 화가인 나에게 이 편지를 표구할 수 있겠느냐고 물었다. 나는 친구의 장난기와 편지 내용에 피식 웃고는 그러마 하곤 표구사에 맡겨 놓은 뒤 까맣게 잊어버렸다.

훗날 은행원 친구가 외국으로 전근 가게 되어 배웅 다녀오는 길에 표구된 편지를 떠올리고는 그 길로 표구사로 찾아가 편지를 찾아왔다. 편지의 내용은 무척이나 사소했다. '돈조타. 그러나너거엄마는돈보다너가더조타한다'나 '순이는시집안갈끼라하더라'는 등 아버지가 아들을 그리워하고 있다는 내용이나 이웃집 처녀로 추측되는 순이가 시집을 안 갈 것이라고 고 말했다는 내용이다.

나는 표구된 이 편지를 화실에 걸어 놓는다. 그러나 어느샌가 이 액자는 화실의 중심이 되었다. 그림 같기도 하고 글 같기도 한 이 편지를 보고 있자면 외국으로 전근 간 친구가 느꼈을 법한 감정이 느껴진다. 깨끗하게 펴 마치 국보라도 되는 것마냥 액자 속에 넣어 둔 편지의 마지막 글귀가 눈길을 끈다.

'밤에는솟적다솟적다하며새는운다마는.'

이범선
(李範宣, 1920~1982)

이범선은 평안남도 신안주에서 태어나 동국대학교 국어국문학과를 졸업하였습니다. 1955년 《현대문학》에 단편소설 〈암표〉를 발표하며 등단한 후 현대문학 신인상, 동인문학상, 월탄문학상, 대한민국문화예술상 등을 수상하였습니다. 이범선 작가의 작품 경향은 세 시기로 나뉩니다. 초기에는 탄광 체험 등 어려웠던 과거가 반영된 우울하고 어두운 사회의 단면을 작품에 반영했고, 중기에는 사회 문제에 대한 고발 의식이 짙게 깔린 리얼리즘 문학을 발표했으며, 후기에는 잔잔한 휴머니즘이 느껴지는 작품을 주로 창작했습니다. 주요 작품으로는 〈학마을 사람들〉 〈오발탄〉 〈냉혈동물〉 〈돌무늬〉 등이 있습니다.

18. 아주 소중한 편지를 담은 휴지 〈표구된 휴지〉

작품 이해 _1972년/단편소설

특별한 갈등 없이 진행되는 편지에 대한 소소한 이야기

〈표구된 휴지〉는 특별한 갈등이나 사건 없이 이야기가 진
행됩니다. 현재에서 과거로, 과거에서 현재로 진행되
는 이 작품의 중심에는 '편지'가 있습니다. 표구된 편
지를 바라보던 나는 액자를 얻게 된 과정을 회상하
다가 외국으로 전근 간 친구의 심정에 동감합니다.

사소한 것에서 찾은 삶의 소중하고 특별한 의미

작가는 편지에 대한 관용적이고 애정 어린 시선으로 이야기를 전개합니다.
은행원 친구는 나에게 편지를 표구해 달라고 하고, 나는 표구된 편지를 보고
정말 국보라도 된 듯이 소중하고 값지게 느낍니다. 그리고 은행원 친구가 편
지를 보며 느낀 감정을 이해하게 됩니다. 내가 친구와 공유하는 감정은 무심
코 잊어버리고 살았던 소중한 사람들에 대한 애틋한 마음입니다. 세상살이
의 각박함 때문에 그들의 삶이 건조하고 팍팍해져 있었는데, 편지에 담긴 부
자지간의 정이 마치 추운 겨울에 마시는 따뜻한 어묵 국물과도 같이 마음을
데워 준 것입니다.

주인공은 시작도 끝맺음도 없는 구겨진 편지가 마치 국보라도 되는 것마
냥 가치를 승격시켜 줍니다. 또한, 편지의 마지막 글귀에서 아들을 그리워하
는 아버지의 마음을 읽습니다. 아버지의 이러한 마음은 친구를 그리워하는
나의 마음으로 연결됩니다. 친구를 통해 받은 휴짓조각 같은 편지는 세상이
추구하는 화려하고 거대한 성공이 아닌 사소하지만 소중한 일상을 상징하기
도 합니다.

✏️ 작품을 이해하기 위한 핵심 정리

배경과 주제 알아보기

이 작품은 1960년대를 배경으로 삼고 있습니다. 공간적 배경은 나의 화실입니다. 이 시기는 전쟁으로 입은 피해를 복구하고 문명화가 급격하게 이루어지던 시대입니다. 젊은이들은 농촌을 떠나 도시로 몰리고, 노동인구가 부족해진 농촌 경제는 황폐해졌습니다. 도시가 모든 젊은이를 수용할 수는 없었기 때문에 많은 이들은 하층민의 삶을 살 수밖에 없습니다.

특이한 점은 이런 시대를 배경으로 한 이 작품에 어떤 대립 구조도 없다는 것입니다. 이 작품은 사소한 것을 이야기하는 신변잡기의 소재만으로 삶의 의미를 담아내고 있습니다. 아버지가 아들에게 쓴 소박하고 사소한 소식과 폐지 같은 종이에 쓴 편지, 엉망인 글씨를 보며 이들 부자의 순박함과 서로를 향한 사랑을 느낄 수 있습니다. 작가는 이러한 시선을 통하여 사소한 것에서 발견한 우리네 삶의 의미를 잔잔하게 보여 줍니다.

인물 알아보기

나는 화가입니다. 처음에는 형편없는 편지를 보며 친구를 이해하지 못하지만 나중에 그 편지에 담긴 아버지와 아들의 정, 친구가 이 편지를 보며 느꼈을 법한 감정에 동감하게 됩니다.

나의 친구는 은행에서 일하고 있습니다. 그는 외국으로 일하러 나가기 전에 나에게 편지 한 장을 표구해 달라고 합니다. 지게꾼 청년은 친구가 일하는 은행에 와서 매일매일 열심히 저축하는 사람이며 편지의 주인입니다.

● 사소함에서 찾은 삶의 행복과 의미

이 작품의 주제는 사소한 것에서 찾은 삶의 특별한 의미입니다. '편지'라는 일상적 소재로, 그것도 구깃구깃 구겨지고 그리듯이 쓰인 편지로 이러한 주제를 잘 표현하고 있습니다. 작가가 이 작품을 발표할 당시는 1972년으로 한국 사회가 고도의 경제 성장을 마치고 다시 불황을 겪을 때였습니다. 불황이 찾아오면 으레 그렇듯 사회 분위기 또한 황폐해집니다. 이 작품은 사소한 것이 갖는 소중한 의미가 무시당하는 사회 풍조를 비판하고, 진정한 행복은 작은 것에서부터 찾아야 한다는 것을 말해 줍니다.

● 바로 지금 내 이웃과 가족에게서 찾을 수 있는 행복

사람들은 경제적으로 힘들어지면 더 돈을 갈구하고, 미래를 위해 조금이라도 더 많은 돈을 저축하려 합니다. 하지만 물질에만 집착하다 보면 놓치는 것이 있기 마련입니다. 일상의 소소한 것에서 느낄 수 있는 행복과 이웃과 가족 간의 관계에서 찾을 수 있는 평안함과 즐거움이 바로 그것입니다.

표구한 편지에는 자식을 걱정하고 그리워하는 부모님의 애틋한 사랑이 담겨 있습니다. 내가 편지에서 감동을 느낄 수 있었던 것은 아들을 생각하는 부모님의 마음과 그 편지를 자신에게 맡긴 친구가 느꼈을 마음의 위로를 느꼈기 때문입니다. 미래를 준비하고 계획하는 것도 좋지만 지금 이 순간 주변의 사람들과 일상의 소소한 가치에 관심을 가질 수 있다면 각박하고 힘든 세상도 살아갈 만할 것입니다.

1 당연하지만 소중한 것들에는 무엇이 있는지 생각해 보세요.

....

....

....

2 처음에는 몰랐지만 나중에서야 무언가의 의미를 이해했던 경험이 있으면 써 보세요.

....

....

....

3 친구들에게 미안했던 적이 있나요?

....

....

....

한 번 더 생각하기

1. 사랑하는 사람들이 곁에 없다면 과연 나는 행복할까요?

....

....

....

2. 소중한 사람들과의 관계를 지켜 나갈 수 있는 방법에는 무엇이 있을까요?

....

....

....

3. 편지의 주인은 가족과 떨어져 지냅니다. 만약 내가 가족들과 함께 지낼 수 없다면 어떨 것 같나요?

....

....

....

제4부

현대 사회의 빛과 그림자

8장

도시 발전이 낳은 그늘 아래

1 옥상의 민들레꽃
옥상 위의 민들레가 보여 준 삶에 대한 의지

🙍‍줄거리 사람들이 모두 다 살고 싶어 하는 최고급 아파트 궁전아파트에서 어느 날 두 할머니가 연이어 자살하는 사고가 발생한다. 아파트 사람들은 이런 사건이 밖으로 알려질 경우 아파트 가격이 내려갈 것을 우려해 대책 회의를 하게 되고 나도 어머니와 함께 회의에 참석한다.

뚱뚱한 아주머니는 베란다에 쇠창살을 걸자고 제안하지만 투신자살을 할 수 있는 장소는 꼭 베란다가 아닌 옥상이 될 수도 있고, 아파트가 감옥처럼 보여 이미지가 나빠진다는 반대 의견에 봉착한다. 그러자 주민들은 아파트값이 떨어져선 안 된다며 웅성거린다. 결국 뚱보 아주머니의 의견은 기각된다.

노 교수는 자살한 할머니의 딸과 며느리에게 자살의 원인에 대해 묻는다. 할머니의 딸은 경제적으로 부족함 없이 해 드렸다고 말한다. 이때 화자인 나도 의견을 내놓으려 하지만 어린아이라는 이유로 무시당한다. 그리고 누가 어른들의 회의에 아이를 데려왔냐며 사람들이 어머니를 비난한다. 나는 강제로 대책 회의에서 쫓겨나고 어머니도 자연스럽게 회의에서 빠진다.

나는 과거 어느 날 어머니가 내가 말을 안 들어서 못 살겠다며 나를 팬히 낳았다고 말하는 것을 듣고 마음에 상처를 받은 적이 있다. 또 어버이날 정성스럽게 준비한 꽃이 쓰레기통에 버려진 것을 보고 가족들이 더 이상 나를 좋아하지 않는다고 생각하고 옥상에 올라가 자살하려고 한다.

자살을 결심하고 뛰어내리려는 순간 나는 시멘트 틈새 먼지 속에서 활짝 핀 민들레꽃을 발견한다. 한 줌 먼지에 뿌리를 내리고 눈물겹도록 노랗게 핀 민들레꽃을 보며 나는 부끄러운 생각이 들어 자신의 경솔한 행동을 반성한다. 결국 집으로 돌아온 나를 어머니는 울며 안아 주고 '나에겐 너밖에 없다'고 말해 준다. 나는 가족들이 나를 사랑한다는 사실을 깨닫는다.

박완서
(朴婉緖, 1931~2011)

박완서는 경기도 개풍에서 태어나 서울대학교 국어국문학과에 입학했으나 6·25전쟁으로 중퇴했습니다. 1970년 《여성동아》에 장편소설 《나목》이 당선되어 등단한 후 1980년에 한국문학작가상을, 1981년에 이상문학상을, 1990년에 대한민국문학상을 수상했습니다. 박완서 작가의 특징은 크게 다음 두 가지로 정리할 수 있습니다. 첫째는 6·25전쟁과 분단으로 인한 가족의 비극을 다루었다는 것입니다. 《나목》 《그 많던 싱아는 누가 다 먹었을까》 《엄마의 말뚝》 등이 여기에 속합니다. 두 번째로 1970년대 이후 사회를 배경으로 중산층의 정신적 황폐함, 허영심 등을 파헤쳤다는 것입니다. 《살아 있는 날의 시작》 《그대 아직도 꿈꾸고 있는가?》 《부끄러움을 가르칩니다》 등이 여기에 속합니다. 주요 작품으로는 《휘청거리는 오후》 《도시의 흉년》 《미망》 등의 장편소설과 소설집 《배반의 여름》 《엄마의 말뚝》, 산문집 《나는 왜 작은 일에만 분개하는가》 등이 있습니다.

19. 옥상 위의 민들레가 보여 준 삶에 대한 의지 〈옥상의 민들레꽃〉

작품 이해 _1979년/단편소설

물질만능주의를 비판하는 작품

'문학은 시대를 반영하는 거울이다'라는 말처럼 문학 작품 속의 이야기는 당면한 사회의 특성을 보여 줍니다. 〈옥상의 민들레꽃〉 역시 물질만능주의와 이기주의가 팽배한 현대 사회의 단면을 그대로 드러내고 있습니다.

　나는 부모님이 나를 사랑하지 않는다고 생각해 상처받습니다. 그리고 자살한 노인들의 심정을 이해합니다. 아파트 주민들은 이런 나의 마음을 조금도 이해하지 못합니다. 이 작품은 사랑과 마음의 교류를 필요로 하는 순수한 어린아이의 눈으로 이야기를 전개해 물질만능주의로 사라지고 있는 정신적 가치의 소중함을 더욱 강조하고 있습니다.

시점 전환으로 불러일으키는 공감

이 작품은 시점 변화를 통해 주인공의 내면 심리를 효과적으로 드러내고 있습니다. 아파트 대책 회의 장면은 어린아이인 주인공이 1인칭 관찰자 시점으로 객관적인 위치에서 서술해 나갑니다. 그리고 내가 정성스레 준비했던 어버이날 선물을 부모님이 소중히 다루지 않았던 기억을 떠올리는 장면에서는 1인칭 주인공 시점으로 전환돼 나의 소외된 내면 심리를 전달함으로써 독자에게 공감을 일으킵니다.

✏️ 작품을 이해하기 위한 핵심 정리

배경과 주제 알아보기

이 작품의 배경은 1970~1980년대로 비교적 현대에 속하는 이야기입니다. 궁전아파트라는 가상의 초호화 아파트를 공간적 배경으로 삼고 있습니다. 그중에서도 생명의 소중함을 깨닫는 옥상과 궁전아파트 사람들이 모여 회의를 하는 사장님 댁이 주로 등장합니다.

궁전아파트라는 호화로운 물질적 환경에도 불구하고 노인들은 자꾸 자살합니다. 궁전아파트 사람들은 물론이고 노인들의 가족들마저도 그 이유를 알지 못합니다. 그러나 나는 알고 있습니다. 그들이 자살한 이유는 가족들이 자신을 원하지 않는다고 느꼈기 때문입니다. 어떠한 정신적 교류도 없이 좋은 옷, 음식, 물건만을 제공했기 때문입니다. 작가는 이 작품에서 점점 심각해져 가는 물질만능주의를 비판하고 생명의 소중함과 정신적 교류의 중요성을 전달하고 있습니다.

인물 알아보기

나는 모두가 부러워하는 궁전아파트에 살고 있습니다. 나는 과거의 경험을 통해 노인들이 왜 좋은 집에 살면서도 자살을 했는지 알고 있습니다.

어머니는 그렇게 세심하고 주의 깊은 성격은 아니지만 자식을 사랑하고 가족의 소중함을 아는 인물입니다.

궁전아파트 사람들은 노인들이 자살하는 원인이 무엇인지 전혀 알지 못하고 아파트값 걱정만 하는 비인간적 인물들입니다.

19. 옥상 위의 민들레가 보여 준 삶에 대한 의지 〈옥상의 민들레꽃〉

● 물질만능주의는 왜 나쁠까요?

현대 사회는 공동체보다는 자신의 이익을 먼저 생각하고, 인간의 존엄성보다는 물질을 숭배하는 풍조가 만연해 있습니다. 자신이 사는 집 근처에는 쓰레기 소각장이나 화장장, 장애인 시설 등이 들어서는 것을 막는 님비(NIMBY)현상이 뚜렷합니다. 〈옥상의 민들레꽃〉에서도 아파트값이 하락할 것을 걱정해 할머니들의 자살 소식이 외부로 나가는 걸 차단하기 위해 긴급 반상회를 열어 대책을 세웁니다.

소설에서 볼 수 있듯이 사람들은 노인들이 왜 자살했는지 이해하지 못합니다. 또한, 유가족의 슬픔에 공감하기보다는 집값이 내려갈까 봐 걱정합니다. 사람은 밥만 먹고 사는 물질적인 존재가 아닙니다. 물질만능주의로 인해 인간의 감정과 존엄성이 사라진다면 우리 모두 자살한 노인들처럼 더는 살고 싶지 않을지도 모릅니다.

● 사람들은 왜 물질만능주의에 쉽게 빠질까요?

자본주의 사회에서 돈이 많다는 것은 상당 부분에서 자유롭다는 것을 의미합니다. 돈이 많을수록 더 많은 것을 소유할 수 있고, 더 많은 일을 할 수 있기 때문입니다. 부담 없이 고급스러운 물건을 사고 고급 음식점에 가는가 하면, 비싼 여행지, 취미 생활 등을 마음껏 누릴 수 있기 때문입니다. 그래서 사람들은 돈이 많은 사람들을 부러워하며 그들의 생활을 동경합니다.

사람들의 이러한 관심은 부자들의 허영심을 자극합니다. 이 작품에서 초호화 아파트에서 사는 사람들은 남들의 시선을 즐기며 자신의 재산을 지키는 것에만 혈안이 되어 있습니다. 나의 허영심을 채워 주는 남들의 시선과 부러움은 굉장히 달콤한 것이기 때문입니다.

물론 그렇지 않은 사람들도 있습니다. 부자라고 해서 무조건 사람들의 부러워하는 시선을 즐기며 허영심을 채우기만 하는 것은 아닙니다. 그리고 모든 사람들이 부자를 동경하고 부러워하는 것도 아닙니다. 하지만 남들보다 경제적으로 풍족하다는 우월감에서 오는 허영심은 중독되기 쉬운 욕망입니다. 그래서 사람들이 물질에 집착하고 심한 경우 물질만능주의에 빠지게 됩니다.

　19. 옥상 위의 민들레가 보여 준 삶에 대한 의지 〈옥상의 민들레꽃〉

1 반상회에서 나는 어리다는 이유로 의견이 묵살당합니다. 여러분도 그런 경험이 있나요?

....

....

....

2 나는 나를 낳은 것을 후회하는 어머니의 말이 진심이라고 믿고 마음에 큰 상처를 받습니다. 어머니는 왜 그런 말을 한 걸까요?

....

....

....

3 주인공이 민들레꽃을 보며 생명에 대한 경외심을 느꼈던 것처럼 생명 그 자체에 감탄한 적이 있나요?

....

....

....

한 번 더 생각하기

1. 내가 정성 들여 준비한 선물을 부모님이 무신경하게 대한 적이 있나요? 부모님은 그때 왜 그렇게 행동했을까요?

....

....

....

2. 반대로 부모님의 호의를 내가 귀찮게 여긴 적이 있나요? 그때 부모님의 마음은 어땠을지 생각해 보세요.

....

....

....

3. 부모님이 선물을 주셨을 때 선물을 받고 어떻게 행동했나요?

....

....

....

2 자신만의 길을 걸었던 뛰어난 사람의 이야기
유자소전

🧑‍🦲**줄거리** 나의 이름은 이문구다. 나의 친구 유재필은 1941년 홍성군에서 태어나 보령에서 자라고 배웠고 그 이후에는 서울에서 살았다. 지금까지 지켜본바, 내 친구 유재필은 총명하고 일찍부터 깨어 있어 유자라 부르기에 부족함이 없다.

뛰어난 오성(悟性)으로 불우한 환경에도 소년 시절부터 장숙했고 청년 시절에는 노련했으며 노년 시절은 노성하였다. 의에 있어서는 선비적인 덕량의 표본이며 학식으로는 전문적인 문필가 못지않은 뛰어난 어휘 감각을 지녔다. 특히 보령 지방의 언어 구사에 있어 독보적이었다. 그뿐만이 아니다. 사교적이고 입담도 걸쭉하며 임기응변에도 능했다. 그래서 유자의 주변엔 항상 사람들이 북적였다. 나는 유자와 중학교 때 만났다. 영 숫기가 없는 나는 유자와는 전혀 반대의 인물이었다.

유자는 군대에서 운전을 배웠는데, 이는 제대 후 유자가 택시 기사의 길로 접어들 수 있도록 도와준다. 유자는 타고난 장인정신과 성실성으로 10대 재벌 총수의 눈에 띄어 최측근으로서 총수의 운전기사가 된다. 유자는 힘들 때마다 나를 찾아왔는데, 총수의 운전기사로 일할 때의 사건을 민물고기 집에서 이야기한 적이 있다.

　이야기인즉슨 총수가 값비싼 비단잉어들을 사 왔는데, 이게 얼마나 비싼지 유자의 월급을 3년 동안 한 푼도 쓰지 않고 모아야 살 수 있을까 말까 한 물고기라는 것이다. 총수의 말에 의하면 교향곡에 맞춰 춤을 추는 잉어들이라고 했다. 총수는 이 비단잉어들을 무척이나 아꼈고 각별히 돌볼 것을 지시했다고 한다. 그러나 관리인의 실수로 웅덩이에 시멘트 독이 퍼져 비단잉어는 떼죽음을 당하게 되고, 당연히 총수는 평소 모습을 찾아볼 수 없을 정도로 화를 냈다고 한다. 그리고 이날 총수의 반응에 실망한 유자는 좌천을 희망한다.

　말년에는 종합병원에서 원무실장으로 일했는데, 6·29 당시 시위에서 다친 이들을 대거 치료해 주었다가 병원장과 다투고 사퇴한다. 유자는 40대 중반에 간암에 걸려 그가 지금까지 사귀었던 많은 문인, 경찰, 의사, 시민들의 슬픔 속에서 떠나게 된다.

이문구
(李文求, 1941~2003)

이문구는 충청남도 보령에서 태어나 서라벌 예술대학 문예창작학과를 졸업하였습니다. 1963년 김동리의 추천으로 《현대문학》에 〈다갈라 불망비〉를 발표하며 등단한 후 신동엽문학상, 만해문학상, 동인문학상 등을 수상했습니다. 이문구 작가의 특징은 두 가지로 나눌 수 있는데, 첫째는 산업화, 도시화로 인해 훼손된 농촌 공동체의 문제를 주로 다루었다는 점이고, 둘째는 문제가 구어체라는 점입니다. 특히 만연체와 농촌 방언의 빈번한 사용은 과거 농촌의 순수함과 공동체적 생활을 효과적으로 재현하였다는 평가를 받고 있습니다. 주요 작품으로는 《장한몽》 《관촌수필》 《내 몸은 너무 오래 서 있거나 걸어왔다》 등이 있습니다.

작품 이해_1993년/단편소설

자신만의 길을 걸어간 유자의 이야기

이 작품은 1인칭 관찰자 시점으로 내가 관찰
한 유재필의 삶을 보여 주고 있습니다. 유자
는 실존 인물로 작가의 친구가 그 모델이라고
합니다.

소설 속 내가 관찰한 유자는 어릴 때부터 입
담이 걸쭉하고 생각도 깊어 여러 사람과 사귀

었습니다. 유자는 총수의 됨됨이에 실망하여 일부러 좌천당하는데, 이런 사
건은 그가 자신만의 길을 걷고 있음을 보여 줍니다. 이 작품은 비단잉어들의
죽음에 대한 총수의 태도를 비판적으로 묘사함으로써 산업화로 가장 중요한
가치관, 즉 인간애가 상실되었음을 경고하고 있기도 합니다. '비단잉어'는 사
람들이 집착하는 경제적 성장과 돈을 상징하고 있는 것입니다.

비판과 풍자, 골계미와 해학미를 갖춘 판소리계 문체의 작품

작가는 맹자, 공자 등 존경받는 사람들에게 쓰는 '자(子)'라는 호칭으로 유자
의 삶이 존경받을 만하다는 것을 표현했습니다. 또 그의 삶과 우리네 삶을
비교하여 비판과 풍자를 통해 지향해야 할 삶의 방향을 제시하고 있습니다.
작품 속 유자는 의뭉스럽고 방언을 잘 구사하며 해학적입니다. 이러한 특
징은 작가가 판소리계 문체를 계승했음을 보여 줍니다. 〈유자소전〉은 판소
리계 문학의 특징에, 전통 문학의 특징인 골계미와 해학미도 갖추고 있습니
다. 1인칭 관찰자 시점임에도 전지적 작가 시점처럼 서술하는 것도 이 작품
만의 특징입니다.

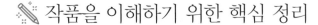 작품을 이해하기 위한 핵심 정리

배경과 주제 알아보기

이 작품의 시간적 배경은 1950년 6·25전쟁에서부터 1987년 6·29선언 때까지입니다. 공간적 배경은 어린 시절 내가 지냈던 시골과 그 후 올라와 살게 된 서울입니다. 나는 유자의 인생을 관찰합니다. 평범한 소시민의 눈으로 유자라는 인물을 바라보는 것입니다. 나는 유자처럼 뛰어나지 않고 오히려 소심하며 존재감 또한 없습니다.

유자의 인생을 보면 알 수 있듯이 그는 뚜렷한 주관을 갖고 살아갑니다. 자신만의 가치관으로 어려운 사람들을 돕고 의롭게 살려 애씁니다. 돈과 권력, 물질적인 것에 얽매이기보다는 정신적인 가치를 추구하며 삽니다. 나는 이러한 유자의 모습을 동경합니다. 작가는 유자가 지향했던 인간적 삶의 가치를 잃어 가는 도시화에 대해 비판하고 있습니다.

인물 알아보기

나는 관찰자이자 화자로 유자의 친구입니다. 항상 당당하고 주관이 뚜렷했던 유자의 삶을 높이 평가합니다.

유자는 총명함과 성실함을 지닌 뛰어난 능력의 소유자로 인성이 훌륭해 따르는 사람이 많습니다.

재벌 그룹 총수는 유자가 잠시 모셨던 사람으로 사람의 가치를 중요하게 여기지 않고 물질적인 가치만 좇는 인물입니다.

삶의 모범이 된 친구의 이야기

〈유자소전〉은 한 인물의 일대기입니다. 작품 속 주인공 유재필은 '유자'라고 불릴 만큼 존경받는 훌륭한 인물로 묘사되고 있습니다.

유재필은 항상 최선을 다해 어려운 사람에게 애정을 갖고 봉사해 왔기 때문에 사람들은 그에게 호감을 가질 뿐만 아니라 존경합니다. 그는 물질과 권력에 휘둘리지 않고 자신이 옳다고 생각하는 가치관에 따라 세상을 살아가는 인물입니다.

유재필의 이러한 모습은 물질만능주의에 오염된 사고방식을 비판하고 삶의 올바른 방향을 제시해 줍니다. 물질은 사람 위에 설 수 없고, 목적이 아닌 수단이 되어야 한다는 것을 알려 줍니다.

부단한 노력으로 갈고닦은 '유자'의 자질

유재필의 어릴 때 모습을 보면 그의 오성과 불의에 타협하지 않는 능력, 권력을 두려워하지 않는 대범함, 물질에 휘둘리지 않는 굳건함은 타고난 것처럼 보입니다. 하지만 이런 존경받을 만한 모습들은 천성만으로 이루어지는 것은 아닙니다.

나는 유재필의 웃음을 보고 고독하다고 묘사하며, 유재필이 자신의 고독을 사람들에게 보이려 하지 않는다고 합니다. 또한, 유재필은 자신의 인생을 고단하다고 느끼고 설움도 느끼지만 일과 봉사로 마음을 달랩니다. 이것은 유재필이 유자로 칭송받을 정도로 성장하기 위해 늘 노력하고 인내했다는 것을 보여 줍니다.

유자는 사교성이 좋고 입담이 뛰어나 많은 사람들과 알고 지냅니다. 반면 나는 숫기가 없어 친구 관계가 넓지 않습니다. 하지만 만약 내가 유자처럼 맡겨진 일에 장인정신으로 일하며, 옳은 일에 용기를 내 행동했다면 유자처럼 존경받았을 것입니다. 사람마다 각자 지닌 재능은 다르지만 모두 충분히 잠재력을 지니고 있습니다. 중요한 것은 꾸준한 노력입니다.

20. 자신만의 길을 걸었던 뛰어난 사람의 이야기 〈유자소전〉

1 주변에 유재필같이 특출한 친구가 있는지 생각해 보세요.

....

....

....

2 유재필에게서 본받아야 할 점은 무엇일까요?

....

....

....

3 여러분도 유자처럼 존경받는 사람이 될 수 있습니다. 그러기 위해서는 어떻게 해야 할까요?

....

....

....

한 번 더 생각하기

1. 유자는 총수의 됨됨이를 보고 일을 그만두었습니다. 만약 내가 그런 상황에 처한다면 어떻게 할지 생각해 보세요.

....
....
....

2. 나와 유자 중 누구처럼 살고 싶은가요? 그 이유도 써 보세요.

....
....
....

3. 유재필이 '유자'가 될 수 있었던 이유는 무엇인가요?

....
....
....

2 같은 지붕 아래 살지만 서로에게 무관심한 사람들
소음공해

줄거리 나는 두 명의 고등학생 자녀를 둔 주부로 심신 장애인 시설에서 봉사 활동을 한다. 남편은 3박 4일 출장을 떠났고 아이들도 11시가 넘어야 집에 들어올 테니 그전까지는 온전히 나만의 시간을 가질 수 있다. 아이들이 집에 들어오면 개인적인 시간을 보낼 수 없으니 이 시간은 전적으로 나의 시간으로 사용되어야 한다.

더욱이 몸이 불편한 아이들을 씻기고 열심히 봉사하고 왔으니 나는 이 시간을 즐길 권리가 있다. 나는 소파에 누워 클래식 음악을 튼다. 그렇게 편안한 시간을 보내고 있는데 위층에서 '드르륵' 하는 소리가 난다. '드르륵' 소리는 하루 이틀 난 것이 아니다. 고등학생인 아이들은 처음에는 이 소리에 농담도 하며 시시덕거렸지만 나중에는 반복되는 소음에 짜증을 냈다. 좀처럼 험담을 하지 않는 남편도 "한 지붕 아래 함께 못 살 사람들이로군"이라고 말할 정도다. 일주일 정도 참다가 나는 경비원을 통해 위층에다 더 이상의 소음은 자제해 달라는 의사를 전달했다.

그러나 소리는 멈추지 않는다. 다시 수화기를 들어 이야기해 보지만 경비원을 통해 들은 위층의 대답은 '충분의 주의하고 있다'는 것이었다.

그러나 그 와중에도 '드르륵' 소리가 멈추지 않자 다분히 도전적이란 생각까지 든다. 하는 수 없이 인터폰을 통해 직접 항의해 보지만 신경질적인 대답만 돌아올 뿐이다. 거칠게 수화기를 내려놓은 나는 예의 없는 이웃에게 어떻게 처신할까 고민한다. 때로는 선물도 무기가 될 수 있는 법. 나는 몰상식한 이웃에게 슬리퍼를 선물함으로써 나의 고통과 조용히 다니라는 메시지를 함께 전달해 보리라 생각한다.

슬리퍼를 가지고 위층에 가 벨을 누르자 젊은 여자 목소리가 들린다. 벨을 누르고도 10분이 지나서야 문이 열린다. 하지만 나의 눈에 들어온 것은 휠체어에 앉아 있는 젊은 여자였다. 나는 휠체어와 텅 비어 있는 하반신에서 황급히 눈을 떼며 할 말을 잃은 채 얼굴만 붉힌다.

오정희
(嗚貞姬, 1947~)

오정희는 서울에서 태어나 서라벌예술대학 문예창작학과를 졸업하였습니다. 1968년 《중앙일보》 신춘문예에 〈완구점 여인〉이 당선되어 등단한 후 이상문학상, 동인문학상 등을 받았습니다. 2003년에는 중편 소설 〈새〉로 리베라투르상을 받음으로써 최초로 해외 문학상을 받은 한국 작가로 이름을 올리기도 합니다. 오정희 작가는 분위기와 이미지를 중요시하는 성향을 가지고 있으며 청년 시절에는 세상과의 불화가 잦았기에 음습하고 우울한 작품을 주로 썼지만, 아이를 낳고 나서는 완전히 다른 작품을 발표하고 있습니다. 주요 작품으로는 《불의 강》 《유년의 뜰》 《바람의 넋》 《직녀》 《나무꾼과 선녀》 등이 있습니다.

 작품 이해 _1993년/단편소설

서로에게 무관심한 현대인의 모습

작품 속 나는 자존감이 무척이나 높은 주부입니다. 가정에 헌신적이고 목요일에는 뇌성마비 장애인 아이들을 위해 봉사도 합니다. 또 세련된 클래식 음악을 즐겨 듣습니다. 이렇게 나는 스스로를 교양 있고 배려심 많은 중년 여성이라고 생각합니다. 그러나 정작 이웃이 어떠한 사람인지, 어떤 상황에 처해 있는지 모르고 불평을 늘어놓는 이중성을 지닌 인물입니다. 마지막 장면에서 내가 부끄러워하고 있는 것에서도 알 수 있듯이, 이 작품은 같은 아파트에 살면서도 서로에게 무관심한 현대인을 비판합니다.

성찰을 가능케 하는 자기 고백 형식의 1인칭 시점

이 작품은 1인칭 주인공 시점으로 사건이 진행됩니다. 이러한 서술 방식은 인물의 행동을 통해 내면 심리를 묘사할 수 있는 자기 고백적 형식을 띕니다. 아파트와 소음공해가 우리에게 친숙한 소재임을 고려하면, 이 소설은 1인칭 주인공 시점으로 서술함으로써 독자가 주인공의 심리 변화에 공감하고 스스로를 되돌아보도록 한다는 것을 알 수 있습니다.

 작품을 이해하기 위한 핵심 정리

배경과 주제 알아보기

이 작품은 현대 어느 시점 아파트를 배경으로 삼고 있습니다. 나와 젊은 여자와의 대립에서 알 수 있듯이 주제는 현대인의 이웃에 대한 무관심입니다. 작

품 속 인터폰과 슬리퍼는 현대인의 무관심을 상징한다고 할 수 있습니다. 인터폰은 아파트라는 한정된 공간에서 서로 의사소통을 가능하게 하지만 그 소통이 거리를 둔 채 간접적으로 이루어지게 합니다. 슬리퍼는 위층 여자의 상황이 어떤지 먼저 파악하려 하기보다 내가 느끼는 불편에만 집중하는 나의 이기심을 드러냅니다.

마지막으로 작가는 부끄러워하는 나를 통해 각박한 세상 속에서도 우리가 서로에게 관심을 가져야 한다는 메시지를 전달합니다.

인물 알아보기

나는 남편과 아이들을 돌보며 가정주부로서 맡은 바 책임을 다하는 성실한 여성입니다. 클래식을 들으며 봉사 활동을 하는 수준 높은 시민이기도 합니다. 자꾸 소음을 일으킨다는 이유로 나는 한 번도 본 적이 없는 위층 여자를 교양도 예의도 없는 무지한 사람 취급합니다. 결국 나는 자기만족에 취해 이웃에 대해서는 아무런 관심도 없었던 것입니다.

위층 여자는 몸이 불편한 젊은 여자로 나와 층간 소음 문제로 갈등을 겪는 인물입니다.

21. 같은 지붕 아래 살지만 서로에게 무관심한 사람들 〈소음공해〉

🗨 나와 위층 여자의 오해는 어떻게 해서 생긴 걸까요?

소음공해에 대해 나는 처음에는 너그러운 마음으로 넘어가고자 합니다. 하지만 지속적인 소음 때문에 스트레스가 이만저만이 아닙니다. 위층 여자에게 항의도 해 보지만 되돌아오는 것은 신경질적인 대답뿐입니다. 나는 위층 여자가 굉장히 무례하다고 생각할 수밖에 없습니다. 하지만 위층 여자 역시 직접 이야기하기 힘들었을 것입니다.

장애인은 몸이 불편하단 이유로 몰상식한 사람들에게 무시와 조롱을 받기도 합니다. 또 대부분의 사람들이 당연하게 누리는 시설의 이용에도 어려움을 겪습니다. 그래서 사람들을 만나면 위축되고 자신의 장애를 단점 혹은 약점으로 인식하기 쉽습니다. 위층 여자에게 소음의 원인을 밝히는 것은 큰 용기를 요구하는 일입니다. 나와 위층 여자의 오해는 서로에 대한 이해와 배려가 부족한 현대 사회에선 어쩔 수 없이 생길 수밖에 없는 일이었던 것입니다.

🗨 소음공해의 원인과 해결 방안에는 무엇이 있을까요?

작품 속 소음공해는 아파트 문화가 확산되고 있는 현대 사회에서 큰 문제로 부각되고 있는 이슈 중 하나입니다. 층간 소음 문제로 이웃 간에 자주 싸움이 일어나 정부에서 소음 관련 법규까지 제정할 만큼 심각한 문제입니다.

그러나 가장 큰 문제는 층간 소음 문제가 발생했을 때 이웃 간의 대화 단절로 인해 교류 통로가 전혀 없다는 점입니다. 대화보다는 시비와 폭력, 조롱이 선행되고, 서로를 이해하려 하기보다는 자기의 불만만 내세우려 하기 때문입니다. 이렇게 이기주의가 만연한 사회에서 조화롭게 살아가려면 이웃에게 좀 더 관심을 가지고 서로 이해하고자 노력해야 할 것입니다.

❶ 주인공처럼 주변 사람들의 상황을 이해하지 못하고 내가 겪는 불편만 생각한 적이 있나요?

....

....

....

❷ 많은 사람과 함께 살아가다 보면 불편함을 느낄 수밖에 없습니다. 이런 상황이 발생했을 땐 어떻게 해결해야 할까요?

....

....

....

❸ 나와 위층 여자의 어색한 만남 이후 필요한 것은 무엇이라고 생각하나요?

....

....

....

한 번 더 생각하기

1. 나는 자신을 양식 있고 문화적으로 수준 높은 사람으로 생각했지만 위층 여자를 만나자 부끄러워합니다. 작품 속 '나'는 어떤 사람인지 생각해 봅시다.

....

....

....

2. 여러분은 이웃들과 서로 인사하고 교류하며 지내나요?

....

....

....

3. 층간 소음 문제가 없다면 이웃과의 소통이 굳이 필요하지 않은 건 아닐까요?

....

....

....

9장

가진 사람들과 갖지 못한 사람들

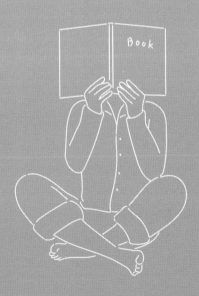

2 난장이가 쏘아올린 작은 공

하늘에 닿지 못한 난쟁이의 공

🧑‍🦲 줄거리 난쟁이네 가족은 서울특별시 행복동 낙원구에서 아버지, 어머니, 영수, 영호, 영희 다섯 식구로 살고 있다. 그중 아버지는 키가 매우 작아 난쟁이라고 멸시받는다. 할아버지 대에서 독립하긴 했지만 본래 노비 집안이어서 무척 가난하다. 어느 날 난쟁이네 가족이 사는 동네가 재개발 지역으로 선정되어 무허가 건물이 철거당할 위기에 처한다. 영수가 동사무소에 가 보니 아버지와 영호를 포함한 수많은 사람이 몰려와 소리치고 항의하고 있다.

그러나 소리친다고 해결될 문제가 아니다. 집으로 돌아오니 어머니는 대문 기둥에 달린 알루미늄 표찰을 떼고 계셨다. 어머니는 명희 어머니에게 빚 독촉을 받고 있다. 예전에 건넌 방 사람들을 내보내기 위해 빌렸던 돈 때문이다. 어머니가 빌린 돈은 명희가 죽기 전에 남겨 두었던 돈이다.

영수는 중학교 3학년 때 공장에 들어갔지만 열심히 공부하여 검정고시를 통과해 방송통신고교에 입학한다. 아버지는 지섭이라는 부잣집 가정교사와 자주 이야기를 나누는데 그에게서 《일만 년 후의 세계》라는 책도 빌려 읽는다. 지섭은 아버지에게 이 땅은 죽은 땅이라며 불공평하고 사랑 없이 욕망으로만 가득한 곳이라고 말한다. 아버지는 이 땅을 떠나 달나라로 가야겠다며 벽돌 공장 꼭대기에 올라가 피뢰침을 잡고 발을 내밀어 자살하고 만다.

영희는 젊은 투기업자를 따라갔다가 강제로 순결을 빼앗긴다. 그리고 그 투기업자를 마취시킨 뒤 금고에서 돈과 아파트 입주권을 훔쳐 낸다. 하지만 영희는 원래 살던 곳으로 돌아와 그 많던 집이 다 없어지고 공터만 남아 있는 걸 마주한다. 훔쳐 낸 입주권과 돈으로 입주 절차를 마친 영희는 아버지의 행방을 수소문해 보지만 아버지가 벽돌 공장 굴뚝에서 떨어져 자살했다는 소식을 듣는다.

조세희
(趙世熙, 1942~2022)

조세희는 경기도 가평에서 태어나 서라벌예술대학교와 경희대학교 국어국문학과를 졸업하였습니다. 1965년 《경향신문》 신춘문예에 〈돛대 없는 장선〉이 당선되어 등단했습니다. 그 뒤 10여 년간 작가 활동을 하지 않다가 1975년 '난장이 연작' 중 첫 작품인 〈칼날〉을 발표한 후 이상문학상과 동인문학상 등을 수상했습니다. 조세희 작가의 특징은 1970년대 한국 사회의 부조리를 객관적으로 다루고 있다는 점입니다. 주요 작품으로는 12편의 연작 소설을 담은 소설집 《난장이가 쏘아올린 작은 공》과 소설집 《시간 여행》, 장편소설 《하얀 저고리》 등이 있습니다.

---

* 1988년에 개정된 한글 맞춤법에는 기술자에게 '-장이'를 붙이고 그 외에는 '-쟁이'를 붙이게 되어 있습니다. 이에 따른다면 제목은 '난장이가 쏘아올린 작은 공'이 아니라 '난쟁이가 쏘아올린 작은 공'이 되어야 할 것입니다. 하지만 문학 작품명은 작가가 본래 정한 그대로 쓰므로 제목에는 '난장이'로, 본문에는 '난쟁이'로 표기하였습니다.

22. 하늘에 닿지 못한 난쟁이의 공 〈난장이가 쏘아올린 작은 공〉

작품 이해 _1978년/중편소설

동화적 색채와 사실적 묘사가 어우러진 독특한 모더니즘 소설

모더니즘 소설이란 어느 한 시대의 모습을 객관적이면서도 비판적으로 묘사한 작품을 말합니다. 이 작품에 등장하는 달나라, 난쟁이, 팬지꽃 등의 단어들은 동화적인 색채를 띱니다. 그러나 작품에서 보여 주는 이야기는 동화적이지 않습니다. 오히려 난쟁이네 가족이 겪는 비참하고 수치스러운 삶을 여과 없이 드러냅니다. 작품이 끝날 때까지 난쟁이 가족은 행복해지지 않습니다. 이 작품은 1970년대 산업화 시대에 노력한 만큼 보상받지 못하고 고통받는 사람들을 사실적으로 묘사하면서도 동화적 요소를 띠고 있어 상당히 독특한 작품이라고 평가받고 있습니다.

난쟁이네 가족이 보여주는 우리 사회의 아픔과 모순

〈난장이가 쏘아올린 작은 공〉은 3부로 구성되어 있습니다. 그리고 각 부마다 시점이 바뀝니다. 1부의 서술자는 영수, 2부의 서술자는 영호, 3부의 서술자는 영희입니다. 이렇게 매번 서술자가 바뀜으로써 독자는 소설을 입체적으로 읽을 수 있습니다. 문장도 간결하여 작가가 고발하는 현실을 직접 마주한 것처럼 느껴집니다.

　이 작품은 1970년대 산업화 시대의 병폐를 이분법적으로 보여 주고 있습니다. 난쟁이로 대변되는 무기력하고 소외된 빈민 계층과 주류 세력을 이루는 자본가 계층의 대립, '달나라'라는 이상 세계와 낙원구라는 이름과 달리 마치 지옥과도 같은 현실이 펼쳐지는 동네의 대조가 바로 그것입니다.

✎ 작품을 이해하기 위한 핵심 정리

배경과 주제 알아보기

이 작품은 1970년대 소외된 노동자들의 삶을 이야기하고 있습니다. 당시 우리나라 경제는 빠르게 성장했습니다. 높고 커다란 건물들이 들어서고 집도 좋아집니다. 그래서 사람들의 삶의 질도 높아진 듯 보입니다. 그러나 이러한 모든 혜택에서 소외된 노동자들이 있었습니다. 이들은 매일매일 성실하게 일하지만 정작 받는 임금은 턱없이 부족했습니다. 엎친 데 덮친 격으로 재개발을 명목으로 살던 집에서도 쫓겨나곤 했습니다. 그들의 인권은 존중받지 못했습니다.

난쟁이네 가족은 바로 이런 노동자들을 대표합니다. 영희는 젊은 투기업자에게 속아 강제로 순결을 빼앗깁니다. 영수는 공장 일을 하면서도 열심히 공부하여 방송통신고교에 입학하지만 희망은 보이지 않습니다. 영호는 자기 가족들의 절망적인 상황을 마주하고 현실을 증오합니다. 영수와 사랑하는 사이였던 명희도 끝내 독약을 마시고 자살합니다.

이 소설은 생존과 삶을 위해 투쟁하지만 철저히 묵살당하고 유린당했던 그 당시 노동자들의 아픔을 생생하게 보여 주고 있는 작품입니다.

인물 알아보기

난쟁이 가족은 아버지(난쟁이), 어머니, 장남인 영수, 둘째 아들 영호, 막내딸 영희로 이루어져 있습니다. 이들 가족은 대대로 노비 집안이었습니다. 영수의 할아버지 대에서 평민이 되긴 했지만 가진 게 없었기 때문에 여전히 가난

22. 하늘에 닿지 못한 난쟁이의 공 〈난장이가 쏘아올린 작은 공〉

합니다.

아버지는 고층 빌딩 창문 청소, 수도관 청소 등 궂은일은 다 하고, 어머니는 사랑하는 가족을 위해 헌신합니다.

삼 남매는 학업을 포기하고 공장에서 일을 하는 등 어려운 환경에서도 살아가기 위해 각자 열심히 노력합니다. 하지만 안타깝게도 그들의 삶은 조금도 나아지지 않습니다.

투기업자는 사람들을 속여 돈을 버는 인물입니다. 난쟁이 가족이 애써 지켜 오던 행복을 송두리째 무너뜨립니다.

통합 사고력 접근

● 작가는 왜 '난쟁이'를 주인공으로 내세웠을까요?

이 작품은 경제 성장 속에서 소외당하고 억압받는 계층을 사실적으로 묘사하고 있습니다. 그들의 삶을 들여다보면 생산과 소비의 기형적 경제 구조로 인해 항상 짓눌린 채 살아갑니다. 때로는 성(性)이 유린당하고, 모욕적인 언사를 듣는 건 다반사입니다. 경제 발전에 있어서 가장 기초적이고 중요한 노동자들의 삶은 철저하게 짓눌려 작아졌습니다. 이렇듯 난쟁이는 노동자들의 삶 자체를 대변한 것입니다.

● 작가가 바라는 이상적인 사회는 어떤 모습일까요?

난쟁이네 가족은 최선을 다해 일하고 공부하지만 결국 돌이킬 수 없는 비극을 맞이합니다. 난쟁이 아버지의 자살은 변하지 않는 현실에 대한 좌절을 뜻합니다. 소설에서 아버지가 자살한 후 아버지에 대해 회상하는 장면이 있습니다. 그 장면에서 아버지는 따뜻한 사람으로 묘사됩니다.

난쟁이 아버지는 모두가 일한 만큼 보상받으며 서로 사랑할 수 있는 세계를 꿈꾸었습니다. 사랑 없는 세상에서 너무 힘겹고 고통스러웠기 때문에 오직 사랑만이 존재하는 세상을 원한 것입니다. 그러나 아이러니하게도 사랑이 강요되는 순간 그것은 이상적인 세상이 아닙니다. 사랑을 하지 않는 사람을 벌하기 위해 법이 제정되어야 한다고 주장한다면 이상적인 세계도 투쟁의 대상이 되었던 지금 이 세계와 다를 바 없는 곳이 되어 버리기 때문입니다.

1 난쟁이 아버지는 온 힘을 다해 저항해 보지만 결국 가장 기본적인 행복조차도 누리지 못합니다. 어떻게 하면 그를 도울 수 있을까요?

....

....

....

2 가정교사 지섭은 이 땅은 불공평하고 사랑 없이 욕망으로만 가득한 곳이라고 말합니다. 정말로 그런가요?

....

....

....

3 산업화 시대에 경제가 급격하게 성장하면서 소외된 사람들이 있었듯 오늘날에도 이와 비슷한 현상이 일어나고 있습니다. 그에 해당하는 것에는 무엇이 있을까요?

....

....

....

한 번 더 생각하기

1. 난쟁이 아버지가 꿈꾸었던 '사랑만이 법인 세계'는 과연 낙원일까요? 여러분의 생각을 써 보세요.

....

....

....

2. 난쟁이 가족에게 일어난 비극이 되풀이되지 않기 위해선 어떻게 해야 할까요?

....

....

....

3. 난쟁이 아버지가 꿈꾸던 이상적인 세계는 실현될 수 있을까요?

....

....

....

2

김 첨지의 너무나도 슬픈 하루

운수 좋은 날

🧔 **줄거리** 김 첨지는 오늘 괴상하게도 운수가 좋다. 인력거꾼으로 일하면서 돈 벌기란 쉽지 않은데, 오늘은 아침 댓바람부터 첫 번에 삼십 전, 둘째 번에 오십 전을 받았다. 눈물을 흘릴 만큼 기뻐하던 그는 이 정도면 모주 한 잔을 사 먹을 수도 있고, 무엇보다 병든 아내에게 설렁탕 한 그릇을 사다 줄 수 있으리라 생각한다.

그의 아내는 무슨 병인지는 모르지만 중병에 걸렸다. 아내의 병이 처음부터 이렇게까지 심했던 것은 아니고, 10일 전 조밥을 먹다 체한 뒤 악화되었다. 일단 약을 쓰기 시작하면 병이 따라붙는다는 괴상한 신조에 의사에게 보이지도 않고 약도 쓰지 않았던 것이다. 그렇게 팔십 전에 만족해하던 김 첨지에게 또 한 번의 행운이 찾아온다. 남대문 정거장까지 일원 오십 전을 받을 수 있게 된 것이다.

김 첨지는 손님을 받기 전 잠시 망설인다. 오늘은 부디 나가지 말라는 아내의 부탁도 부탁이거니와 갑작스레 몰아치는 행운에 덜컥 겁이 났기 때문이다. 하지만 손님의 재촉에 인력거를 끌고 달리기 시작한다. 이상하게도 그는 손님을 태우자 거의 날듯이 달리게 된다. 다리가 웬

지 가뿐했던 것이다. 집에 가까워지면 다리가 무거워지고, 집에서 멀어지면 날 듯 가볍고 빨라진다. 그렇게 남대문에 도착한 그는 여기저기 두리번거린다. 이만하면 흡족하게 벌었고 이제 집에 돌아갈 법도 하건만 돌아가지 않는 이유는 집에 가까워질수록 두려운 마음이 들기 때문이다.

마침 선술집에서 나오는 친구 치삼이를 붙잡고 술 한잔한다. 김 첨지는 주정을 부릴 정도로 취한 상태에서도 아내의 부탁을 잊지 않고 설렁탕을 사 간다. 집 앞에 도착하자 그는 짐짓 고함을 친다. 폭풍 전야의 침묵처럼 고요한 집 안이 그를 불안하게 한 탓이다. 마치 죽음과도 같은 적막감에 고함을 치며 방문을 벌컥 연다. 그리곤 누운 아내의 다리를 걷어차며 있는 대로 소리를 내지른다. 그러나 그것은 사람의 다리가 아니라 나뭇등걸 같은 느낌이다. 확인해 보니 아내는 이미 죽어 있었다.

현진건
(玄鎭健, 1900~1943)

현진건은 대구에서 태어나 도쿄 세이조 중학 4학년을 중퇴한 뒤, 상하이로 건너가 후장대학에서 공부했습니다. 1920년 《개벽》에 〈희생화〉를 발표하면서 등단한 후 홍사용, 이상화, 나도향, 박종화 등과 함께 《백조》 창간 동인으로 참여하여 1920년대 신문학운동에 본격적으로 가담하였습니다. 현진건 작가는 일제 치하에서 민족이 겪는 수난과 고통을 객관적으로 묘사한 리얼리즘 작품을 주로 창작해 한국 리얼리즘 소설의 선구자로 꼽히기도 합니다. 그는 소설가였을 뿐만 아니라 언론인, 독립운동가이기도 했는데, 그의 작품은 총독부의 검열로 탄압을 받은 한편 판매가 금지되기도 했습니다. 주요 작품으로는 단편소설 〈빈처〉 〈술 권하는 사회〉 〈타락자〉 〈B 사감과 러브 레터〉 〈운수 좋은 날〉 등과 장편소설 《무영탑》 등이 있습니다.

작품 이해 _1924년/단편소설_

불행과 행운이 공존하는 비극적 아이러니

이 소설의 처음과 끝은 아이러니와 반전으로 되어 있습니다. 아내가 그토록 먹고 싶어 하던 설렁탕을 사 가지만 집에 도착해 보니 아내는 이미 죽어 있습니다. 눈물이 날 정도로 돈을 많이 번 운수 좋은 날이었지만 아내가 죽었기에 기쁜 날이 아닙니다. 일이 잘돼 운이 좋은 날임에도 지독히 불행한 날인 것이지요. 이러한 반전은 1920년대 현실을 극적으로 보여 주고 있습니다.

고통받는 하층민의 삶을 담은 모더니즘 소설

김 첨지는 동시대에 고통받는 하층민을 상징합니다. 작품 속에서 김 첨지는 온갖 비속어를 여과 없이 씁니다. 이는 하층민의 삶을 사실적으로 담아내는 데 있어 매우 효과적입니다. 작가는 김 첨지의 하루를 사실적으로 묘사하는 동시에 행운과 불행의 상반된 상황을 선명하면서도 현실적으로 표현합니다. 추적추적 내리는 비는 비극적 상황을 암시하며 어둡고 우울한 분위기를 자아내는 효과를 줍니다. 이러한 묘사는 풍자적, 사실적 성격을 띤 모더니즘 소설의 특징이기도 합니다.

작품을 이해하기 위한 핵심 정리

배경과 주제 알아보기

이 작품의 시간적 배경은 1920년 일제강점기 겨울이고 공간적 배경은 서울입니다. 김 첨지는 병든 아내를 집에 내버려 둔 채 무거운 마음으로 일하러

나갑니다. 간만에 일이 잘 풀려 아내가 먹고 싶어 하던 설렁탕을 사 들고 가지만 이미 아내가 죽어 결국 전해 주지 못합니다. 그의 속은 갈가리 찢기는 듯 아팠을 것입니다.

김 첨지가 그 시대 고통받는 하층민을 상징하고 있다는 점을 생각해 본다면, 작가가 이 이야기를 통해서 하고 싶었던 이야기는 일제강점기 하층민이 겪었던 비극적 삶이라 할 수 있을 것입니다.

인물 알아보기

김 첨지는 인력거꾼입니다. 인력거꾼은 사람이 직접 마차를 끌어야 하는 아주 힘든 직업입니다. 그에겐 병든 아내가 있습니다. 인력거꾼은 돈을 많이 벌지 못하기 때문에 아내를 제때 치료하지 못했을 뿐만 아니라 아내가 그토록 먹고 싶어 하는 설렁탕도 사 주지 못합니다.

아내는 몸이 아프지만 제대로 치료 한번 받지 못합니다. 또 설렁탕을 먹고 싶어 하지만 결국 남편이 사 온 설렁탕도 먹지 못하고 죽습니다. 최소한의 소원도 이루지 못한 것입니다.

치삼이는 김 첨지의 친구입니다. 김 첨지와 함께 일제강점기 때 억압받았던 하층민을 대표합니다.

1920년대 인력거꾼의 모습

23. 김 첨지의 너무나도 슬픈 하루 〈운수 좋은 날〉

● 김 첨지에게 집이란 어떤 곳일까요?

　김 첨지는 인력거를 몰며 이상하게도 집에서 멀어
지면 멀어질수록 몸이 가벼워짐을 느낍니다. 반면 집
과 가까워질수록 걸음은 다리를 끄는 듯 느려지고 무
겁게만 느껴집니다. 이런 점으로 미루어 보아 그가
집에 대해 부담감을 가지고 있다는 것을 알 수 있습
니다.

일제의 식민지 수탈기관 동양척식주
식회사

　그에게 집이란 벗어나고 싶은 곳입니다. 몸을 혹사시켜 일을 해야만 겨우
한 끼 먹을 수 있을까 말까 한 상상도 못 할 가난이 있는 곳, 사랑하는 아내가
아파 누워 있지만 아무것도 해 줄 수 없는 곳인 것입니다. 그러나 결코 벗어
날 수 없는 곳이기도 합니다. 삶은 고통스러울 뿐이고 즐거움이라 할 수 있는
것은 맨 정신에서 벗어나게 해 주는 술밖에 없습니다.

　그래서 그는 집과 조금이라도 거리가 멀어지면 해방감을 느낍니다. 그에
게 집이란 끊을 수 없는 족쇄이며 애증의 대상이기도 합니다. 이것은 곧 그가
살고 있는 현실, 시대적 상황을 의미하는 것입니다.

● 일제강점기 시대, 특히나 힘들었을 하층민의 삶은 어떠했을까요?

　〈운수 좋은 날〉은 제목과는 다르게 운수가 가장 나쁜 날을 의미합니다. 일
제 식민 치하에서 하층민이 겪는 생활고는 하루하루 연명하기조차 힘든 참
담함 그 자체였습니다. 일본은 공출로 농사지은 작물을 모두 착취해 갔고 하
층민들은 병이 나면 김 첨지의 아내처럼 변변히 치료도 못 해 보고 죽었습니
다. 일제강점기 시대에는 이렇게 대다수 민중이 김 첨지와 같이 생활이 아닌
생존을 해 나가야 했습니다.

❶ 병든 아내를 바라보는 김 첨지의 마음이 어떠했을지 생각해 보세요.

....

....

....

❷ 여러분도 소중한 사람이 힘들어하지만 아무것도 해 줄 수가 없어 답답했던 적이 있나요?

....

....

....

❸ 집안이 어려운 걸 알면서도 김 첨지가 집에 있길 바란 아내는 어떤 마음이 었을까요?

....

....

....

한 번 더 생각하기

1. 김 첨지는 아내를 사랑하지만 굉장히 거칠게 대합니다. 왜 그랬을까요?

2. 사람을 거칠게 대하면 어떤 점이 문제일까요?

3. 본심이 아닌 거친 말로 상처를 주거나 받은 적이 있나요? 그때 기분이 어땠는지 써 보세요.

10장

일제강점기의 현실

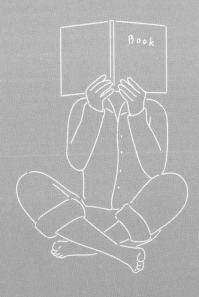

나라를 잃고 떠도는 국민의 비극적인 삶

붉은 산

🔖 **줄거리** 의사인 여(余)는 만주의 풍속도 살피고 문명의 세례를 미처 받지 못한 지역에 퍼져 있는 병도 조사할 겸 일 년 기한으로 만주를 돌아다닌다. 이 이야기는 그가 만주에 있는 XX촌을 들렀을 때 겪은 이야기다.

XX촌은 산 하나 없는 광막한 벌판에 이십여 호의 온량하고 정직한 글깨나 읽은 조선인 소작인들이 사는 마을이다. 그곳에 어느 날 정익호라는 조선 사람이 들어온다. 그는 고향이 어디인지 알 수 없는 사투리를 쓰는 사람으로 생김새나 얼굴 모양이 남의 미움을 사기 십상인 살쾡이처럼 생겼다 해서 '삵'이라고 불린다. 투전 잘하고, 트집 잡기와 칼부림에 능하고, 색시에게 덤벼들기 잘해서 아무리 일손이 부족하더라도 젊고 튼튼한 몇 사람이 늘 남아 여자들을 지켜야 했다. 모두가 삵을 쫓아내고 싶어 하지만 아무도 선뜻 나서지 못해 그는 계속 그곳에 머문다.

여가 XX촌을 떠나기 전날, 송 첨지라는 마을 노인이 소작료가 적다는 이유로 중국인 지주에게 얻어맞아 죽는 일이 발생한다. 마을 사람들은 억울한 죽음에 분개하지만 누구 하나 복수하겠다고 나서는 이가 없다. 여는 송 첨지의 시체를 부검하고 돌아오는 길에 삵을 만나 송 첨지의 억울한 죽음을 알리며, 그렇게 살아서야 되겠냐는 식으로 경멸의 눈빛을 보낸다. 그때 여는 삵의 얼굴이 비장하게 변하는 것을 본다. 그날 밤, 여는 나라 잃은 백성으로 학대받는 우리 민족의 가엾음을 생각하고 잠을 이루지 못한다.

다음 날 아침 일찍 동네 사람들이 여를 찾아와 삵이 죽어 간다고 알린다. 여는 눈살을 찌푸리며 마땅치 않은 표정으로 삵이 있다는 동구 밖으로 간다. 그곳에는 기역자 모양으로 허리가 뒤로 꺾인 삵이 있었다. 여는 삵을 응급조치하며 그로부터 송 첨지의 억울한 죽음에 대항하기 위해 지주에게 갔다가 그리되었다는 말을 듣는다. 그렇게 삵은 죽어 가면서 여에게 붉은 산과 흰옷이 보고 싶다며 애국가를 불러 달라고 한다.

"동해물과 백두산이 마르고 닳도록…"

겨울의 광막한 만주벌 한 구석에서 그 동안 밥버러지로만 불렸던 삵의 죽음을 애도하는 숭엄한 노래가 울려 퍼진다. 엄숙한 노랫소리를 들으며 정익호는 숨을 거둔다.

김동인
(金東仁, 1900~1951)

김동인은 평안남도 평양에서 태어나 숭실중학교에 입학했으나 중퇴하고 일본으로 건너가 도쿄 학원, 메이지 학원, 가와바타 화숙 등에서 공부했습니다. 1919년 2월 일본 도쿄에서 한국 최초 순문예 동인지 《창조》를 자비로 간행하고, 그 창간호에 첫 단편소설 〈약한 자의 슬픔〉을 발표하면서 등단했습니다. 문체의 특징은 남녀를 구분하는 3인칭 호칭인 '그, 그녀'를 '그'로 통일해 썼고, 용언에 과거시제를 사용하여 문장의 시제 표현을 의식적으로 명백히 밝힌 것입니다. 김동인 작가는 간결하고 짧은 문장, 즉 간결체를 완성한 선구자로 평가받고 있습니다. 한편 '조선문인보국회'의 일원으로 활동하고 〈반도 민중의 황민화〉 등을 발표함으로써 '친일반민족행위자'로 지명되어 있기도 합니다. 주요 작품으로는 〈배따라기〉 〈감자〉 〈광염 소나타〉 〈발가락이 닮았다〉 등의 단편소설과 《운현궁의 봄》 《젊은 그들》 등의 장편소설이 있습니다.

24. 나라를 잃고 떠도는 국민의 비극적인 삶 〈붉은 산〉

일제강점기의 민족적 비극을 사실적으로 그린 소설

여(余)는 우리말로 '나'라는 뜻입니다. 이를 통해 이
작품은 1인칭 관찰자 시점이라는 것을 알 수 있습
니다. 여는 많이 배운 의사로 지식인을 대표하고,
주인공인 정익호(삵)는 배우지 못해서 막 사는 것
같지만 말보다는 행동이 먼저인 대다수 민중을 상
징하는 인물입니다. 이 작품은 이렇게 대조되는 인

물을 등장시키고 있습니다. 그리고 지식인의 눈을 통해 비록 배우지 못해
천대받고 있지만 민족의식을 가진 민중의 삶을 보여 줌으로써 조국의 독립
을 위해 우리가 해야 할 것이 무엇이었는지 생각해 보게 합니다.

　'붉은 산'은 '흰옷'과 함께 우리 민족의 고유한 정신을 상징합니다. 송 첨지
의 죽음은 나라 잃은 국민은 외국에 나가서 산다 해도 비참한 삶을 살 수밖
에 없다는 것을 보여 줍니다. 삵의 죽음은 마음속으로만 비분강개하는 지식
인들의 무기력한 삶을 비판하고 행동으로 실천해야 한다고 촉구한 것이라
할 수 있습니다.

초기 사실주의의 한계를 보여 주는 작품

사실주의는 현실을 있는 그대로 보여 줘야 한다며 현실을 가감 없이 묘사하
는 문예사조입니다. 이 소설 역시 사실주의 작품에 속한다고 할 수 있습니다.
하지만 이 작품 마지막에서 갑작스레 드러나는 '붉은 산'과 '흰옷', '애국가'
등의 상징주의적 색채는 사실주의에서 벗어난 것으로, 초기 사실주의의 한
계를 보여 주고 있는 부분입니다.

✎ 작품을 이해하기 위한 핵심 정리

배경과 주제 알아보기

만주사변 당시 중국 심양의 일본군

이 작품은 1931년 9월 18일 일본 관동군이 만주를 중국 침략의 병참기지로 만들기 위해 벌인 침략 전쟁인 만주사변이 일어나고 1년 후에 발표됐습니다. 일제의 탄압으로 만주로 이민 가지만, 나라 잃은 국민은 어디서든 착취당하며 살 수밖에 없다는 민족의 비극적 현실을 사실적으로 보여 주고 있습니다. 삶은 배운 것 없고 아무 생각 없이 사는 것 같지만 정작 문제가 생기자 목숨까지 내걸고 저항합니다. 작가는 이런 인물을 등장시킴으로써 우리 국민이라면 누구나 다 민족적 비극에 분개하고 조국의 독립을 간구하고 있음을 표현하고 있습니다.

인물 알아보기

삵은 교활하고 패륜적인 불량배로 마을 사람들에게 배척당하지만, 송 첨지가 억울한 죽임을 당하자 중국인 지주에게 항의하다 죽습니다. 그 역시 나라 잃은 국민으로서 조국과 고향을 그리워하는 우리 이웃이었던 것입니다.

서술자인 '여'는 연구차 만주를 순례 중인 의사입니다. 조선인 마을에 들렀을 때 마을 사람들을 괴롭히는 삵을 못마땅하게 여기지만, 나중에는 그 역시 우리 민족의 한 사람임을 확인하고 그의 부탁대로 애국가를 불러 줍니다.

송 첨지는 순박하고 순종적이지만 조선인 마을 대표로서 책임감을 느끼고 마을 사람들의 소작료를 감해 달라고 중국인 지주에게 말했다가 죽임을 당하는 비극적인 인물입니다.

● XX촌 사람들은 왜 비극적인 삶을 살아야 했나요?

이 작품은 1930년대 일제강점기 우리 민족의 비극적인 삶을 사실적으로 그린 소설입니다. XX촌은 나라 잃은 우리 국민들이 어쩔 수 없이 쫓겨 가서 정착한 마을입니다. 그곳은 중국인 지주가 권력을 쥐고 있는 곳으로 우리 민족이 주인이 될 수 없는 지역입니다. XX촌 사람들은 땅과 주권을 빼앗긴 국민이기에 만주에서도 소작농으로 비극적인 삶을 살 수밖에 없었습니다.

● XX촌 사람들처럼 차별과 억압을 당하지 않으려면 어떻게 해야 할까요?

사람들은 자신의 의지와는 관계없이 민족이나 성별, 인종에 따라 차별을 당하는 억울한 일을 겪을 때가 있습니다. 이런 문제는 개인적인 저항만으로는 해결하기 어렵습니다. 결국 뜻을 같이하는 민족이나 성별, 인종끼리 단합해서 집단의 힘을 발휘해야 합니다.

송 첨지와 삶이 겪는 문제 역시 결코 개인적인 저항으로 해결할 수 없는 문제였습니다. 따라서 개인적으로 순간적인 분노를 표현하기보다는 우리 민족은 하나라는 의식을 갖고 단합해서 상대가 함부로 할 수 없도록 힘을 키워야 합니다.

1 지금도 XX촌 사람들이 받았던 것과 같은 민족적 차별이 존재합니다. 그런 차별의 예를 들어 보고 개선 방법을 생각해 보세요.

....

....

....

2 일제강점기에 지주는 소작농에게 많은 소작료를 받으면서 열심히 일하는 소작농보다 더 잘 살았습니다. 그리고 지금도 이와 비슷한 일이 벌어지고 있습니다. 구체적인 사례로는 어떤 것이 있나 알아보고 그러한 문제를 해결하기 위해서는 어떻게 해야 할지 생각해 보세요.

....

....

....

3 여러분 주변에 송 첨지와 같은 사람이 있다면 예를 들어 보고, 그와 같이 억울한 일을 당하는 걸 목격한다면 어떻게 해야 할지 생각해 보세요.

....

....

....

한 번 더 생각하기

1. 우리가 또다시 XX촌 사람들처럼 비극적인 삶을 겪지 않기 위해서는 어떻게 해야 할까요?

....

....

....

2. 삶은 송 첨지의 죽음에 항의하러 갔다가 힘 한번 써 보지 못하고 죽임을 당합니다. 이런 삶의 죽음을 통해 우리는 무엇을 배워야 할까요?

....

....

....

3. 여는 송 첨지의 죽음을 보고도 분노하지 않는 마을 사람들과 삶을 경멸의 눈초리로 보지만 정작 자신도 분노만 하지 어떤 행동도 취하지 못합니다. 이를 통해서 우리가 배워야 할 지식인의 올바른 자세는 무엇일까요?

....

....

....

조국을 위해 자신을 희생한 젊은 지식인
상록수

25

🧑‍🤝‍🧑**줄거리** 박동혁과 채영신은 ○○일보사에서 주최하는 학생 계몽운동 모임에서 만나 농촌 계몽운동에 전념하기로 한다. 동혁은 고향인 한곡리로, 영신은 기독교 청년회 연합회 농촌 사업부 특파원 격으로 청석골이란 마을을 찾는다. 영신은 이곳에서 무리한 활동으로 건강이 쇠약해져 동혁이 있는 한곡리로 잠시 요양하러 온다. 그곳에서 건강을 되찾은 영신은 동혁과의 사랑을 확인하고 앞으로 각자 삼 년 동안 마을의 기틀을 다진 후 결혼하자고 약속한다.

청석골로 돌아온 영신은 한글 계몽운동을 위해 예배당에 한글강습소를 차린다. 많은 학생들이 몰려들자 기부금을 받기 위해 노력하지만 가난한 마을이라 뜻대로 되지 않는다. 게다가 영신은 주재소에 불려가 예배당이 낡았으니 공부하는 아이들을 80명으로 줄이고, 기부금 받는 것은 법률에 저촉될 수 있으니 주의하라는 엄중한 경고를 받는다. 영신은 가르치는 학생 수를 줄여야 하는 문제로 고민에 빠진다. 처음에는 금을 그어 선착순으로 80명만 예배당으로 들이지만, 선착순 안에 들지 못한 아이들이 창밖에 매달려 공부하고자 하는 열정을 보이자 창문을 열어

젖히고 칠판을 밖에서도 볼 수 있게 걸어 강습소를 찾은 모든 아이들을 가르치기 위해 노력한다.

그 후 영신은 어떻게든 학원을 지어야겠다고 결심하고 두 달 열흘 남짓 열심히 노력해 비록 마루만 깐 상태지만 아이들을 가르칠 곳을 마련하고 '청석학원'이란 문패를 내건다. 학원 낙성식에는 학부모들과 집을 짓는 데 도움을 준 사람들이 강당이 꽉 찰 정도로 모이지만, 영신은 인사말을 하다 쓰러져 동혁의 등에 업혀 병원으로 간다. 영신은 다행히 수술을 받고 깨어난다. 그때 동혁의 마을 한곡리에서는 일제의 사주를 받은 고리대금업자 강기천이 농우회원들을 매수하여 청년회 활동을 방해한다. 이를 보고 분을 참지 못한 동혁의 동생 동화가 회관에 불을 지르고 도망가는 바람에 동혁이 방화죄로 대신 잡혀간다.

영신은 건강을 돌보지 않고 무리하게 청년회 활동을 하다 쓰러져 결국 숨진다. 동혁은 출소하자마자 영신의 무덤을 찾아 영신이 못다 한 농촌 계몽운동을 더 열심히 하겠노라 다짐하고 한곡리로 향한다. 그리고 동혁은 마을 어귀에 있는 상록수들을 보며 자신의 의지를 다진다.

심훈
(沈熏, 1901~1936)

심훈은 서울의 지주 집안에서 태어나 유복한 유년 시절을 보냈습니다. 1919년에 경성제일고보 재학 시절 3·1운동에 참가했다 체포되어 복역한 후 중국으로 망명합니다. 1921년 항저우 치장 대학교에 입학했고, 1923년 귀국 후 1924년 《동아일보》에 시나리오 〈탈춤〉을 게재하며 등단했습니다. 심훈 작가는 식민지 시대에 대한 저항 정신으로 사실주의에 입각한 농민문학을 주로 창작했으며, 한국 농민문학의 개척자로 평가받고 있습니다. 주요 작품으로는 장편소설 《상록수》와 시집 《그날이 오면》이 있습니다.

작품 이해_1935년/장편소설

농촌 계몽운동에 모든 것을 바친 젊은이들의 이야기

이 작품은 일제강점기 당시 농촌 계몽운동에 적극적으로 뛰어들었던 젊은이들의 모습을 보여 주고 있습니다. 박동혁과 채영신은 1930년대 농촌 계몽운동에 몸 바쳤던 수많은 젊은이들을 대표하는 인물입니다. 당시 행해졌던 농촌 계몽운동을 생생하게 보여줌으로써 농민문학 소설이 문학적 감성으로 대중에게 다가서는 데 일조했습니다.

영신은 예배당에 한글강습소를 차리지만 주재소에 불려가 예배당이 낡았으니 공부하는 아이들을 줄이라는 경고를 받고 고민 끝에 금을 그어 선착순으로 아이들을 예배당에 들입니다. 그때 선착순 안에 들지 못한 아이들이 창밖에 매달려서라도 공부를 하려고 하자 창문을 열고 수업을 합니다. 이렇게 모든 아이들을 다 가르치기 위해 노력하는 장면은 감동을 자아냅니다.

동혁이 출소한 뒤 영신이 못다 한 농촌 계몽운동을 더 열심히 하겠다고 다짐하며 한곡리로 향하면서 바라본 동리 어귀에 우뚝 서 있는 상록수는 그 당시 젊은이들의 꼿꼿한 정신을 상징합니다.

✎ 작품을 이해하기 위한 핵심 정리

배경과 주제 알아보기

《상록수》는 1935년 《동아일보》에서 주최했던 농촌 계몽을 주제로 한 장편소설 공모에 당선된 작품입니다. 러시아에서 벌어졌던 '브나로드 운동'('농민 속으로!'라는 뜻)에 영향을 받은 농촌 계몽 소설입니다. 박동혁과 채영신이라는 두 젊은이의 민족의 장래를 위한 헌신적 노력과 역경, 그리고 생사를 초월한 고귀한 사랑을 담고 있습니다.

이 작품은 척박한 농촌을 계몽하기 위해 실질적으로 필요한 일이 무엇인지 잘 보여 주고 있습니다. 두 주인공 박동혁과 채영신은 자신들이 배운 지식을 가지고 관념이나 이론을 추구하기보다는 현실을 직시하고 스스로가 농민이 되어 문제를 해결하려 혼신의 노력을 기울입니다. 《상록수》는 1930년대 농촌 계몽운동과 농민문학이 통합된 결과물이라 할 수 있습니다.

1953년판 《상록수》 표지

인물 알아보기

박동혁은 자신의 고향인 한곡리에서 계몽 활동을 하며 애인인 채영신이 죽음에 이르기까지 모든 것을 바친 농촌 계몽운동에 전념하겠다고 다짐하는 굳은 의지의 소유자입니다.

채영신은 청석골에서 농촌 계몽을 위해 헌신하지만 일제의 탄압으로 여러 차례 투옥이라는 모진 고통을 겪다 결국 젊은 나이에 세상을 떠나는 인물입니다.

강기천은 고리대금업자로 사리사욕을 위해 일제에 협력하는 인물입니다.

일본 순사는 사사건건 트집을 잡으며 채영신의 농촌 계몽운동을 방해하는 악질적인 인물입니다.

실존 인물을 모델로 한 박동혁과 채영신

채영신의 실제 모델
최용신

박동혁과 채영신은 당시 농촌 계몽운동에 헌신했던 충남 당진의 심재영과 경기도 안산의 최용신을 모델로 삼고 있습니다. 물론 심재영과 최용신이 실제로 만난 적은 없습니다. 소설은 작가가 현실에서 있었음 직한 이야기를 허구적으로 꾸며낸 이야기입니다. 작가가 만약 심재영과 최용신이라는 젊은이들의 이야기를 있는 그대로 기록했다면 그 글은 역사, 또는 전기가 되었을 것입니다.

물론 그대로 기록했더라도 우리에게 많은 교훈과 감동을 주었겠지만, 소설처럼 더 많은 독자들에게 공감을 일으키기는 힘들었을 것입니다. 작가는 이왕이면 더 많은 사람이 읽고 감동받을 수 있도록 상상력을 발휘해 동혁과 영신을 사랑하는 사이로 만들어 소설 속에서 새로운 인물로 재창조했습니다. 농촌 계몽운동에 더 많은 사람이 관심을 가지고 동참하기를 바라는 마음으로 전기가 아니라 소설 형식을 선택한 것입니다.

1930년대 젊은이들이 농촌 계몽운동에 목숨을 바친 이유

안산시 상록구에 있는 최용신기념관

산업화가 이루어지기 전인 1930년대 우리나라는 농경사회로 농민들이 전체 국민의 대다수를 이루고 있었습니다. 당시 농민들은 거의 다 소작농이거나 글을 읽지 못하는 문맹이었습니다. 따라서 당시 젊은이들은 우리나라가 일제강점기에서 벗어나기 위해서는 먼저 농민들이 글을 배우고 익혀 문맹에서 벗어나야 한다고 생각했습니다.

펜은 칼보다 무섭다는 말처럼 지식의 힘이 무력을 이길 수 있기 때문입니다. 비록 일제의 무력에 굴복해 식민지가 되었지만, 다수의 농민이 배우고 익혀 지식을 갖춘다면 조국의 독립도 그만큼 빨리 이룰 수 있다고 믿었던 겁니다. 당시 젊은이들은 지식의 힘으로 조국 독립을 이루고자 농촌 계몽운동에 목숨을 바쳤던 것입니다.

1 여러분이 소설을 쓴다면 모델로 삼을 만한 인물이 누가 있을까요?

....

....

....

2 지금 현재 젊은이들이 더 나은 사회를 만들기 위해 할 수 있는 일에는 어떤 것이 있을까요?

....

....

....

3 《상록수》의 주인공들은 자기 자신을 위해서가 아니라 사회나 나라를 위해 자신을 희생합니다. 이런 삶에 대해 어떻게 생각하나요? 또 나는 이렇게 살 수 있는지 생각해 보세요.

....

....

....

한 번 더 생각하기

1. 채영신이 목숨을 바쳐 가며 한 농촌 계몽운동 중 '한글강습'에 많은 시간과 노력을 기울인 이유는 무엇 때문일까요?

....

....

....

2. 내 모든 것을 바쳐 가며 지키겠다고 맹세할 수 있는 것에는 무엇이 있을까요? 여러분이 꼭 이루고 싶은 신념을 말해 보세요.

....

....

....

3. 지금의 젊은이들이 조국을 위해 해야 할 가장 중요한 일은 무엇일까요?

....

....

....

11장

한국전쟁의 비극과 한

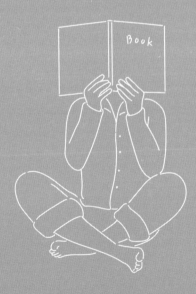

가난과 전쟁을 꿋꿋하게 견딘 할머니들의 어린 시절
몽실 언니

줄거리 1945년 8 · 15광복 직후 일본에 살던 몽실네는 고향인 살강 마을로 돌아온다. 당시 농촌은 가난으로 굶어 죽는 이들이 많았다. 몽실네는 아버지가 돈을 벌기 위해 집을 떠나고 엄마와 몽실이, 동생만이 집을 지킨다. 아버지가 없는 동안 엄마는 구걸도 해 보지만 동생을 병으로 잃고 만다.

가난을 견디다 못해 엄마는 부잣집에 후처로 들어간다. 몽실은 엄마를 따라가 잠시 풍족한 삶을 산다. 하지만 엄마가 동생을 낳자 집안의 잡다한 심부름을 하는 찬밥 신세로 전락한다. 새아빠와 엄마가 싸우는 일도 잦아졌는데, 때마침 찾아온 친아버지와 새아빠가 싸우는 바람에 옆에 있던 몽실이 다리를 다쳐 절름발이가 된다. 몽실이가 동네 아이들에게 절름발이라고 놀림받자 그 모습을 본 고모가 화가 나 몽실이를 아버지 집으로 데리고 온다.

몽실이가 집으로 온 지 얼마 안 돼 아버지 역시 재혼한다. 예쁜 새엄마는 몸은 약하지만 마음씨가 착해 몽실이를 잘 보살펴 준다. 둘은 서로 도우며 진심으로 서로를 아껴 준다. 새엄마가 아기를 낳을 무렵 6 · 25

전쟁이 터져 아버지가 전쟁터로 끌려가고, 새엄마는 혼자 아이를 낳다가 죽고 만다. 갓난아이인 난남이와 둘이 남은 몽실은 동생을 업고 구걸을 하다 고모를 찾아간다. 하지만 고모가 인민군에 의해 불이 난 집에서 죽었다는 것을 알고 친엄마를 찾아간다. 엄마가 거지꼴로 동생까지 업고 온 몽실을 안쓰럽게 생각해 1년 정도 그곳에 머문다.

전쟁이 끝나자 새아빠가 돌아오고 몽실은 최 씨네 집에서 식모살이를 시작한다. 마침 친아버지도 전쟁터에서 돌아와 최 씨 집에서 나오지만 살기가 더 힘들어져 구걸하러 다닌다. 엄마가 아프다는 소식을 듣고 찾아가지만 엄마는 이미 죽은 뒤였다. 몽실은 혼자서 새엄마와 친엄마가 남긴 동생들을 돌본다. 그러던 중에 병이 든 아버지는 병원에도 못 가보고 길에서 죽는다. 몽실은 이전에 도움을 받았던 청년의 소개로 어느 양공주 집에서 집안일을 해 주며 생계를 유지한다. 어느 정도 안정을 찾은 몽실은 동생 난남이를 부잣집 양녀로 보내고 양공주 집에서 나온다.

세월이 흐른 후 몽실은 두 아이의 엄마가 된다. 여전히 동생들과 아이들과 남편의 든든한 지지대로 꿋꿋하게 삶을 살아간다.

* 창작과비평사의 《몽실 언니》를 요약하였습니다.

권정생
(權正生, 1937~2007)

권정생은 일본 도쿄에서 태어나 일본의 여러 초등학교를 전전하다 1946년 귀국, 이듬해 안동 일직초등학교에 입학했습니다. 1969년 월간 《기독교 교육》에 동화 〈강아지 똥〉을 발표하면서 등단한 후 1971년에는 《대구매일》 신춘문예에 동화 〈아기 양의 그림자 딸랑이〉가, 1973년에는 《조선일보》 신춘문예에 동화 〈무명저고리와 엄마〉가 당선되면서 아동문학가로서 입지를 다졌습니다. 작품은 보잘것없는 것들에 대한 따뜻한 애정을 담고 있으며 소박한 삶의 진솔함을 잘 보여 줍니다. 주요 작품으로는 동화집 《강아지 똥》 《사과나무밭 달님》 등과 소설집 《몽실 언니》 《무명저고리와 엄마》 《도토리 예배당 종지기 아저씨》, 시집 《어머니 사시는 그 나라에는》, 산문집 《오물덩이처럼 딩굴면서》 《우리들의 하느님》 등이 있습니다.

작품 이해 _1984년/장편동화

가난과 전쟁을 겪어야 했던 할머니들의 어린 시절

우리나라는 일본으로부터 독립했지만 현실은 여전히 참혹했습니다. 만주나 일본 등지를 떠돌다 돌아온 사람들이 먹고살 일은 더욱 막막했습니다. 엎친 데 덮친 격으로 6·25전쟁이 일어납니다. 몽실 언니는 그 시절에 어린 시절을 보낸 인물입니다. 일자리를 찾아 집을 나선 아버지, 구걸로 자식을 먹여 살리다 혼자라도 살기 위해 부잣집에 후처로 들어가는 어머니, 전쟁터로 끌려간 아버지 없이 혼자 아이를 낳다가 죽어 간 새엄마, 갓난아이인 동생을 키워야 하는 몽실이……. 지금 생각하면 어느 누가 이런 상황을 견딜 수 있을까 싶을 정도로 지옥 같은 삶의 연속이었습니다. 하지만 몽실 언니는 꿋꿋하게 살아갑니다.

우리의 할머니가 살았던 어린 시절은 일하고 싶어도 일할 곳이 없었고, 먹을 것이 없어 어쩔 수 없이 부잣집 후처로 들어가는 일도 있었습니다. 이런 이야기는 요즘 관점으로는 이해하기 힘듭니다. 따라서《몽실 언니》는 지금 시점으로 볼 것이 아니라, 할머니들이 들려주는 어린 시절 이야기에 귀 기울이는 마음으로 읽으면 이해하기 쉬울 것입니다.

✎ 작품을 이해하기 위한 핵심 정리

배경과 주제 알아보기

이 작품은 1945년과 1950년대 우리 할머니 세대가 힘겹게 살아온 모습을 그리고 있습니다. 먹고사는 것이 녹록지 않은 시절이었으나 어떤 환경에서도 결코 희망을 잃지 않고 꿋꿋하게 살아온 그들의 삶을 보여 주고 있습니다. 절망적인 환경에서도 인간적인 따뜻함과 삶의 희망을 지키고자 한 작가의 세상에 대한 따스한 시선이 느껴집니다.

갑자기 30년 후의 이야기로 끝나는 것도 시대의 아픔 때문입니다. 원래는 박동식이라는 인물도 나왔다고 합니다. 그는 몽실이 전쟁 중에 만난 인민군으로 지리산 빨치산이 되어 죽어 가면서 몽실에게 "통일이 되면 서로 편지를 하자"라고 말합니다. 하지만 이런 내용은 당시 반공 정책을 펼치던 정권의 검열로 뺄 수밖에 없었다고 합니다. 이 내용이 빠지는 바람에 난남이를 양녀를 보내고 갑자기 30년을 훌쩍 건너뛴 채로 이야기가 끝난 것입니다. 이 작품에는 일제강점기뿐만 아니라 6·25전쟁, 남북한의 이데올로기 대립 등 우리 민족이 겪었던 고통과 비극이 고스란히 담겨 있다고 할 수 있습니다.

인물 알아보기

몽실 언니는 새아빠 때문에 다리를 다쳐 절름발이가 됐지만, 어려운 환경 속에서도 홀로 어린 동생을 돌보는 꿋꿋하고 용기 있는 인물입니다. 어떤 상황에서도 가족에 대한 사랑과 희망을 놓지 않고 굳세게 살아온 우리 시대의 할머니들을 대표하는 인물입니다.

아버지와 새아빠는 일제강점기와 6·25전쟁을 겪으면서 피폐해진 시대의 아버지들을 대표합니다. 전쟁터로 끌려다니느라 가족을 제대로 책임지지 못합니다.

6·25전쟁의 참상을 보여 주는 1950년 서울

엄마와 새엄마는 아무리 어려운 현실 속에서도 가족과 이웃을 사랑하며 서로를 보듬어 주며 정을 나눴던 그 시절의 어머니들을 대표합니다.

● 몽실 언니가 겪어야 했던 고통의 근본 원인은 무엇인가요?

　일본으로부터 독립하긴 했지만, 그것
은 일본이 미국과 러시아에 패배했기 때
문에 갑작스럽게 맞이한 독립이었습니
다. 우리에게는 독립 후 나라를 이끌 제
대로 된 정부가 없었습니다. 또한 미국과
러시아에 의해 38선을 기준으로 남한과
북한에 각각 정권이 들어서면서 심각한
이데올로기 대립이 벌어지기도 합니다.

비무장지대를 표시하는 군사 분계선

　급기야 북한 정권의 침략으로 6·25전쟁이 일어나서 3년 동안 수많은 사
람이 죽어 갔습니다. 이후 UN과 중공군이 개입하면서 전쟁은 누구의 승리도
없이 휴전으로 끝났고 남북 분단이 지속되면서 이데올로기 싸움이 수십 년
간 이어집니다.

　몽실 언니는 그 엄혹한 시대에 어린 시절을 보내야 했던 인물입니다. 개인
만의 노력으로는 피할 수 없는 고통의 세월이었습니다. 지금은 급격한 경제
성장으로 상처가 많이 치유되었지만, 남북한 대립이라는 상처만큼은 아직도
우리에게 풀지 못한 숙제로 남아 있습니다.

● 몽실 언니 시대의 비극을 다시 겪지 않으려면 어떻게 해야 할까요?

　지금 우리는 경제력만큼은 세계에서 상위권을 유지하고 있습니다. 몽실
언니가 겪어야 했던 굶주림의 고통을 이해할 수 있는 젊은이들은 이제 거의
없습니다. 그래서 그 당시를 기억하는 할아버지 할머니 세대와 그것을 전혀
이해하지 못하는 젊은 세대의 갈등 또한 큰 문제로 부각되고 있습니다.

우리나라는 전쟁이 완전히 끝난 것이 아니라 오랫동안 휴전 상태로 남아 있는 것일 뿐입니다. 한시라도 방심하거나 잘못하면 남북한의 대립으로 언제 또 전쟁이 일어날지 모르는 게 우리의 현실입니다. 따라서 몽실 언니가 겪어야 했던 비극의 세월이 다시 오는 것을 막으려면 우리는 지금 심각하게 벌어지고 있는 세대 갈등과 분단으로 인해 빚어진 전쟁의 위험을 슬기롭게 풀어 나가야 할 것입니다. 할아버지 할머니 세대를 이해하기 위해 노력하고, 남북한이 통일을 이룰 수 있도록 노력해 나가야 합니다.

1 주변에 몽실 언니와 같은 시기에 어린 시절을 보낸 이들이 있는지 찾아보고 여러분과 어떤 관계인지 말해 보세요.

2 몽실 언니가 겪은 고통스러웠던 삶을 다시는 겪지 않으려면 어떻게 해야 할까요?

3 몽실 언니는 자신에게 닥친 큰 어려움을 극복하며 살아왔습니다. 지금 여러분 시대에 닥친 가장 큰 어려움은 무엇인가요? 그리고 그것을 극복하기 위해 어떻게 해야 할까요?

한 번 더 생각하기

1. 몽실 언니가 어려운 환경을 극복할 수 있었던 힘은 무엇인가요?

....

....

....

2. 전쟁을 겪은 어른들과 전쟁을 겪지 않는 젊은이들 사이의 세대 갈등을 해결하려면 어떻게 해야 할까요?

....

....

....

3. 지금 휴전 상태인 남북한의 전쟁을 막기 위해 우리가 해야 할 일은 무엇일까요?

....

....

....

6·25전쟁과 분단이 빚은 이산가족의 상처와 만남
오마니별

줄거리 어느 날 황 이장이 조평안의 집을 찾아온다. 마을 분교의 현 선생이 인터넷을 하다 동생을 찾는다는 스위스 국적의 안나 리, 한국명 이수옥이라는 여인의 사연을 봤는데 꼭 조평안의 이야기 같다는 것이었다. 하지만 조평안은 어릴 적 기억이 거의 없다. 어느덧 예순한 살이 된 그는 피난길에 폭격으로 숨진 어머니와 그때 함께 죽었다고 여기는 누이에 대한 기억이 전부다.

당시 폭격으로 머리에 파편을 맞은 충격 때문에 그는 자신의 이름뿐만 아니라 고향, 나이 등 어떤 것도 제대로 기억하지 못한다. 그는 누이와 헤어진 후 간신히 살아남아 고아로 떠돌며 구걸로 끼니를 해결하다, 전쟁이 끝난 후 염소를 키우는 조 씨 아저씨를 만나 그 집에서 아들처럼 지내 왔다. 이름도 평안도 말투를 쓴다고 조평안이라 불렀다. 그는 학교 생활에 적응하지 못해 바로 학업을 그만두고 염소 치는 일을 도우며 50여 년을 살아왔다.

현 선생은 안나 리의 소식을 인터넷에 올린 줄리 선생에게 연락을 취해 둘의 만남을 주선하고, 황 이장은 현 선생과 함께 조평안을 데리고 서울의 한 호텔로 안나 리 일행을 만나러 간다. 교양 있는 모습의 안나 리는 아들 내외와 딸과 함께 왔다. 그녀는 전쟁 중에 미국인에게 입양되어 좋은 환경에서 교육을 받고 자랐다. 그리고 결혼 후 스위스로 이민 가 반전·반핵 시위를 하는 등 평화운동에 적극적으로 참여해 왔다고 한다. 하지만 폭격으로 어머니를 죽게 한 조국이 싫어 한국말을 멀리해서 이제는 한국말을 잊어버렸다. 그래서 그들은 스위스인 간호사의 통역과 황 이장의 도움으로 겨우 대화를 이어 간다.

가족 관계와 고향에 대해 물어도 조평안은 전혀 대답하지 못한다. 하지만 어머니에 관한 기억이 하나 남아 있었다. 어머니가 숨을 거둔 그날 밤, 누이는 폭격으로 허물어진 빈집 무너진 천장 사이로 별을 보며 동생에게 말했다. "중길아, 저 하늘에 반짝이는 별 두 개를 봐. 아바지별과 오마니별이야. 천지 강산에 우리 둘만 남기고 아바지가 오마니 데빌구 하늘에 가서 별루 떴어. 저기, 저기 오마니별 보여?" 안나 리는 전쟁 중 동생과 헤어지기 전에 나눴던 이야기를 떠올리며 천장을 보고 "별, 별 말입니다!"라고 한국말을 내뱉는다.

그때 조평안 씨가 반응을 보인다. "별?" 하며 천장을 올려다보더니 "하늘에 별?" 하고 재차 묻는다. 그러자 안나 리의 입에

김원일
(金源一, 1942~)

김원일은 경상남도 김해에서 태어나 서라벌 예술대학 문예창작학과와 영남대학교 국어국문학과를 거쳐 단국대학교 대학원 국어국문학과를 졸업하였습니다. 1966년 《대구매일신문》 신춘문예에 〈1961·알제리아〉가 당선되어 등단한 후 1967년 《현대문학》에 장편소설 《어둠의 축제》가 당선되면서 주목받는 소설가가 되었습니다. 김원일 작가는 어렸을 때 겪은 6·25전쟁을 중심으로 개인적인 가족사를 일관되게 소설 소재로 활용해 분단문학과 가족사 소설이라는 독특한 지평을 열었습니다. 주요 작품으로는 《어둠의 혼》 《노을》 《연》 《미망》 등이 있습니다.

서도 "별 보구 내 뭐라 말했어?"라는 한국말이 터져 나오고, "오마니별, 거기 있어……"라고 조평안의 입에서도 꿈결 같은 말이 흘러나온다. "오마니별을 알다니! 내 동생이 틀림없어!" 안나 리는 놀라며 두 팔을 벌리며 외친다. "중길아! 네 이름은 이중길이야, 여기루 오라구!" 둘은 마침내 한 핏줄임을 확인하며 서로를 끌어안고 기쁨의 눈물을 흘린다.

무엇으로도 끊을 수 없는 혈육의 정과 끈끈한 가족애

이 작품은 6·25전쟁이 빚은 민족적 비극인 이산가족의 가슴 아픈 이야기를 담고 있습니다. 세상에서 가장 슬픈 것 중 하나는 혈육과의 생이별입니다. 전쟁과 분단이 안겨 준 고통, 그것은 전쟁을 겪어 보지 못한 세대로서는 이해하기 힘든 일입니다.

우리 주변에는 전쟁과 분단으로 가족의 생사조차 알지 못한 채 가슴에 큰 고통을 안고 살아가는 이웃들이 많습니다. 이 작품은 이들의 고통을 조금이나마 이해하고 다시는 전쟁이 일어나지 않게 하기 위해 우리가 해야 할 일이 무엇인지 생각해 보게 합니다.

세상에 그 어떤 것도 혈육에 대한 사랑과 그리움만은 끊을 수 없습니다. 아무리 지우고 싶어도 지울 수 없었던 중길의 기억 속에 선명히 박혀 있던 '오마니별'이 바로 그것을 증명합니다. '오마니별'은 우리 마음속에 있는 혈육을 향한 영원한 사랑을 의미하기도 합니다.

작품을 이해하기 위한 핵심 정리

배경과 주제 알아보기

이 작품의 시대적 배경은 주인공의 회상에 따라 2001년과 6·25전쟁이 한창이었던 1951년이 교차되는 형식으로 이루어져 있습니다. 6·25전쟁이 끝난 후 남북 분단이 오랫동안 지속되면서 1,000여만 명이나 되는 이산가족들은 기약 없는 생이별의 아픔을 겪어야 했습니다.

이 소설이 시작되는 2001년도는 이산가족 상봉이 세계적으로 관심을 받던 시기였습니다. 스위스의 안나 리와 대한민국의 조평안이 극적인 만남을 이룰 수 있었던 시대인 것입니다.

어린 시절 전쟁고아가 되어 생사도 알지 못한 채 살아온 두 주인공이 50년 만에 만나는 모습을 통해 전쟁이 빚은 이산가족의 상처와 분단의 현실을 되돌아보게 하는 작품입니다.

인물 알아보기

이중길은 시장통에서 구걸하는 고아로 살다 조 씨 아저씨를 만나 조평안이라는 인물로 새로 태어납니다. 전쟁 때 입은 폭격으로 어렸을 때 기억은 다 잊었지만 누이와 이야기 나눴던 '오마니별'에 대한 기억만은 잊지 않고 있습니다.

또 다른 주인공 이수옥은 미국인 가정에 입양되어 안나 리가 되어 부유하게 자랍니다. 인터넷에 이산가족 찾기를 신청해 세상에 하나뿐인 동생 이중길을 만나게 됩니다.

조 씨 아저씨는 전쟁고아인 이중길을 데려다 자식처럼 키워 주는 좋은 분입니다.

현 선생과 황 이장은 이산가족 찾기를 통해 이중길이 누이를 만나는 데 큰 도움을 주는 마음 따뜻한 사람들입니다.

통합 사고력 접근

● 이산가족이 만나려면 어떻게 해야 하나요?

KBS 방송국 앞에 가득 붙은 이산가족을 찾는 벽보

1983년에 KBS에서 이산가족 상봉 프로그램 〈누가 이 사람을 아시나요?〉를 방영한 적이 있습니다. 애초에는 3시간 정도로 예정된 프로그램이었지만, 이산가족을 찾는 행렬이 예상외로 많아 6개월 가까이 방송이 이어졌습니다. 이때 이산가족을 찾겠다고 신청한 건수는 10만 952건이나 되었고, 78퍼센트가 넘는 시청률을 기록하며 1만 180여 명의 이산가족이 서로 만났습니다.

이 프로그램은 2015년 10월 관련 기록물이 유네스코 세계기록유산에 등재될 정도로 세계적인 관심을 받았습니다. 1990년에는 〈사할린 이산가족을 찾습니다〉라는 프로그램으로 일제강점기에 징용으로 끌려간 사할린섬 동포와 한국에 살고 있던 열여덟 쌍의 가족이 만나기도 했습니다.

더 많은 이산가족이 만나기 위해선 국가적으로 관심을 갖고, 방송과 인터넷 등을 활용한 이산가족 찾기 프로그램을 지속적으로 운영할 필요가 있습니다. 아울러 모든 국민이 황 이장과 현 선생처럼 우리 주변에도 있을지 모를 이산가족을 찾아 주려는 노력을 기울여 나가야 할 것입니다.

● 달나라도 가는데 남북한 이산가족은 왜 만나지 못할까요?

6·25전쟁으로 인한 이산가족의 형태는 크게 세 부류로 나눌 수 있습니다. 첫째는 남한 내에서 연락이 끊긴 경우, 둘째는 이수옥처럼 해외로 입양돼 헤어진 경우, 셋째는 휴전선으로 갈라진 남한과 북한에 사는 경우가 그것입

니다.

이 중 첫째와 둘째의 경우는 방송과 인터넷이 발달하면서 비교적 쉽게 만남이 이뤄졌습니다. 하지만 세 번째 경우는 남북 지도자들의 노력 없이는 만남이 이루어지기 힘든 상황입니다. 달나라도 가는데 남북한 이산가족이 만나지 못하는 이유는 여기에 있습니다.

남북 이산가족은 1985년에 남측 35명과 북측 30명이 제한된 만남을 가진 이후, 2018년까지 20여 차례에 걸쳐 소수의 가족만이 상봉했습니다. 어느덧 분단의 역사도 70여 년에 이르면서 이산가족 당사자들이 나이를 먹어 많은 분이 세상을 떠나고 있습니다. 조금이라도 빨리 더 많은 남북한 이산가족이 만날 수 있도록 관심을 가지고 노력을 기울여야 할 것입니다.

❶ 지금도 우리 주변에는 가족과 헤어져 서로 생사조차 알 수 없는 이산가족이 많습니다. 이산가족의 아픔을 덜어 주기 위해 우리가 해야 할 일에는 무엇이 있을까요?

....

....

....

❷ 남북한 이산가족이 만나기 어려운 가장 큰 이유는 무엇이고, 이 문제를 해결하기 위해 우리가 해야 할 일은 무엇일까요?

....

....

....

❸ 이중길이나 이수옥 같은 이산가족이 더는 생기지 않게 하려면 어떻게 해야 할까요?

....

....

....

한 번 더 생각하기

1. 이중길이 다른 것은 다 잊었어도 '오마니별'에 대한 기억만은 잊지 않았던 이유는 무엇일까요?

....

....

....

2. 피는 물보다 진하다는 말이 있습니다. 누구나 이 말의 뜻을 실감한 적이 있을 것입니다. 여러분이 생활 속에서 경험한 사례를 구체적으로 말해 보세요.

....

....

....

3. 예전에는 전쟁 때문에 가족이 만나고 싶어도 그러지 못하고 사는 경우가 많았습니다. 지금은 전쟁 경험이 없는데도 헤어져 사는 가족들이 있습니다. 그 이유는 무엇이고, 이를 극복하기 위해서 우리가 해야 할 일은 무엇인지 말해 보세요.

....

....

....

12장

전쟁과 분단이 낳은 모든 것

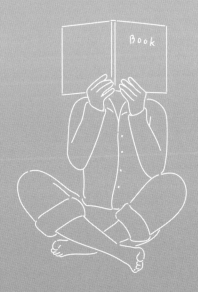

전쟁의 참혹함과 그로 인한 인간성 상실의 비극

기억 속의 들꽃

줄거리 나는 피난민이 많이 몰리는 만경강 다리가 있는 마을에 살고 있다. 인심이 좋았던 마을인데 피난민들이 몰리면서 동냥이나 절도 같은 일이 빈번해지자 인심이 사나워졌다. 어린 나는 피난민을 부러워하며 아버지에게 우리도 피난을 가자고 졸라 댄다. 어느 날 폭격으로 만경강 다리가 무너지자 나는 누나와 함께 즐거운 마음으로 피난길을 떠난다. 하지만 인민군을 만나고는 무서워서 더는 못 가겠다며 집으로 돌아온다.

그때 서울에서 피난 오는 길에 자기 숙부네 가족과 떨어지게 된 명선이를 만난다. 나는 계집애처럼 생긴 명선이를 집에 데려오지만 어머니는 네가 먹여 살릴 거냐며 화를 낸다. 그때 명선이가 어머니에게 금가락지를 내놓자 어머니의 태도가 달라진다. 명선이는 우리 집에서 부엌데기 노릇을 하는 정님이 누나와 한방을 쓴다. 명선이는 피난 오다가 폭격을 당하자 어머니가 몸으로 감싸 자신을 살리고 죽었다는 이야기를 들려준다. 명선이는 우리 부모가 구박하고 내쫓으려 할 때마다 금반지를 내놓는다.

아버지와 어머니는 명선이가 금가락지를 더 가지고 있을 거라 생각하고 뺏으려 한다. 동네 사람들도 명선이가 금가락지를 갖고 있다는 것을 알고 호시탐탐 노린다. 명선이가 알몸으로 나무에 매달려 울 때 아버지가 동네 사람들을 쫓아내고는 구해 준다. 그때 명선이가 계집아이라는 것이 밝혀진다. 아버지는 명선이 몸에서 나온 "이 아이를 잘 보살펴 주면 반드시 은혜를 갚겠다"라는 글이 담긴 쪽지를 보고 나에게 명선이를 잘 감시하라고 한다.

우리는 끊어진 만경강 다리에서 놀곤 했는데 어느 날 명선이가 어떤 꽃 이름을 물어본다. 나는 모른다고 하기에는 자존심이 상해 엉터리로 지어서 '쥐바라숭꽃'이라고 말한다. 명선이가 더 이상 금가락지를 내놓지 않자 우리 부모의 재촉이 심해지지만 명선이는 끝내 내놓지 않는다.

가을이 되어 인민군이 북쪽으로 쫓겨 갈 때도 명선이와 나는 부서진 다리 위에서 놀았다. 조마조마하게 앙상한 철근을 타고 있는데 머리 위로 호주기 편대가 굉장한 폭음을 내며 지나간다. 폭격기 소리에 놀란 명선이는 마치 '쥐바라숭꽃'처럼 강물로 떨어져 사라진다. 명선이가 죽고 난 뒤 나는 명선이가 하던 대로 부서진 다리의 철근을 타다 이상한 헝겊 주머니를 발견한다. 그것을 열어보고는 맑게 빛나는 금가락지에 놀라 그만 송두리째 강물에 떨어뜨리고 만다.

윤흥길
(尹興吉, 1942~)

윤흥길은 전라북도 정읍에서 태어나 원광대학교 국어국문학과를 졸업하였습니다. 1968년 《한국일보》 신춘문예에 〈회색 면류관의 계절〉이 당선되어 등단한 후 1973년에 발표한 《장마》를 통해 문단의 주목을 받았습니다. 윤흥길 작가는 현실의 왜곡된 삶과 부조리를 파헤치는 한편, 리얼리즘 기법을 통해 산업화가 빚어낸 인간 소외와 불평등 구조에 대해 비판하는 작품을 주로 썼습니다. 주요 작품으로는 소설집 《황혼의 집》 《아홉 켤레의 구두로 남은 사내》 《장마》와 장편소설 《묵시의 바다》 《에미》 《완장》 등이 있습니다.

28. 전쟁의 참혹함과 그로 인한 인간성 상실의 비극 〈기억 속의 들꽃〉

🔦 작품 이해 _1979년/단편소설

어린아이의 눈으로 고발하는 전쟁으로 인한 인간성의 상실

이 작품은 어른들의 이기심과 전쟁이 빚어낸 폭력으로 비극적인 삶을 살다
간 한 소녀의 이야기를 어린아이의 눈으로 그리고 있습니다.

　명선이는 전쟁 통에 부모를 잃었지만, 만일에 대비해 금가락지를 물려준
부모님의 도움으로 스스로 살아남는 법을 터득한 아이입니다. 여자면서도 남
자처럼 위장할 줄 알고, 호시탐탐 금가락지만 노리는 숙부로부터 도망칩니
다. 쫓겨나지 않으려, 내 어머니에게도 꼭 필요할 때만 금가락지를 주는 지혜
를 발휘합니다. 하지만 전쟁으로 피폐해진 어른들의 탐욕은 끝이 없어 어떻
게든지 금가락지를 뺏으려 합니다. 그래서 명선이는 사람들이 쉽게 접근하기
힘든 끊어진 다리 끝에 금가락지를 숨겨 놓습니다.

　명선이는 들꽃을 좋아하는 순박한 아이입니다. 하지만 들판에 버려진 꽃
처럼 탐욕에 물든 어른들 틈에서 힘겹게 견디다 결국 한 송이 들꽃처럼 다리
위에서 떨어져 목숨을 잃게 됩니다. 어린 나는 명선이 숨겨 놓은 금가락지를
발견하고는 강물 위로 떨어뜨리는 것으로 탐욕 때문에 인간성을 상실한 어
른들에 대항합니다.

✏️ 작품을 이해하기 위한 핵심 정리

배경과 주제 알아보기

공간적 배경은 만경 평야가 있는 한 마을로 정이 넘치는 사람들이 사는 지역
입니다. 시대적 배경은 6 · 25전쟁이 한창이었을 때로 피난민들이 남쪽으로

6 · 25전쟁 당시 피난민들

밀려들던 시절입니다.

곳간에서 인심 난다고 전쟁이 있기 전과 피난민이 밀려들던 초기만 해도 인정 많던 마을 사람들이 전쟁이 길어지면서 먹고살기 힘들어지자 점점 이기적으로 변합니다. 전쟁고아인 명선이도 따뜻하게 보듬어 주지 않고, 금가락지만 뺏으려 기를 쓰는 어른들은 무섭기만 합니다.

이 작품은 전쟁이 인간을 얼마나 이기적으로 만드는지 폭로함으로써 다시는 전쟁이라는 비극이 일어나지 않도록 하기 위해 우리 모두 노력해야 한다는 걸 다시 한번 깨닫게 합니다.

인물 알아보기

명선이는 지혜롭고 영악한 여자아이입니다. 전쟁에서 살아남기 위해 남장을 하고, 남들이 찾기 힘든 철로 끝에 금가락지 주머니를 숨겨 놓고 적당한 시기에 하나씩 꺼내 어른들의 환심을 삽니다. 당돌하며 적극적이고 꽃을 좋아하는 순진한 아이지만 어른들의 이기심 속에서 어린 나이에 죽음을 맞게 됩니다.

나는 전쟁 중에도 아이다움을 잃지 않은 천진난만하고 순수한 마음으로 명선이의 이야기를 전합니다.

아버지와 어머니, 동네 사람들은 원래 인정 많은 사람들이었는데 전쟁을 겪으면서 이기적으로 변합니다. 전쟁으로 인한 빈곤 때문에 탐욕스럽고 계산적인 모습으로 변했다는 점에서 어쩌면 이들도 전쟁 피해자들이라 할 수 있습니다.

28. 전쟁의 참혹함과 그로 인한 인간성 상실의 비극 〈기억 속의 들꽃〉

● 6·25전쟁이 그 어느 전쟁보다 참혹했던 이유는 무엇인가요?

6·25전쟁은 3년 동안 150여만 명의 사망자를 포함해 520여만 명의 인명 피해를 낳은 세계사에서 유래를 찾아보기 힘든 동족상잔의 비극입니다. 단지 사상이 다르다는 이유로 남과 북이, 형제와 일가친척이, 이웃과 이웃이 서로 총을 겨누고 싸운 것입니다.

이민족과의 전쟁은 그나마 동족끼리 힘을 합쳐 싸웠다는 자긍심이라도 가질 수 있지만, 6·25전쟁은 이웃 간, 가족 간에 극심한 불신을 불러일으켜 그 어느 전쟁보다 민족의 가슴에 큰 상처를 남긴 전쟁이었다 할 수 있습니다.

이 소설에서 명선이의 숙부와 숙모, 나의 아버지와 어머니, 이웃 사람들은 어린 명선이를 돌볼 생각은 하지 않고 오로지 금가락지만을 노립니다. 작가는 이들의 행태를 통해 참혹한 6·25전쟁의 실상을 잘 보여 주었습니다.

● 인간성을 지키기 위해 우리가 해야 할 일은 무엇인가요?

인간성은 사람이 다른 사람을 배려하고 사랑하는 마음입니다. 인간이 문명과 사회를 발전시킬 수 있었던 것은 사회적 동물로서 인간성을 갖추고 서로 공존하는 세상을 만들었기 때문입니다. 인간성이 없었다면 우리는 약육강식의 법칙 속에서 언제 힘이 센 자에게 짓밟힐지 모른다는 두려움에 떨며 살았을지도 모릅니다.

인간은 환경에 영향을 받는 동물입니다. 사회 환경이 경쟁과 다툼만으로 가득하다면 인간성은 저절로 상실될 수밖에 없습니다. 다툼은 서로의 차이를 인정하지 않는 데서 이뤄지고, 다툼이 커질 대로 커진 것이 곧 전쟁입니다. 따라서 우리는 인간성을 지키기 위해 서로를 배려하며 다툼이 없는 사회를 만들기 위해 노력해야 합니다.

① 인간성이란 무엇이고, 전쟁이 인간성을 상실하게 만드는 이유는 무엇일까요?

....

....

....

② 학교에서 학생들에게 인성 교육을 시키는 이유는 무엇일까요?

....

....

....

③ 공부는 잘하는데 인간성이 나쁜 친구와 공부는 좀 못해도 인간성이 좋은 친구가 있다면 누가 더 행복한 삶을 살 수 있을까요? 또 그렇게 생각하는 이유는 무엇인가요?

....

....

....

한 번 더 생각하기

1. 학생 중에도 명선이의 금가락지를 노리는 사람들처럼 인간성을 상실한 친구들이 있습니다. 어떤 학생이 그런 친구들인지 세 가지 이상 사례를 들어 말해 보세요.

....

....

....

2. 인간은 환경의 영향을 많이 받는 동물이에요. 그런데 우리 사회는 인간성을 지키기 어렵게 만드는 환경이 참 많아요. 그런 예를 들고 그것을 고치기 위해 어떻게 해야 하는지 말해 보세요.

....

....

....

3. 전쟁의 가장 큰 원인은 무엇이라고 생각하나요? 그리고 전쟁을 막기 위해 우리가 해야 할 일에는 무엇이 있을까요?

....

....

....

아버지와 아들이 차례로 겪어야 했던 민족의 수난사
수난 이대

줄거리 만도는 징병으로 끌려 나갔던 아들 진수가 전쟁에서 돌아온다는 소식에 들떠 있다. 하나뿐인 핏줄이자 삼대 독자가 전쟁터에서 돌아오는 것이다. 만도는 한쪽 팔을 휘저으며 용마루 고개까지 올라가 기차역을 바라본다. 진수가 병원에서 나온다는 말이 귓가에 맴돌아 불안했지만 조금 다친 걸 거라며 스스로 위안한다.

만도는 외나무다리가 있는 개천에 도착해 조심스럽게 다리를 건넌다. 전쟁터에서 한쪽 팔을 잃고 술에 취해 돌아오다가 발을 헛디뎌 개천에 빠졌던 기억을 떠올리며 멋쩍은 웃음을 짓는다. 기차 도착 시간보다 일찍 도착한 만도는 시장에 가서 고등어를 산 후 역 대합실에 들어가 기차를 기다린다. 궐련에 성냥불을 붙이자니 과거 기억이 떠오른다.

일본이 일으킨 전쟁에 징용으로 끌려갔을 때였다. 만도는 태평양의 한 섬에서 비행장을 닦는 고된 일을 해야 했다. 더군다나 그곳에서 다이너마이트를 설치하다가 한쪽 팔을 잃었다. 사고가 나던 그날은 유난히 성냥불이 잘 붙지 않았다. 독립이 되고 이제 좀 살 만하다 싶었는데, 6·25전쟁이 나자 이번에는 아들 진수가 전쟁터로 끌려갔다.

이런저런 생각을 하고 있는데 기차가 들어서고 상이군인이 내린다. 아들 진수일 리 없다며 다른 곳으로 눈길을 주지만 그때 "아버지!" 하는 소리가 들린다. 깜짝 놀라 쳐다보니 아들 진수가 한쪽 다리를 펄럭이며 목발을 짚고 서 있는 게 아닌가. 눈앞이 노래지다가 두 눈에 뜨거운 눈물이 핑 돈다. "에라이, 이놈아!" 만도는 망연자실해서 할 말을 잃는다. "가자, 어서!" 무뚝뚝하게 한마디 던지고 앞장서서 걷자 진수도 묵묵히 따라나선다.

만도는 앞서가며 한 번도 뒤돌아보지 않는다. 진수는 목발을 짚고 아버지를 따르자니 힘에 벅찼지만 어금니를 꽉 깨물며 눈물을 삼킨다. 만도는 주막에 들러 진수에게 국수를 사 주고 자신은 막걸리를 들이켜며 자초지종을 묻는다. 수류탄을 피하다 그렇게 됐다는 것을 알고, "이래가지고 나 우째 살까 싶습니더!"라는 아들의 말에 "우째 살긴. 목숨만 붙어 있으면 사는 기다. 그런 소리 하지 마라" 하고 무뚝뚝하게 내뱉는다.

집으로 돌아오는 외나무다리에 이르자 만도는 한 손에 들었던 고등어를 진수에게 들게 한다. 그리고 등을 내밀어 다리가 하나뿐인 진수를 업는다. 외나무다리를

하근찬
(河瑾燦, 1931~2007)

하근찬은 경상북도 영천에서 태어나 전주 사범학교를 거쳐 동아대학교 토목과에 입학했으나 중퇴했습니다. 1957년 《한국일보》 신춘문예에 〈수난 이대〉가 당선되어 등단한 후 1959년에 발표한 〈흰 종이 수염〉으로 주목을 받았습니다. 그는 1954년까지 초등학교 교사로 근무했으며, 이후 《교육주보》 《대한 새교실》 등 교육 관련 잡지 기자로 활동했습니다. 하근찬 작가는 수난에 굴하지 않고 스스로 앞길을 열어 가는 굳센 의지를 지닌 사람들을 등장인물로 내세워 민중들의 희망에의 의지를 보여 주었습니다. 주요 작품으로는 단편소설 《왕릉과 주둔군》 〈일본도〉 〈임진강 오리떼〉 등과 중편소설 《기울어지는 강》 《직녀기》, 장편소설 《야호》 《남한산성》 《월례는 본래 그런 여자가 아니었습니다―월례 소전》 《산에 들에》 등이 있습니다.

건너면서 둘은 각자 속으로 생각한다. '세상을 잘못 만나서 진수 네 신세도 참 똥이다 똥.' '나꺼정 이렇게 되다니 아부지도 참 복도 더럽게 없지. 차라리 내가 죽어 버렸더라면 나았을 낀데…….' 눈앞에 우뚝 솟은 용머리재가 외나무다리를 건너는 두 부자의 모습을 가만히 내려다본다.

아버지와 아들, 이대의 걸친 민족의 수난과 극복 의지

이 작품 속 아버지는 일제강점기 시대에 징용에 끌려가 한쪽 팔을 잃고, 아들은 독립 후 6 · 25전쟁에 끌려가 한쪽 다리를 잃습니다. 작가는 불과 10년 사이에 한 가족이 겪어야 했던 이 불행한 사건을 통해 민족적 비극을 상기시킵니다.

현재에서 과거로, 과거에서 현재로 넘나드는 역행적 구성을 취하고 있으며, 뚜렷한 성격을 가진 인물을 등장시킴으로써 주제 의식을 강조하는 단편 소설적 특징을 잘 보여 줍니다.

아들의 무사 귀환을 바라는 아버지의 심리적 갈등, 성냥불에서 연상되는 과거의 기억, 작품 앞뒤에 나오는 외나무다리를 통해 비극적 현실과 이를 극복하려는 의지를 상징적으로 드러내고 있습니다. 또한 두 다리가 성한 아버지는 아들을 업고 두 팔이 성한 아들은 아버지의 물건을 들어 주면서 외나무다리를 건너는 장면은 서로 부족한 부분을 메꿔 가며 수난을 극복해 나가리라는 희망을 제시하고 있습니다.

작품을 이해하기 위한 핵심 정리

배경과 주제 알아보기

제2차 세계대전은 인류 역사상 가장 많은 인명 피해와 재산 피해를 남긴 전쟁으로, 독일과 일본이 일으켜 1939년부터 1945년까지 계속되었습니다. 전

쟁 막바지로 치닫던 1942년경에는 일제의 강제 징집으로 우리나라 젊은이 20만 명이 군대로, 성인 약 40만 명이 강제 노역장으로 끌려갔습니다. 이 중에 20만 명 정도가 사망 또는 행방불명된 것으로 추정되고 있습니다. 소설의 주인공인 박만도 역시 이때 강제 노역장으로 끌려갔다가 한쪽 팔을 잃고 겨우 살아온

제2차 세계대전 당시 부상자를 옮기는 미군

인물입니다.

그리고 1950년에 6·25전쟁이 일어납니다. 동족상잔의 비극 6·25전쟁에서 아들 진수는 한쪽 다리를 잃습니다. 이 작품은 이런 비극의 시대를 살면서 아버지와 아들이 비록 한쪽 팔과 다리는 잃었지만 서로 부족한 부분을 채워 가며 꿋꿋하게 살아갈 거란 희망을 제시합니다. 즉 우리 민족이 수난을 극복해 나가는 지혜를 보여 줄 것이라는 메시지를 담고 있는 것입니다.

인물 알아보기

아버지 박만도는 일제강점기 때 징용으로 끌려가 왼팔을 잃은 순박한 시골 사람입니다. 성격이 급하고 무뚝뚝하지만 불행한 현실을 극복하려는 의지가 강한 긍정적인 인물입니다. 한쪽 다리를 잃고 온 아들을 무뚝뚝하게 대하지만 외나무다리를 만나자 아들을 업고 건넙니다.

아들 박진수는 아버지를 닮은 순박한 시골 청년입니다. 6·25전쟁으로 다리는 잃었지만 아버지를 걱정하는 착한 아들로 묵묵히 고난을 감수하며 현실을 받아들입니다.

● 지금 우리가 겪는 수난에는 어떤 것들이 있나요?

문학작품은 비유와 상징으로 이뤄집니다. 이 작품에서 수난은 일제강점기 때 전쟁과 6·25전쟁으로 우리 민족이 겪고 싶지 않았지만 어쩔 수 없이 겪어야 했던 일입니다. 따라서 우리는 이런 전쟁을 안 겪었으니까 수난이 없을 거라 생각하면 박만도 부자의 이야기는 소설 속 이야기로만 끝날 것입니다. 하지만 전쟁을 비유와 상징이라 생각하면 수난은 우리가 현실에서 겪는 수많은 고통일 수도 있습니다. 우리가 원하지 않지만 어쩔 수 없이 겪어야 하는 고통이 곧 수난인 것입니다.

전쟁과 같은 극단적인 고통은 아니더라도, 사람은 살면서 누구나 수난을 겪기 마련입니다. 교통사고로 다리를 잃거나, 힘센 친구에게 괴롭힘을 당하거나, 원하는 것을 이루지 못하게 되는 등 누구나 자신만의 고통이 있는 법입니다. 이렇게 생각해 본다면 이 소설은 여러분에게 일상에서 겪는 수난을 극복해 나가는 지혜를 제시해 준다고 할 수 있을 것입니다.

● 수난을 극복하려면 어떻게 해야 할까요?

이 작품은 우리에게 수난을 대하는 태도와 이를 극복하려는 의지의 중요성을 일깨워 주고 있습니다. 주인공인 아버지와 아들이 이대에 걸쳐 찾아온 수난 앞에 좌절과 분노로 주저앉았다면 어떻게 됐을까요? 이들은 팔과 다리를 잃었지만 극한 상황에서도 결코 좌절하지 않고 서로에게 부족한 부분을 채워 주며 어려움을 이겨 냅니다.

이 소설은 지금 우리가 처해 있는 수난을 극복하기 위해서는 무엇보다 현실을 있는 그대로 받아들이고, 그 속에서 긍정적인 면을 찾아 힘을 합쳐 나가는 것이 중요하다는 것을 알려 줍니다.

① 지금 여러분이 겪고 있는 수난에는 어떤 것이 있나요? 그것을 극복하기 위해서는 어떻게 해야 할까요?

② 이 책의 주인공들처럼 만약에 내가 사고로 팔이나 다리를 잃게 된다면 어떻게 해야 할까요?

③ 이 책의 주인공들처럼 우리 주변에는 신체 결함으로 어렵게 살아가는 장애인이 많습니다. 이들을 위해 우리가 할 수 있는 일에는 무엇이 있을까요?

한 번 더 생각하기

1. 〈수난 이대〉와 같은 민족적 비극을 겪지 않으려면 어떻게 해야 할까요?

2. 이 소설에서는 아버지와 아들이 서로 부족한 부분을 채워 줍니다. 여러분은 주변에 이들처럼 서로 부족한 부분을 채워 줄 소중한 사람이 있나요? 지금 여러분에게 가장 부족한 것은 무엇이고, 그 사람이 그런 부분을 어떻게 채워 주는지 말해 보세요.

3. 2번 문제와 반대로 여러분이 소중하게 생각하는 사람이 필요로 하는 것을 생각해 보세요. 소중한 사람에게 지금 가장 부족한 것은 무엇이고, 내가 그 사람을 위해 해 줄 수 있는 건 무엇인지 말해 보세요.

13장

역사와 인물, 그 발자취를 따라서

3 소설 동의보감

참의술을 실천한 조선 시대 명의 이야기

줄거리   허준은 평안도 용천 군수 허륜의 서자로 태어난다. 그는 서자로서는 성공할 수 없는 현실에 불만을 품고 고을의 불량배들과 어울려 다닌다. 그러던 중 귀양지에서 도망친 아버지를 모시고 사는 다희를 만나 그녀의 아버지가 죽자 장례를 치르고 그녀와 혼례를 올린다. 허준의 아버지는 서자인 아들이 새로운 삶을 살 수 있도록 독립시켜 준다.

경상도 산음에 도착한 허준은 명의 유의태의 제자가 되어 의술을 배운다. 허준의 의술이 뛰어나다는 소문이 나자 많은 환자들이 찾아온다. 스승은 허준이 환자들을 치료하면서 쓴 처방지를 훑어보고 그의 능력을 인정해 준다. 허준은 스승이 어의 양예수와의 악연으로 내의원 시험에 대한 미련을 버리고 산음으로 들어와 의술을 펼치게 된 사연을 듣게 된다.

어느 날 성 대감 부인이 위급하다고 찾아오자 스승은 허준을 보낸다. 성 대감은 유의태가 아닌 제자가 왔다는 말에 화를 낸다. 허준은 자신도 의원이라고 당당히 말하고 며칠 동안 지극 정성으로 치료하여 부인의 병을 고친다. 성 대감은 그 보답으로 의사들의 과거시험인 취재에 붙을 수 있도록 소개장을 써 준다. 하지만 그 사실을 안 스승은 화를 내며 소개장을 태워 버리고 허준을 문하에서 쫓아낸다.

허준은 한동안 방황하다 혼자 힘으로 취재에 응시하기로 결심한다. 취재 시험을 보기 위해 한양으로 가던 도중 아버지가 위독하다는 농부를 따라가 진찰을 해주는데, 소문을 들은 환자들이 몰려드는 바람에 곤욕을 치른다. 시험을 보려면 길을 나서야 하고, 그냥 가자니 환자들을 모른 체 버리고 가야 하기 때문이다. 하지만 허준은 환자를 치료하기 위해 남기로 하고 시험 볼 기회를 포기한다.

스승은 허준이 과거를 포기하고 환자를 치료하는 일에 정성을 기울였다는 소문을 듣고 다시 제자로 받아들인다. 그리고 의학 공부를 위해 자신의 시신을 해부 실험용으로 쓰라는 유언을 남긴다. 허준은 스승의 시신을 해부해 인체의 여러 기관을 눈으로 직접 확인하며 의술을 한층 발전시킨다.

이듬해 허준은 내의원 의과에 최고의 성적으로 합격한다. 내의원에서 어의 양예수를 만난 허준은 그가 스승에게 좋지 않은 감정을 품었던 것을 알고 경계한다. 양예수 역시 그가 유의태의 제자라는 이

이은성
(李恩成, 1937~1988)

이은성은 경상북도 예천에서 태어나 초등학교 졸업 후 철도 공장에서 근무하면서 못 배운 게 한이 돼 밤낮으로 책을 읽었다고 합니다. 1967년 《동아일보》 신춘문예에 시나리오 〈녹슨 선〉이 당선돼 등단한 후 주로 사극을 많이 썼습니다. 주요 작품으로는 1969년 제15회 아시아영화제에서 최우수 각본상을 받은 〈당신〉, 1973년 대한민국예술제 각본상을 받은 〈세종대왕〉, 1975년 대한민국연극영화 TV 예술상 최우수 각본상을 받은 〈충의〉, 1976년 제12회 한국연극영화 TV 예술상 최우수 시나리오상과 1977년 제16회 대종상 최우수 각본상을 받은 〈집념〉, 1984년 한국연극영화 TV 예술상, TV 각본상을 받은 〈개국〉 및 1989년 제25회 백상예술대상 특별상을 받은 〈두 석양〉 등이 있습니다.

유로 그를 핍박한다. 혜민서에 근무하게 된 허준은 그곳의 비리와 병폐를 없애기 위해 애쓴다. 그곳에서 자신을 사모하는 의녀 미사를 만나지만 남녀 간의 거리를 지키며 뜻을 함께한다. 허준은 의술로써 선조의 눈에 띄어 임진왜란 때는 임금을 가까이에서 모시며 총애를 받는 어의가 된다. 그리고 중국에서 《본초강목(本草綱目)》을 편찬한다는 소식을 듣고 우리나라 고유의 의술서를 집필하고자 한다. 그 무렵 임진왜란이 일어나자 그는 미사와 함께 내의원 의서와 약방전을 챙겨 피난길에 오른다.

작품 이해 _1990년/장편소설

실존 인물인 허준을 주인공으로 한 역사소설

허준의 영정

《소설 동의보감》은 작가 이은성이 자신이 썼던 각본 〈집념〉을 소설로 만든 것으로 그의 사후 1990년 유고작으로 출간된 미완성 작품입니다. 총 네 권으로 발간할 예정이었지만, 작가가 마무리를 짓지 못하고 세상을 뜨는 바람에 미완성 상태로 세 권까지만 출간되었습니다. 임진왜란을 피해 떠나는 허준의 모습까지만 그려졌는데, 허준의 위대한 업적인 《동의보감(東醫寶鑑)》을 완성하는 이야기를 소설 속에 담아내지 못한 것이 못내 아쉽습니다.

이 작품은 드라마로 방송되면서 역사와 허구에 대한 많은 논쟁거리를 남겼습니다. 허준은 조선 중기 서자로 태어나 어의로 정일품까지 오르고 세계적인 의학서인 《동의보감》을 저술한 실제 인물입니다. 하지만 《소설 동의보감》은 작가가 상상력으로 재창조한 허구의 소설입니다. 따라서 이 책을 읽을 때는 소설로 받아들여야 하며, 허준의 전기가 아니라는 것을 분명히 알아야 합니다.

허준이 출세를 위한 취재를 포기하고 자신의 의술을 필요로 하는 이웃들을 위해 의술을 펼치는 모습에 초점을 두고 읽으면 소설이 주는 감동이 더할 것입니다.

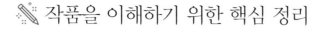 작품을 이해하기 위한 핵심 정리

배경과 주제 알아보기

이 소설의 시대적 배경은 임진왜란이 일어나기 직전입니다. 외과적 수술 기술도 떨어졌고 사람 몸속에 대한 지식도 많지 않았던 시절이었지요. 당시에는 의술을 천하게 여겼고, 몸에 칼을 대는 것을 큰 불효로 여겨 수술을 금기시했기 때문입니다. 따라서 허준이 스승의 시신을 해부한 일은 순전히 작가의 상상으로 만들어진 허구입니다.

이 작품은 허준이라는 주인공을 통해 참 의술인의 자세는 어때야 하는지를 잘 보여 주고 있습니다. 또한 이 땅의 모든 지식인이 자신이 배운 지식을 출세를 위한 수단으로만 생각하지 말고, 허준처럼 자신의 능력을 필요로 하는 이웃들에게 베풀며 살아야 한다는 주제 의식을 담고 있습니다

인물 알아보기

허준은 평안도 용천 군수의 서자로 태어나 유의태에게 의술을 배워 조선 최고의 어의가 됩니다. 개인적인 출세를 지향하기보다 진정으로 자신을 필요로 하는 이웃을 위해 의술을 펼치는 인물입니다.

유의태는 허준의 스승으로 자존심이 강하고 자신의 의술에 긍지를 가진 참된 의술인입니다. 조선 시대에는 생각조차 할 수 없는 용기로 자신의 죽은 몸을 제자에게 내주어 의술 발전에 큰 보탬이 되도록 합니다.

양예수는 환자의 치료보다는 출세나 성공에 더 관심이 많은 지극히 세속적인 인물입니다. 어의라는 높은 지위에 있지만 자신의 목적을 위해 남을 해하는 짓까지도 서슴지 않고 하는 악인입니다.

● 《소설 동의보감》과 《동의보감》의 차이는 무엇인가요?

허준의 《동의보감》

《소설 동의보감》은 이은성의 소설입니다. 이에 반해 《동의보감》은 1610년 조선 광해군 때 조선 최고 명의인 허준이 지은 의학서적입니다. '동의'는 중국을 기준으로 동쪽 즉, 조선의 의학이라는 뜻이고 '보감'은 '보배스러운 거울'이란 뜻입니다. 둘을 합친 '동의보감'은 '조선 의학의 보배스러운 거울'이라는 의미를 담고 있습니다.

일반적으로 서양 의술은 병의 치료에 의미를 중점을 두고 있습니다. 이에 비해 동양 의술은 치료보다는 병의 예방과 건강 유지에 중점을 두고 있습니다. 《동의보감》은 집에서 누구나 쉽게 따라 할 수 있는 의학 처치를 많이 소개하고 있어 지금도 건강에 관심이 많은 이들에게 큰 사랑을 받고 있습니다.

● 역사소설은 어떻게 읽어야 할까요?

역사는 사실의 기록이고, 소설은 작가의 상상력으로 만들어진 이야기입니다. 하지만 역사와 소설은 인간 사회에서 벌어지는 이야기를 글로 기록해서 어떠한 형태로든 사회 발전에 영향을 끼친다는 공통점을 갖고 있습니다. 따라서 역사소설을 읽을 때는 등장인물의 이름과 배경 정도만 사실로 받아들이고 나머지 이야기는 작가의 상상력과 주제 의식에 초점을 맞춰 읽어야 합니다. 역사적 사실과는 차이가 있다는 것을 분명히 인식하고 정확한 사실을 확인하기 위해 인터넷을 검색하거나 역사서를 찾아보는 등의 노력을 기울인다면 더욱 좋을 것입니다.

❶ 허준의 《동의보감》이 지금도 많은 이들에게 사랑받는 이유는 무엇일까요?

❷ 참된 지식인의 자세는 무엇이라고 생각하나요? 《소설 동의보감》에 나오는 허준의 삶을 바탕으로 참된 지식인의 자세를 말해 보세요.

❸ 우리 주변에는 돈과 출세만을 위해서 일하는 게 아니라 자신이 하는 일에 참된 가치를 느끼고 그것을 실천하기 위해 일하는 이들도 많습니다. 주변에서 이런 분들을 찾아보고 왜 그렇게 생각하는지 소개해 보세요.

한 번 더 생각하기

1. 시험을 보러 가는데 환자가 쓰러져 있어요. 핸드폰도 없고 지나가는 사람도 없어요. 환자를 구하면 시험에 늦을 것 같고 그냥 가면 환자가 죽을 것 같아요. 어떻게 하는 것이 좋을까요?

....

....

....

2. 허준이 의술에 온 열정을 바친 것처럼 여러분이 온 열정을 바치고 싶은 것은 무엇인가요? 여러분이 좋아하는 것이나 잘하는 것 중에서 하나만 이야기해 보세요.

....

....

....

3. 자신의 능력을 발휘하기 위해서는 올바른 방향으로 이끌어 주는 스승이 있어야 해요. 허준에게는 유의태라는 훌륭한 스승이 있었지요. 여러분에게는 누가 있나요?

....

....

....

3

친일과 친미를 일삼은 지식인에 대한 풍자와 비판
이상한 선생님

줄거리 박 선생님은 키는 작고 머리는 크고, 뒤통수와 앞머리가 툭 내솟고, 두 눈은 부리부리 사납고, 매부리코에 메기입이라 대갈장군 뺌박 선생님이라 불린다. 강 선생님은 키가 크고, 몸집도 크고, 얼굴이 너부룻하고, 눈도 순하고 성도 내지 않는다. 그런데 이 두 선생님은 만나면 개와 고양이 싸우듯 한다.

학교에서는 일제강점기에 '국어'라 해서 일본말만 썼다. 집에서는 모두 조선말을 썼지만 학교에서는 조선말을 하다 걸리면 혼이 났다. 뺌박 선생님은 학생이 조선말을 쓰면 절대로 용서하지 않았다. 나는 조선말로 싸우다 엄청 혼난 적이 있다. 하지만 강 선생님은 '국어'인 일본말에 서툴다며 조선말을 사용했다.

독립이 되자 일본은 절대로 지지 않는다고 큰소리치던 뺌박 선생님은 힘이 쭉 빠졌지만 우리는 일본이 항복했다는 말을 듣고 좋아했다. 강 선생님 역시 일본이 망하고 조선이 독립했다며 좋아하며, 일본 교장 선생님과 뺌박 선생님에게 일본으로 가라고 했다. 강 선생님은 붉은 잉크와 푸른 잉크로 태극기를 그려서 흔들며 만세를 불렀다.

그 이후 뺌박 선생님은 미국말을 열심히 배웠다. 우리에게 미국말을 모르면 훌륭한 사람이 되지 못한다고 했다. 뺌박 선생님은 미국 병정이 오면 통역을 할 정도까지 되었다. 미국 병정은 벼 공출을 감독하기 위해 뺌박 선생님을 자동차에 태우고 동네를 돌아다녔다. 뺌박 선생님은 미국 양복을 얻어 입고, 미국 담배를 얻어 피우고, 미국 통조림이랑 과자를 얻어먹었다.

독립 후 교장이 된 강 선생님은 뺌박 선생님이 미국 담배를 피우는 것을 보고 면박을 주었다. 그런데 일 년도 못 되어서 강 선생님은 빨갱이라며 파면을 당했다. 그 후 뺌박 선생님이 교장이 되었다.

뺌박 선생님은 입에 침이 마르도록 미국을 찬양했다. 우리 조선은 미국 덕분에 독립이 되었으니까 누구보다도 미국에 고맙게 여기고, 미국이 시키는 대로 해야 한다고 했다. 우리는 독립 전에 뺌박 선생님이 덴노헤이까(일왕)는 우리 조선 사람들이 잘살기를 근심하신다고 늘 가르쳤던 말을 떠올리며 미국에도 덴노헤이까가 있느냐고 물었다.

뺌박 선생님은 미국에는 덴노헤이까는 없고 덴노헤이까보다 훌륭한 '돌멩이'라

채만식
(蔡萬植, 1902~1950)

채만식은 전라북도 옥구에서 태어나 어릴 때부터 서당에서 한문을 익혔습니다. 중앙고등보통학교를 졸업하고 일본 와세다 대학 부속 고등학원 문과에 입학했지만, 1923년 귀국 후 돌아가지 않아 퇴학 처분을 받았습니다. 1925년 《조선문단》에 〈세 길로〉를 발표하며 등단한 후 한국근대문학사에 한 획을 긋는 작품을 다수 발표했습니다. 채만식 작가는 일제강점기에 희망을 잃고 방황하는 지식인의 삶과 부조리한 사회상을 풍자적 기법으로 그려냈다는 점에서 풍자소설의 개척자라는 평가를 받고 있기도 합니다. 주요 작품으로는 단편소설 〈레디메이드 인생〉〈치숙〉 등과 장편소설 《탁류》《태평천하》 등이 있으며, 독립 후 자신의 친일행위를 반성하기 위해 쓴 글인 〈민족의 죄인〉이 있습니다.

31. 친일과 친미를 일삼은 지식인에 대한 풍자와 비판 〈이상한 선생님〉

는 양반이 있다고 했다. 우리는 그럼 이번에는 '돌멩이'라는 어른을 위하여 미국 신민노세이시(신민서사)를 부르고, 기미가요(일본의 국가) 대신 돌멩이 가요를 불러야 하나 보다 생각했다.

아무튼 뺌박 선생님은 참 이상한 선생님이었다.

독립 전후 강대국에 빌붙은 지식인을 고발하는 풍자소설

한때, 개인의 출세를 위해 독립 전에는 우리나라를 지배하고 있는 일제에 빌붙고, 독립 후에는 일본을 이긴 강대국이라며 미국에 빌붙는 지식인들이 활개를 쳤습니다. 특히 남한에서는 이렇게 친일파에서 친미파로 전향한 사람들이, 북한에서는 소련에 아부하는 친소파가 득세했지요. 실로 외세 강국의 힘에 기댄 사람들이 출

반민족 친일행위자를 기록한 《친일인명사전》

세하는 일이 비일비재했습니다.

이 작품은 독립 전후 지식인들의 이러한 기회주의적 속성을 어린아이의 눈으로 고발한 풍자소설입니다. 일제강점기에는 일본을 독립 후엔 미국을 찬양하는 뻠박 선생님을 통해 원칙도 신념도 없이 이익에 따라 행동하는 비양심적 지식인을 비판했습니다. 글을 읽다 보면 어린아이의 순수한 표현 속에서 뻠박 선생님을 비꼬거나 조롱하는 어투를 느끼게 되는 이유도 여기에 있습니다.

✎ 작품을 이해하기 위한 핵심 정리

배경과 주제 알아보기

1945년 8·15광복으로 일제강점기는 끝을 맺습니다. 하지만 곧 제2차 세계대전의 승전국인 미국과 소련이 38선을 기준으로 남과 북을 통치하기 시

작합니다. 그리고 북한에는 소련의 지원을 받은 김일성 정권이, 남한에는 미국의 지원을 받은 이승만 정권이 들어서면서 극한 이데올로기 대립이 벌어집니다. 이때 남한에서는 미국의 정책을 따르지 않는 강 선생님 같은 민족주의자들이 공산주의자를 속되게 이르는 빨갱이로 몰려 죽임을 당합니다. 약삭빠른 기회주의자인 친일파들은 이번에는 미국에 붙어 출세가도를 달리게 됩니다. 이 소설은 이런 시대적 배경을 바탕으로 친일파들이 친미파로 바뀌면서 또다시 부와 권력을 쥐게 되는 현실을 비꼬는 방식으로 고발합니다.

인물 알아보기

뺌박 선생님은 일제강점기에는 일본에 충성하고, 독립 후에는 미국에 충성을 다합니다. 민족의식은 조금도 없고 오로지 출세를 위해 강대국에 기대는 기회주의로 살아가는 부정적인 인물입니다.

강 선생님은 민족의식을 갖고 일제강점기를 버티다가 독립 후에 교장 선생님이 되어 민족국가를 세우기 위해 노력하지만 미국의 정책에 따르지 않는다는 이유로 파면을 당하는 인물입니다. 당시 민족의식을 가진 지식인들이 어떤 대접을 받았는지 잘 보여 주는 대표적인 사례입니다.

나를 비롯한 어린 학생인 우리는 박 선생님과 강 선생님의 행동을 지켜보면서 은근히 박 선생님의 행동을 비판적으로 바라보는 순진한 학생들입니다.

● 친일파는 어떻게 독립 후에 친미파가 됐나요?

일제강점기 《조선일보》의 친일 기사

일제강점기에 일제에 빌붙어 출세가도를 달리며 부귀영화를 누렸던 이들을 친일파라고 합니다. 원래는 독립 후에 벌을 받고 잘못을 뉘우쳐야 하는 사람들이었지만, 미국이 자신의 정책을 잘 따를 사람들을 찾는다는 것을 알고 기회주의 속성을 발휘해 얼른 친미파로 돌아섭니다. 미국 입장에서는 자신의 정책을 펼치는 데 도움이 되니까 그들을 좋아할 수밖에 없었습니다. 그들의 과거 행적은 상관하지 않았어요.

친미파로 둔갑한 친일파가 살아남을 수 있었던 이유는 독립을 우리 힘으로 이루지 못했기 때문이기도 합니다. 온전히 우리 민족의 힘으로 일본을 몰아냈다면 친일 세력에 응당한 처벌을 내릴 수 있었을 것입니다. 하지만 준비되지 않은 상태에서 외세에 의해 독립을 맞게 되었기 때문에 친일을 했던 사람들이 다시 친미파로 돌아서 과거 자신의 반민족 행위의 책임을 덮고 흔적을 지울 수 있었던 것입니다.

● 친일파와 친미파는 모두 다 나쁜 사람인가요?

독립 후 미국은 우리나라에 많은 원조를 했고, 6·25전쟁을 겪으며 폐허가 된 우리나라가 다시 일어서는 데 많은 도움을 줬습니다. 친미파가 없었으면 오늘날과 같은 경제 성장은 이루지 못했을지도 모릅니다. 따라서 미국의 정책에 협력한 친미파를 무조건 나쁘다고 할 수는 없습니다.

하지만 친일파는 냉정히 따져 봐야 합니다. 이들은 일제강점기에 일제와 한편이 되어 우리 민족을 학대하고 수탈하는 데 협력한 사람들입니다. 심지어 독립운동에 앞장선 이들을 잡아다 죽이거나 밀고해서 해를 끼치기도 했습니다. 만약에 이들을 제대로 처벌하지 않으면 또다시 일제강점기와 같은 상황이 닥쳤을 때 어느 누가 목숨을 걸고 조국의 독립을 위해 싸우려 하겠습니까? 그래서 친일파는 친미파와 달리 분명히 나쁘다고 말할 수 있습니다.

그런데 친일파 청산 문제는 사실 어렵게 꼬여 있어 해결이 그리 쉽지만은 않습니다. 친일파 중에는 친미파가 되어 경제발전에 공헌한 이들도 있기 때문입니다. 따라서 지금은 친일파들이 잘못을 인정하고 자신들의 잘못된 행위로 피해를 본 이들에게 진정으로 사과하고 용서를 구하는 분위기를 만드는 것이 현실성 있는 대안이라 할 수 있겠습니다.

❶ 친일파는 나쁘지만 친미파는 무조건 나쁘다고 할 수 없다고 하는 사람들이 있어요. 이들은 왜 이런 주장을 하는 것일까요?

❷ 지금이라도 친일파를 처벌해야 한다는 의견과 친일파라고 해서 무조건 처벌할 수는 없다는 의견이 있어요. 각각의 이유는 무엇이고, 그렇다면 친일파 문제를 어떻게 해결해야 할지 말해 보세요.

❸ 친일파는 왜 벌을 받아야 하며, 왜 피해자에게 직접 사과하고 용서를 빌어야 할까요?

한 번 더 생각하기

1. 우리가 기회주의자를 나쁘다고 생각하고 풍자하는 이유는 무엇인가요?

....

....

....

2. 〈이상한 선생님〉은 이솝우화의 〈박쥐 이야기〉와 비슷한 내용을 담고 있어요. 두 작품을 모두 읽고 공통 주제가 무엇인지 말해 보세요.

....

....

....

3. 우리 사회에서 기회주의자가 성공하지 못하게 하려면 어떻게 해야 할까요? 여러분의 생각을 솔직하게 표현해 보세요.

....

....

....

14장

시대의 인간상

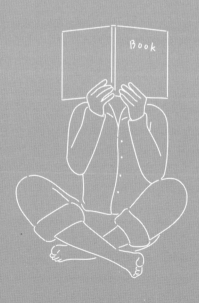

강대국에 빌붙는 기회주의자에 대한 비판
꺼삐딴 리

🧑‍🦰 **줄거리** 수술실에서 나온 이인국 박사는 응접실 소파에 앉아 피로함을 느낀다. 그는 눈을 감고 미국에 유학 보낸 딸 나미의 편지를 떠올린다. 편지에는 기필코 동양학을 전공하는 외국인 교수와 결혼하겠다는 딸의 굳은 의지가 담겨 있다. 딸이 외국인과 결혼한다는 것이 마음에 들진 않는다. 하지만 자신이 외국인 교수 앞에서 딸에게 미국 유학을 권했고, 외국인 교수가 한국 여성과 결혼하고 싶다고 했을 때도 찬성했기에 자기도 어쩔 수 없음을 안다. 이 사실을 후처인 혜숙에게 말하지만 그녀는 자기와 상관없는 일이라는 듯 별 관심을 보이지 않는다. 그는 결혼을 앞둔 딸을 만나기 위해 미국에 갈 계획을 세우고, 미국 대사관의 브라운 씨를 만나러 가는 차 안에서 독립 전후의 기억을 떠올린다.

그는 고향인 이북에서 일본 정부로부터 상을 받을 정도로 모범적인 황국신민으로 살았다. 하지만 독립이 되고 소련군이 내려오자 친일파라며 치안대에 연행되어 온갖 욕설과 구타에 시달리며 감옥 생활을 하게 된다. 그런데 감방 안에 이질이 만연하자 교도소장은 그를 응급 처치실에서 일하게 한다. 회화책으로 소련말을 익힌 그는 소련군 장교의 복막

염을 치료해 주고, 스텐코프 소좌의 왼쪽 뺨에 난 혹을 제거해 준 일로 특별 사면된다. 그 후 스텐코프의 힘을 빌려 당 간부의 추천을 받아 하나뿐인 아들 원식을 모스크바로 유학 보낸다.

다음 해 6 · 25전쟁이 나자 그는 청진기가 든 가방 하나만 들고 남쪽으로 내려와 셋방을 빌려 병원을 연다. 그리고 뛰어난 의술과 수완으로 마침내 종합병원 원장까지 된다. 그는 남쪽으로 내려오는 바람에 연락이 끊긴 아들의 생사를 알 수 없는 현실이 늘 안타깝다.

어느덧 자동차는 브라운의 관사에 도착한다. 그는 브라운에게 고려청자를 선물로 주고 담소를 나누던 중에 브라운이 자꾸 스텐코프의 얼굴과 겹쳐지는 걸 느낀다. 브라운은 그에게 미국행 준비가 다 되었다는 소식을 전한다. 그는 관사를 나오며 일제강점기에, 소련군이 북한을 점령했던 시기에, 미군의 큰 힘이 작용하는 남한으로 내려온 지금까지, 성공에 성공을 거듭했던 자신의 과거를 회상한다. 그리고 미국에 가서도 반드시 성공하리라 확신한다. 달리는 택시 속에서 그의 눈에 들어오는 가을 하늘은 더욱 높고 푸르게 느껴진다.

32. 강대국에 빌붙는 기회주의자에 대한 비판 〈꺼삐딴 리〉

작품 이해_1962년/단편소설

기회주의자들이 지도층으로 자리 잡은 현실 비판

이 작품은 민족이나 조국에 대해서는 전혀 관심조차 없고 오로지 자기의 출세만을 추구하는 지식인을 비판한 풍자소설입니다.

이인국 박사는 머리가 좋고 공부를 잘해서 의사가 됩니다. 그리고 시대의 변화에 재빠르게 대처해 출세가도를 달립니다. 일제강점기에는 친일파로서 모범적인 황국신민으로 살다가, 독립 후에는 북쪽에서 절대적인 권력을 행사하며 친일파를 처벌하던 소련(지금의 러시아) 군부에 아부하여 출셋길에 들어서 아들까지 소련으로 유학 보내는 친소파가 됩니다. 6·25전쟁 때 남한으로 피난을 와서는 사실상 남한을 지배하던 미군에 아부하고 이번에는 딸을 미국으로 유학 보냅니다.

이인국 박사는 자신과 가족의 출세와 영달을 위해 시류에 영합하는 지식인을 대표하는 인물입니다. 이 작품은 이런 인물을 내세워 민족이나 조국에 대한 공동체 의식 없이 친일파, 친소파, 친미파로 발 빠르게 변신하며 사회지도층으로 살아가는 기회주의자들을 고발하고 있습니다. 분단된 조국에서 이인국 같은 인물들이 남북한 지도층으로 군림하고 있는 현실을 비판함으로써 독자들에게 많은 생각을 하게 합니다.

✎ 작품을 이해하기 위한 핵심 정리

배경과 주제 알아보기

1945년 8월 13일 일본 히로시마와 나가사키에 원자폭탄이 투하되고, 이틀

후인 8월 15일 일본이 항복을 선언하면서 우리나라는 아무 준비도 하지 못한 상태에서 독립을 맞이하게 됩니다. 당시 각각 민주주의와 공산주의를 대표하던 강대국인 미국과 소련은 위도 38도 선을 경계로 우리나라를 분할통치합니다. 이인국은 일제강점기와 독립 후 북쪽의 소련 점령기, 6·25전쟁 이후 남쪽의 미 군정 시기를 다 경험하는 지식인으로, 변화의 시기마다 재빠르게 처세술을 바꿔 가며 출세한 남북한의 사회지도층을 상징합니다.

제목인 '꺼삐딴'는 우두머리를 뜻하는 영어 캡틴(Captain)의 러시아식 발음 '까삐딴'에 일본식 발음까지 가미된 표기입니다. 즉 '꺼삐딴'이란 말은 영어도, 소련어도, 일본어도 아니고 세 언어가 모두 조합된 말로 기회주의자 이인국에게 가장 적합한 별명이기도 합니다.

인물 알아보기

이인국 박사는 외과 의사로 의술을 개인적 출세와 영달을 위한 도구로 활용합니다. 시대의 변화에 민감하게 반응하는 인물로 조국과 민족에 대한 지조나 신념은 조금도 찾아볼 수 없는 기회주의자입니다.

스텐코프는 독립 후 북쪽을 통치하던 소련의 책임자입니다. 친일파로 지목되어 복역하던 이인국이 의술로 혹을 제거해 주자 그 대가로 이인국을 석방해 주고 그의 아들이 소련으로 유학 갈 수 있도록 도와줍니다.

브라운은 독립 후 남쪽을 통치하던 미국의 책임자로 6·25전쟁 후 남쪽으로 내려온 이인국으로부터 뇌물을 받으며 그의 출세에 많은 도움을 줍니다.

● 민족의식으로 깨어 있던 지식인들은 어떻게 됐나요?

독립 후 북한에는 소련을 지지하는 김일성 정권이 들어서고, 남한에는 미국을 지지하는 이승만 정권이 들어섭니다. 이때 미국과 소련의 영향을 받는 분단국가가 아닌 완전한 자주독립 국가를 세우려고 했던 이들은 어떻게 되었을까요?

불행하게도 북한에서는 반동분자로 처형되고,

이승만 대한민국 초대대통령(왼쪽)과 김일성 북한 주석

남한에서는 공산주의자를 속칭하는 빨갱이로 몰려 암살을 당한 경우가 많았습니다. 대표적인 인물이 북한의 조만식 선생과 남한의 김구 선생입니다. 조만식 선생은 북한 정권에 협조하지 않는다는 이유로 처형을 당했고, 상하이 임시정부의 대통령이었던 김구 선생은 미군에 협조하지 않는다며 암살당했습니다. 당시 남북한의 정권을 잡은 기회주의자들 때문에 민족주의자들은 비참한 최후를 맞아야 했습니다.

● 기회주의자들은 우리 역사에 어떤 영향을 끼쳤을까요?

당시 소련 편에 섰던 북한의 김일성 정권은 1950년 6·25전쟁을 일으킴으로써 세계에서 찾아보기 힘든 동족상잔의 원흉이 되었습니다. 전쟁이 끝난 다음에는 반대파들을 모두 숙청하고 장기 독재 정권을 유지하며 한반도를 전쟁 위기로 몰아넣었습니다. 그 때문에 북한 동포들은 굶주림에 시달리고 있으며, 우리는 언제 다시 벌어질지 모르는 전쟁의 위험 속에서 긴장하며 살고 있습니다. 또 북한은 2017년 국

1960년 3·15부정선거 관련자 재판 모습

제투명성기구에서 발표한 국가 청렴도 지수에서 180개 국 중 171위를 차지할 정도로 부패 문제가 심각한 나라가 되었습니다.

이와 반대로 미국 편에 섰던 이승만 정권은 6·25전쟁이 끝난 후 부정선거를 통해 장기 독재를 꿈꾸다가 1960년에 4·19혁명으로 쫓겨나게 됩니다. 그 뒤를 이어 박정희 정권이 들어서면서 급속한 경제 성장을 이룩하지만, 진정으로 나라와 국민을 걱정하기보단 자기 욕심만 채우기에 급급한 기회주의자들을 양산하게 됩니다. 그래서 현재 우리나라가 선진 복지국가로 가는 길에서 많은 어려움을 겪고 있는 것입니다. 대한민국은 2025년 국제투명성기구에서 발표한 국가 청렴도 지수에서 30위를 차지했습니다. 북한보다는 월등히 좋은 환경이지만 지금보다 살기 좋은 선진국으로 가기 위해선 이런 기회주의자들이 발붙일 수 없는 공정한 사회를 만들어 나가야 할 것입니다.

1 북한은 세계적으로 가장 부패가 심한 국가 중 하나로 알려져 있어요. 그 이유는 무엇일까요?

....

....

....

2 우리나라는 경제력으로는 세계적으로 상위권에 속하지만 청렴도 지수로는 중위권을 벗어나지 못하고 있습니다. 우리나라가 청렴도 지수에서도 상위권에 속하려면 어떻게 해야 할까요?

....

....

....

3 작가 전광용이 <꺼삐딴 리>를 통해 우리에게 들려주고 싶었던 이야기는 무엇일까요?

....

....

....

한 번 더 생각하기

1. '꺼삐딴 리'라는 제목에 담긴 뜻이 무엇인지 써 보세요.

....

....

....

2. 지금도 우리 주변에는 '꺼삐딴 리' 같은 사람이 많습니다. 어떤 사람이 그런 사람에 해당할까요?

....

....

....

3. 기회주의자가 성공하는 나라는 부패할 수밖에 없습니다. 우리나라가 좋은 나라가 되려면 기회주의자는 결코 성공할 수 없게 해야 합니다. 그러기 위해서는 어떻게 해야 할까요?

....

....

....

3

현실 순응적인 사람과 무능력한 사회주의자를 풍자한

치숙

📖줄거리 사회주의자로 징역을 살고 나와 굴속 같은 단칸방에 폐병으로 누워 있는 오촌 고모부는 대학교까지 나와 공부한 건 한 번도 써 보지 못하고 청춘도 어영부영 다 지나갔다. 전과자라는 붉은 도장이 찍힌 데다 몸은 몹쓸 병까지 걸린 것이다.

어질고 얌전한 당숙 아주머니는 삯바느질, 품빨래, 화장품 장사 등을 하며 남편을 극진히 보살핀다. 아주머니는 열여덟 해 전에 아저씨와 결혼했다. 그때 아저씨는 공부한답시고 서울로 동경으로 십여 년 동안이나 돌아다녔고, 나중에는 아주머니를 내쫓고 학생 출신인 새 부인을 얻어 살았다. 그 와중에 아저씨는 오 년이나 감옥살이를 했고, 아주머니는 시집이고 친정이고 모두 망해서 의지가지할 데 없게 되었다.

일곱 살에 부모를 잃은 나를 마침 소박맞아 친정살이하던 아주머니가 데려다 길러 주었으니 나는 그 은혜를 갚으려 한다. 아주머니는 식모살이하면서 돈을 모아 조그만 방을 하나 얻었다. 그리고 감옥에서 나올 때 와 보지도 않은 새 부인만 찾는 아저씨를 지극 정성으로 돌본다.

아저씨는 전과자라 취직을 못 하니 막노동이라도 해야 하는데 대학

나왔다고 그런 일은 할 생각도 하지 않는다. 이것을 본 나는 사회주의는 아편처럼 한번 맛을 들이면 끊지 못하는 것이라고 생각한다. 그리고 열심히 일해서 일본 여자와 결혼하려 한다. 조선 여자는 거저 줘도 싫고, 구식 여자는 무식해서 싫고, 신식 여자는 건방져서 싫다. 예쁘고 얌전하고 상냥한 일본 여자가 좋다. 일본 여자한테 장가도 가고 이름도 일본식으로 개명해 내 아이들도 일본인으로 만들고 싶다.

어느 날엔 아저씨네 집에 갔는데 아저씨가 언문 잡지들을 수북이 쌓아 놓고 읽고 있다. 그것을 본 나는 그렇게 어려운 글만 읽고 있으니 사회주의란 부자의 돈을 뺏어 쓰는 것 아니냐고 따진다. 경제학 공부를 오 년이나 했으면서도 돈을 모으지 못한 것은 공부를 잘못해서 그런 거라며, 사회주의자는 불한당이라고 몰아붙인다.

아저씨는 일본인 여자와 결혼해서 이름을 바꾸고 모든 생활 법도를 일본화하겠다는 것은 주인의 비위나 맞추는 비겁한 삶이라고 비판한다. 나는 아저씨가 세상 물정을 몰라서 그런다고 항변한다. 나는 아저씨가 일도 하지 않고 아주머니와 남한테 폐만 끼치고 세상에 해독만 끼칠 사람이니 빨리 죽어야 한다고 생각한다.

채만식
(蔡萬植, 1902~1950)

채만식은 전라북도 옥구에서 태어나 어릴 때부터 서당에서 한문을 익혔습니다. 중앙고등보통학교를 졸업하고 일본 와세다 대학 부속 고등학원 문과에 입학했지만, 1923년 귀국 후 돌아가지 않아 퇴학 처분을 받았습니다. 1925년 《조선문단》에 〈세 길로〉를 발표하며 등단한 후 한국근대문학사에 한 획을 긋는 작품을 다수 발표했습니다. 채만식 작가는 일제강점기에 희망을 잃고 방황하는 지식인의 삶과 부조리한 사회상을 풍자적 기법으로 그려냈다는 점에서 풍자소설의 개척자라는 평가를 받고 있기도 합니다. 주요 작품으로는 단편소설 〈레디메이드 인생〉 〈치숙〉 등과 장편소설 《탁류》 《태평천하》 등이 있으며, 독립 후 자신의 친일행위를 반성하기 위해 쓴 글인 〈민족의 죄인〉이 있습니다.

33. 현실 순응적인 사람과 무능력한 사회주의자를 풍자한 〈치숙〉

일제강점기의 병폐를 역설적으로 그려낸 풍자소설

이 작품은 일제강점기에 사회주의 운동을 하다 옥살이를 하고 나온 무능력한 아저씨의 행동을 어린 서술자의 눈으로 비판하고 있습니다. 그런데 아저씨의 비현실적인 사회주의 사상을 비판하는 서술자인 나는 일본인이 되겠다는 계획과 일본 것이 좋다는 사고방식을 갖고 있습니다. 이것은 겉으로 드러난 풍자 대상은 아저씨지만, 진짜 풍자의 대상은 일제강점기에 현실을 개혁하고자 노력하는 지식인을 그릇된 생각과 근거로 비판하는 이들이라는 것을 역설적으로 보여 줍니다.

작가는 사회주의에 대해 완전히 부정적이지만은 않습니다. 수준이 낮은 조카를 화자로 내세워 아저씨를 비판하게 함으로써 은근히 사회주의자에 대한 동정을 불러일으키는 것을 보면 알 수 있지요. 하지만 그렇다고 모든 면을 긍정적으로 보는 것도 아닙니다. 대학까지 나와서 가족 하나 제대로 책임지지 못하는 무능력한 사회주의자를 비꼼으로써 그들의 지나친 이상주의 역시 비판하고 있습니다.

이 작품은 일제강점기에 개인의 이익만 추구하는 인물인 내가 도리어 이상 사회를 건설하기 위해 노력하는 사회주의자 아저씨를 비판하는 형식을 취하고 있습니다. 그렇게 함으로써 일제강점기의 현실에 순응하는 사람들의 병리적인 모습을 역설적으로 그려 내는 풍자소설의 묘미를 보여 줍니다.

✎ 작품을 이해하기 위한 핵심 정리

배경과 주제 알아보기

일제의 내선일체 조장 포스터

이 작품이 발표된 1938년은 일제강점기 때였습니다. 당시에는 지식인을 중심으로 노동자가 주인이 되는 사회를 건설하겠다는 사회주의 사상이 급속하게 퍼지고 있었습니다. 이들은 민족보다 노동자 계급의 독립을 더 중요하게 여겼습니다. 그러다 보니 일본에 지배를 당하고 있던 우리나라에서는 현실성이 떨어져 많은 이들에게 외면당했습니다.

이 무렵은 일제가 중국을 침범하고, 침략 정책에 우리 국민을 앞장세우기 위해 일본과 조선은 한 몸이라는 내선일체의 구호 아래 민족말살정책을 펼치고 있던 때였습니다. 많은 지식인이 이에 동조하면서 황국신민이 되어 일본에 충성해야 한다며 선동을 하기도 했습니다. 작품 속 서술자가 일본 여자와 결혼해서 완벽한 일본인으로 살겠다고 다짐하는 데서 이런 시대적 배경을 엿볼 수 있습니다.

이 작품은 이런 시대를 배경으로 이상적이지만 현실성이 부족한 사회주의자를 비판함과 동시에 부조리한 현실을 개혁하려 노력하는 지식인들을 오히려 조롱하는 무지하고 굴종적인 사람들을 역비판하고 있습니다. 제목 '치숙(痴叔)'은 '어리석은 숙부'라는 뜻이지만, 이 작품 속에서 정말 어리석은 자가 누군지 생각해 봐야 할 것입니다.

인물 알아보기

오촌 고모부인 아저씨는 대학까지 나온 지식인이자 사회주의자입니다. 개인의 출세보다 모든 사람이 잘사는 사회를 추구하긴 하지만 가족조차 책임지지 못하는 무능력자여서 배우지 못한 어린 조카에게 경멸과 조롱의 대상이 됩니다.

나는 일본인 상점의 점원으로 일하며 가난에서 벗어나기 위해 일본인이 되겠다고 결심하는 현실 순응적인 인물입니다. 일제강점기 시대 내선일체를 주장하는 당대의 문제점을 인식하지 못하는 대다수 민중을 대표하는 인물이기도 합니다.

아주머니는 마음씨 착하고 순종적인 한국 여인을 대표합니다. 무능력한 남편을 원망하지 않고 지극정성으로 돌봄으로써 어린 내가 아저씨를 더 미워할 수밖에 없도록 만듭니다.

● 일제강점기의 사회주의자들은 어떤 사람들인가요?

사회주의는 사유재산을 인정함으로써 사람들이 돈을 벌기 위해 노예처럼 일해야 하는 사회를 자본주의라 정의하고, 이런 사회에서 벗어나기 위해 모든 재산을 공유하여 모든 사람이 평등하게 사는 세상을 만들어야 한다는 사상입니다. 보통 공산주의와 비슷한 의미로 쓰여 민주주의의 반대로 생각하는 이들도 많겠지만, 이는 러시아를 비롯해 많은 사회주의 국가들이 독재 정권으로 변질되었기 때문입니다. 원래 사회주의의 반대 개념은 민주주의가 아니라 자본주의입니다.

이 작품이 쓰인 1930년대 관점으로 본다면 사회주의자는 고등교육을 받거나 독학으로 많은 지식을 쌓은 사람들로서 개인의 이익이 아닌 민중 전체의 이익을 생각하고 이상을 실현하기 위해 자신을 희생한 사람들이라 볼 수 있습니다. 하지만 지금은 사회주의 국가에서 독재, 경제적 불균형, 빈곤, 부패 등의 문제가 드러난 경우가 많아 사회주의를 부정적으로 여기는 사람들이 늘어났습니다.

● 일제강점기에 완벽한 일본 사람이 되고자 한 사람들은 누구일까요?

1919년 3·1운동을 할 때까지만 해도 우리 국민들의 독립 의지는 매우 강했습니다. 하지만 3·1운동이 실패로 돌아가고 일제의 회유 정책과 탄압 정책이 국민들의 의식에 교묘하게 파고들면서 좌절하는 이들이 많아졌습니다. 1938년에는 일제의 탄압이 매우 극심해지면서 독립에 대한 희망을 버리는 이

1919년 민족대표 33인이 선포한 3·1독립선언서

들 또한 많아졌습니다. 내선일체 정책으로 완벽한 일본인인 황국신민이 되면 출세와 성공이 보장된다고 생각하는 사람들이 늘어났던 것입니다.

이들은 일신이 안녕과 출세를 위해 일제에 적극적으로 협력했습니다. 이들은 독립운동가를 탄압했을 뿐만 아니라 교묘하게 사회주의자들을 사회 불안 요소로 몰아 핍박하는 데 앞장섰습니다. 민족의식이나 조국의 독립에는 조금도 관심이 없고 오로지 개인적 출세와 먹고사는 일에만 급급했던 이들이 당시 완벽한 일본인이 되려고 했던 사람들입니다.

1 일제강점기 사회주의자들은 많이 배운 사람들로 개인의 출세만 생각했다면 남들보다 잘살 수 있는 조건을 갖추고 있었습니다. 이들이 자신을 희생하면서까지 사회주의 실현을 위해 노력했는데 많은 사람에게 지지를 받지 못한 이유는 무엇 때문일까요?

....

....

....

2 현대에 와서 많은 사람이 사회주의를 부정적으로 생각하는 이유는 무엇 때문일까요?

....

....

....

3 일제강점기에 조선인이 완벽한 일본인이 될 수 있었을까요? 그렇게 생각하는 이유는 무엇인가요?

....

....

....

한 번 더 생각하기

1. 대학에서 공부한 지식인인 사회주의자 아저씨를 배운 것이 없는 내가 한심하게 보는 이유는 무엇 때문인가요?

....

....

....

2. 조선인인 내가 완벽한 일본인인 황국신민이 되어 성공하려고 하는 신념의 가장 큰 문제점은 무엇인가요?

....

....

....

3. 사람은 한번 잘못된 사상이나 생각을 품으면 현실을 제대로 보지 못하는 바보가 된다고 합니다. 이 작품 속 나와 치숙을 예로 들어 이 말의 뜻을 설명해 보고, 이를 극복하기 위해서는 어떻게 해야 하는지 말해 보세요.

....

....

....

제7부

꼭 읽어야 할 우리 고전

15장

부패한 사회를
개혁하고자 한 외침

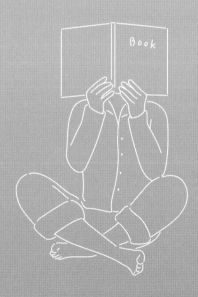

3 양반전

양반 사회를 신랄하게 풍자한 고전소설

🧑‍🦰**줄거리** 강원도 정선에 덕이 높은 양반이 살고 있었다. 그는 집이 가난하여 관가에서 곡식을 빌려다 먹었는데 그 빚이 무려 천 석에 이르렀다. 순행 중이던 강원도 감사가 천 석이나 되는 곡식을 갚지 않은 것에 크게 화가 나 군수에게 그 양반을 하옥시키라고 명하자 빚을 갚을 방도가 없는 양반은 밤낮 울기만 했다. 이때 평소 양반이 되기를 소원하던 한 부자가 이 소식을 듣고 양반을 찾아갔다. 그는 천 석 빚을 갚아 주는 대신 양반 신분을 사기로 하고 즉시 곡식을 관가에 보냈다.

양반이 빚을 모두 갚은 사실을 의아하게 생각한 군수가 양반을 찾아갔다. 하지만 이제 신분이 달라진 양반은 벙거지를 쓰고 베잠방이를 입은 채 길바닥에 엎드려 자신을 '쇤네'라고 칭하면서 감히 군수를 올려다보지도 못하였다. 이에 군수는 부자에게 양반 신분 매매 증서를 만들어 서명해 주기로 하고 고을 사람들을 한곳에 모아 놓고 증인으로 세운다. 군수는 양반 매매 증서에 양반이 취할 행동거지를 줄줄이 써 내려갔다. 《동래박의(東萊博議)》처럼 어려운 글을 얼음 위에 박 굴리듯 외워야 하고, 굶주림을 참고 추위를 견디며, 날씨가 더워도 버선을 벗지 말 것 등을 하나하나 열거하며 한 가지라도 어길 시에는 송사하여 양반의 권리를 빼앗겠다고 말하고는 관인을 찍어 주었다.

부자는 양반이 신선과 같은 것인 줄 알았는데 행동에 구속을 당하여서야 되겠냐며 자신에게 좀 더 이롭게 문서를 고쳐 달라고 한다. 이에 군수는 두 번째 문서를 작성한다. 내용은 이웃집 소를 몰아다가 내 밭을 먼저 갈고 동네 농민의 상투를 잡고 수염을 뽑는 등의 행동을 해도 된다는 것이었다. 말도 안되는 횡포를 양반이 누릴 수 있는 권리라고 하자, 부자는 양반 증서 만들기를 중지시키고 그런 양반은 도둑이나 다를 바 없다면서 머리를 절레절레 흔들며 가 버렸다. 그리고 다시는 양반이 되고 싶다는 소리를 입에 올리지도 않았다고 한다.

박지원
(朴趾源,1737~1805)

박지원은 호는 연암(燕巖)이며 조선 후기의 실학자로 양반이면서도 가난한 생활을 하며 사회 풍자적인 작품을 주로 썼습니다. 조선의 양반들이 청나라를 오랑캐의 나라라고 하여 발전된 문물을 받아들이지 않으려 할 때, 박지원은 우리 생활에 이로운 것들은 받아들이자는 주장을 펼치며 홍대용, 박제가와 함께 북학파를 이끌었습니다. 그는 18세기 후반 급변하는 현실에 대응할 수 있는 새로운 세계관을 모색하고 소설을 통해 그 과제를 제시하기도 했습니다. 주요 작품으로는 문집 《열하일기》와 《연암집》이 있고, 한국문학사에서 높이 평가되는 소설 《허생전》《양반전》《호질》《예덕선생전》《열녀 함양 박씨전》 등이 있습니다.

*《동래박의》란 중국 남송(南宋)의 학자 여조겸(呂祖謙)이 역사서 《춘추》의 주석서 《춘추좌씨전(春秋左氏傳)》의 일부 내용에 대해 논평을 한 책으로 모두 25권으로 이루어져 있습니다.

34. 양반 사회를 신랄하게 풍자한 고전소설 〈양반전〉

작품 이해_조선 시대/고전소설, 한문 단편소설

가난한 양반과 부자 평민

이 작품은 연암 박지원의 한문 소설 중 작가 의식이 전면에 드러나는 대표적인 작품으로 조선 후기 양반 사회를 신랄하게 풍자하고 있습니다. 공허한 명분에 사로잡혀 평민에 대한 침탈을 일삼는 양반을 비판하면서 신분 질서가 크게 흔들리던 당시 사회상을 사실적인 시각으로 묘사하였습니다.

〈양반전〉이 실려 있는 《연암집》

그러나 이 작품은 조선 후기 양반들의 경제적 무능력과 허위허식적인 생활 태도를 비판하면서도 차별적인 양반 사회를 근본적으로 부정하는 데까지는 나아가지 못했습니다. 박지원 역시 지배계급이었기 때문에 드러나는 한계라고 할 수 있습니다.

이 소설에서 주로 사용한 표현은 풍자입니다. 양반에 대한 풍자의식이 가장 잘 드러난 부분은 양반 매매 증서를 쓰는 장면입니다. 작가는 여기서 당시 양반들의 위선적인 허례허식을 비판하고 있습니다. 또한 그들에 의해 자행되는 수탈과 횡포를 웃음을 빌려 폭로함으로써 강하게 비판하고 있습니다.

작품을 이해하기 위한 핵심 정리

배경과 주제 알아보기

18세기 조선 후기를 배경으로 합니다. 당시에는 사농공상이라는 신분 제도가 있었기 때문에 양반과 평민을 구별하였습니다. 양반은 양반이라는 이유만으로 평민들에게 마구 횡포를 부렸고, 평민은 그런 양반들의 횡포 때문에 힘들어했습니다. 그러자 돈을 많이 모은 평민들이 양반 신분을 사고파는 일까지 일어나게 됩니다.

작가는 〈양반전〉을 통해 양반의 행동 규범이 얼마나 형식적이고 쓸모없는 것인지를 보여 주며 사회 개혁의 필요성을 제시하였습니다. 과거의 권위 의식보다 올바른 현실 인식을 더 중시한 그의 가치관이 잘 드러난 작품입니다. 제 이익만을 추구하던 그동안의 삶의 자세를 버리고 살기 좋은 세상을 만들어 갈 진정한 선비 정신을 가져야 한다는 메시지를 양반들에게 전하고 싶었던 것입니다.

인물 알아보기

양반은 어질고 독서를 좋아해 훌륭한 인품과 학식을 지녔지만 경제적으로 무능력한 인물입니다.

부자는 실리에 밝아 부를 축적한 신흥 부유층으로 양반이 되기를 소원하는 사람입니다.

군수는 부자의 속물주의를 차단하는 긍정적인 인물인 동시에 부자를 도와주는 척하면서 실제로는 양반 되기를 포기하도록 만드는 위선적인 인물입니다.

● 양반 사회의 병폐와 신분 질서 변동

조선 시대에는 양반 계층이 정치와 사회 권력을 독점함으로써 경제적 실권도 쥘 수 있었습니다. 그러나 조선 후기에 들어서면서 평민의 각성과 더불어 유교적 명분보다는 실리를 추구하는 경향이 커지면서 경제의 중심이 평민 계층으로 옮겨가게 됩니다. 그렇게 되자 평민들이 부의 축적을 바탕으로 신분 상승을 꾀하는 일이 생겼습니다. 이 과정에서 양반 신분을 사고파는 매관매직이 성행하면서 관료 사회의 부패, 양반 권위의 추락 등과 같은 현상이 나타나게 됩니다.

또 조선 후기에 임진왜란, 병자호란의 후유증으로 엄격한 신분 질서가 흔들리기 시작하면서 상업과 농업 생산력의 발달 등으로 평민 부자들이 나타나기 시작했습니다. 그래서 조정에서는 부족한 재정을 메우기 위해 돈을 받고 평민을 양반으로 계층 상승을 시켜 주기도 하였습니다.

임진왜란을 묘사한 〈북관유관도첩 일전해위도〉의 일부

이 작품에 나오는 인물 중에 주목해야 하는 사람은 군수입니다. 그는 두 차례의 양반 매매 증서 작성을 통하여 부자가 스스로 양반 되기를 포기하게 만듭니다. 겉으로는 계약 성사를 돕는 듯하면서 사실상 계약 파기를 유도하는 행동에서 기존의 신분 질서를 유지시키려는 군수의 의도를 짐작할 수 있습니다.

박지원은 선비에게 요구되는 삶의 자세를 버리고 장사치와 다름없게 된 양반들을 비판하기 위하여 이 소설을 썼습니다. 이 점을 염두에 두고 이 소설을 읽는다면, 조선 후기에 급변하는 사회의 단면을 엿보며 오늘날 우리 사회의 세태도 돌아보는 시간을 갖게 될 것입니다.

● 조선 후기 사회 평민들의 각성

이 소설에서는 기존 질서 체계가 무너지면서 나타난 새로운 시대에 대한 열망을 찾아볼 수 있습니다. 평민들이 전에는 전혀 꿈꾸지 못했던 계층 간의 이동을 시도하는 것도, 양반들을 중심으로 실생활에 필요한 학문을 중시하는 실학사상이 펴져 있는 것도, 그런 열망이 반영된 모습입니다. 양반과 평민 두 계급 모두 생각의 폭이 커지고 변화하여 근대로 향한 움직임이 활발해진 것입니다.

이 작품에서 보이는 평민 부자의 모습에서 시민 계급이 나타나고 사회 구조가 변화될 가능성 또한 엿볼 수 있습니다. 이전에는 굳건했던 신분제가 붕괴되는 현상이 일반화되고 있었던 것입니다.

❶ 만약 여러분이 부자라면 군수의 판결에 어떻게 대응했을까요? 또 그 이유
는 무엇인가요?

❷ 무능한 양반에게 해 주고 싶은 말을 써 보세요.

❸ 군수의 속마음을 상상해 보고 글로 써 보세요.

한 번 더 생각하기

1. 사람들이 자신의 처지에 만족하지 않는다면 어떤 일이 생길까요? 또 왜 그런 생각을 하게 됐나요?

....

....

....

2. 이 글의 작가처럼 누구를 비판해 본 적이 있나요? 그 이유는 무엇인가요?

....

....

....

3. 책임 의식이 부족한 사람들의 예를 들어 보고 오늘날 우리는 어떤 책임 의식을 가져야 하는지 써 보세요.

....

....

....

3

세상을 바꾸고 싶은 가난한 선비 이야기
허생전

🧙 **줄거리** 허생은 가난한 선비로 10년 계획으로 공부를 하고, 그의 처는 바느질품을 팔아서 겨우겨우 생계를 이어 나간다. 그러던 어느 날 배가 고픈 아내의 울음 섞인 불평에 허생은 공부하던 것을 중단하고 장안 갑부 변 씨를 찾아가 만 냥을 빌려 지방으로 내려간다.

그는 안성으로 가서 그 돈을 밑천 삼아 전국의 과실을 두 배 높은 가격으로 모두 사들였다가, 값이 오르길 기다려 열 배에 팔아 10만 냥을 손에 거머쥔다. 그다음 제주도로 건너간 그는 제주도의 특산물인 말총 역시 몽땅 사들이고 망건값이 오른 후 되팔아 다시 열 배의 이익을 남긴다.

한편 변산에는 수천 명이나 되는 도둑이 우글거리고 있었는데, 허생은 도적 떼의 소굴로 들어가 한 사람당 백 냥씩 준 뒤 그들을 설득하여 여자와 소 한 마리씩을 데리고 오게 한다. 그리고 이천여 명에 이르는 그 사람들을 데리고 무인도에 들어가 섬을 개간한 후 정착시킨다. 그곳은 땅 기운이 좋고 곡식이 잘 자라 삼 년 동안 먹을 양식을 비축할 수 있었다. 그는 나머지 양식을 일본에 내다 팔아 은 백만 냥을 얻는다.

이제 돌아갈 때가 되었다고 생각한 허생은 화근을 없애기 위해 글을 아는 자들을 모두 데리고 섬에서 나온다. 그 길에 50만 냥을 바닷속에 던져 버린 그는 남은 50만 냥으로는 전국을 돌며 빈민 구제를 한다. 그런 뒤에도 10만 냥이 남자, 변 씨를 찾아가 빚을 갚겠다며 그 돈을 준다.

허생의 놀라운 재주에 감탄한 변 씨는 허생의 뒤를 밟아 그의 거처를 알아낸 후 친분을 쌓고 자주 왕래하며 지낸다. 조선의 취약한 경제 구조와 인재 등용의 불합리성을 비판하던 허생에게 변 씨는 어영대장 이완을 소개해 준다. 허생은 이완에게 세 가지 개혁안을 제시한다. 즉 부국강병을 위해 자신의 추천하는 인재를 등용하고, 왕권 강화를 위해 종실의 딸들을 명나라 후예와 혼인시키며, 청나라를 치기 위해 먼저 젊은이들을 청나라로 유학 보내고 청나라와 무역을 하라고 한 것이다. 하지만 이완은 그 모든 것이 사대부로서 지키기 어려운 것들이라며 거절한다.

명분만 중시하는 집권층의 모습에 격분하여 허생은 이완에게 크게 화를 내며 칼을 빼어 들고, 이완은 놀라 급히 뒷문으로 뛰쳐나가 도망친다. 이튿날 변 씨가 다시 찾아가 보았더니 집은 텅 비어 있고, 허생은 온데간데없었다.

박지원
(朴趾源,1737~1805)

박지원은 호는 연암(燕巖)이며 조선 후기의 실학자로 양반이면서도 가난한 생활을 하며 사회 풍자적인 작품을 주로 썼습니다. 조선의 양반들이 청나라를 오랑캐의 나라라고 하여 발전된 문물을 받아들이지 않으려 할 때, 박지원은 우리 생활에 이로운 것들은 받아들이자는 주장을 펼치며 홍대용, 박제가와 함께 북학파를 이끌었습니다. 그는 18세기 후반 급변하는 현실에 대응할 수 있는 새로운 세계관을 모색하고 소설을 통해 그 과제를 제시하기도 했습니다. 주요 작품으로는 문집 《열하일기》와 《연암집》이 있고, 한국문학사에서 높이 평가되는 소설 《허생전》 《양반전》 《호질》 《예덕선생전》 《열녀 함양 박씨전》 등이 있습니다.

35. 세상을 바꾸고 싶은 가난한 선비 이야기 《허생전》

🔍 작품 이해_조선 시대/고전소설, 한문 단편소설

후대의 실학자들에게 영향을 끼친 박지원의 사상

이 작품은 당시 활발하게 발전하고 있던 실학사상을 배경으로 '허생'이라는 선비를 통해 사회의 문제점들을 비판한 소설입니다. 중반부에서는 허생이 군도들을 이끌고 빈 섬으로 가 새로운 사회를 건설하는데, 이는 《홍길동전》의 '율도국'과 같은 맥락으로 이해할 수 있을 것입니다.

작품 후반부에서는 어영대장 이완과의 대화를 통하여 허울뿐인 북벌론과 예법에만 집착하는 당대 사대부층을 비판합니다. 작가는 비교적 짧은 이야기 속에 근대 자본주의의 모습을 훌륭하게 그리고 있으며, 북벌론의 허구성을 낱낱이 논증하는 등 자신의 정치적 소신까지 마음껏 피력하고 있습니다. 글만 읽는 무능한 양반들을 비판하고, 백성들의 생활을 안정시키기 위해서는 상업과 공업을 발전시켜야 한다는 주장도 내세웁니다.

✏️ 작품을 이해하기 위한 핵심 정리

배경과 주제 알아보기

시간적 배경은 17세기 중반 북벌 정책을 세웠던 효종 때며, 서울을 중심으로 한 한반도 전역이 이 소설의 공간적 배경입니다. 당시는 임진왜란, 병자호란을 겪은 후로 극도로 궁핍한 시대였습니다. 또 극심한 당쟁, 지도층의 무기력함과 현실에 대한 무지함을 비판하며 선비 계층을 중심으로 실학사상이 대두되던 시기기도

경기도 여주시 능서면에 있는 효종의 영릉

했습니다. 한편 서민 의식의 성장과 상업 자본주의가 본격화되었습니다. 이러한 배경이 《허생전》에는 잘 드러나 있습니다.

이 작품 속 주인공 허생은 군도를 무인도로 이끌고 가서 새로운 터전을 만듭니다. 당시에는 실제로 변산의 군도처럼 농사지을 땅이 없어 어쩔 수 없이 도적이 된 양민이 많았습니다. 이야기 속의 상황은 이러한 사실을 바탕으로 하고 있습니다. 작가는 세상에 도둑 떼와 범죄가 창궐하게 되는 원인은 물자 부족 때문이므로, 혼란하고 절박한 시대에는 우선 현실적인 생활고부터 해결해야 한다고 인식했던 것입니다. 이 소설은 이용후생 정책에는 관심이 없던 당시 위정자들을 비판하는 동시에 그들에게 민생을 돌보아야 한다는 경종을 울리고 있습니다.

인물 알아보기

허생은 비범한 능력을 갖추고 있지만 부패한 사회에 물들지 않은 비판적 사고를 하는 지식인입니다. 허위에 찬 양반 사회에 대해 각성하고 현실에 참여하는 실천적 지식인의 전형적 인물로 그려집니다.

변 씨는 서울 제일의 부자로 허생의 조력자며 이완과의 접촉을 주선하는 매개자입니다. 도량이 넓고 허생의 비범한 재주를 알아볼 줄 아는 사람입니다.

이완은 당대의 무능한 사대부를 상징하며 북벌론을 주장하는 인물입니다. 과거의 인습에 얽매여 변화를 거부하는 반동적인 성향을 가지고 있습니다.

허생의 아내는 생계를 걱정하는 현실적인 인물로 작가의 목소리를 대변합니다. 삯바느질로 남편을 먹여 살리다가 그가 무능력한 인물에서 현실에 적극적으로 참여하는 인물로 바꾸게 합니다.

군도는 당시의 시대상을 알 수 있게 해 주는 생활고에 찌든 백성을 대표하는 인물들입니다.

북벌론의 실체와 부국강병의 길

작가는 집권층이 주장하는 북벌론을 강하게 비판합니다. 그들이 겉으로는 명분을 내세우지만 실제로는 전시체제의 긴장감을 조성해 정권을 유지하려고 한다고 생각했기 때문입니다.

작가는 벽돌과 수레를 이용해 산업을 발전시키고 청나라와 적극적으로 통상하면 부강해져 낙후된 조선의 현실을 극복하고 백성을 궁핍한 삶으로부터 구할 수 있다고 생각했습니다.

북벌론자였던 문신 우암 송시열

이런 생각은 이 작품에 명확하게 드러나 있습니다. 허생은 이완 장군의 북벌론을 비판하며 진정한 북벌은 청나라의 선진 문물과 제도를 도입하여 나라의 힘을 키우는 것이라고 말합니다. 작가는 이야말로 진정으로 청나라를 이기는 길이고, 나라를 위하는 길임을 역설하고 있는 것입니다.

조선 후기의 정치와 경제 문제 비판

당시 집권층이 내세운 북벌론은 자신들의 정권을 확고히 하기 위한 수단에 불과한 것이었고, 실제로 실현될 수 없는 것이었습니다. 그리고 집권층 스스로도 이러한 사실을 뻔히 알고 있었습니다. 허생은 이러한 집권 계층의 허위를 이완 대장을 통해 재확인한 뒤 신랄한 비판을 가합니다.

작가는 조선 시대의 유명한 갑부 변승업의 할아버지가 어떻게 부를 쌓게 되었는지 윤영이라는 사람에게서 전해 듣고 《허생전》을 썼다고 합니다. 실제로 있음 직한 내용을 빌어 당시 정치와 경제의 모순과 취약성을 지적한 것입니다. 허생이 사라지는 결말 방식은 그의 비범함과 신비감을 더해 독자들에게 여운을 남기는 효과도 있지만, 그의 비판과 주장이 당시 현실로서는 받아들여질 수 없음을 암시하는 것이기도 합니다.

❶ 친구와 생각이 맞지 않을 때 여러분은 어떻게 하나요? 그리고 그 이유는 무엇인가요?

....

....

....

❷ 세상을 바꾸려면 먼저 어떻게 행동해야 할까요?

....

....

....

❸ 《허생전》을 주제로 노래를 만든다면 제목을 어떻게 짓는 게 좋을까요?

....

....

....

한 번 더 생각하기

1. 내가 만일 허생의 아내였다면 어땠을까요? 그리고 그 이유는 무엇인가요?

....

....

....

2. 허생은 군도를 데리고 빈 섬으로 들어가 새로운 사회를 만드는 실험을 합니다. 이를 도덕적으로 어떻게 봐야 할까요?

....

....

....

3. 이완 입장에서 허생에게 하지 못한 말이 있다면 무엇일까요? 아래에 써 보세요.

....

....

....

홍길동전

도둑의 영웅에서 민중의 영웅이 된 사람

3b

줄거리 주인공인 홍길동은 한양에 사는 명문 집안 홍 판서의 아들로 태어났다. 홍 판서가 낮잠을 자다가 용꿈을 꾼 후 계집종인 춘섬과 관계하여 낳은 것이다. 길동은 어려서부터 기골이 장대하고 비범할 뿐만 아니라 총명해 홍 판서의 사랑을 받았지만, 신분상 천민이었으므로 아버지를 아버지라 부르지 못하고 형을 형이라 부를 수 없었다. 게다가 홍 판서의 첩인 초란이 길동을 시기하여 자객을 보내 죽이려 하자 길동은 무술을 써서 그를 죽이고 집을 나와 도둑의 소굴로 들어가게 된다.

그곳에서 길동은 그동안 익힌 도술과 무예를 인정받아 도둑들의 대장이 되고, 무리의 이름을 가난한 백성을 돕는다는 뜻의 '활빈당'이라 짓는다. 길동은 자신과 비슷한 크기의 허수아비 일곱 개를 만들고 주문을 외워 생명을 불어넣는다. 이렇게 해 홍길동은 동쪽, 서쪽에서 번쩍번쩍 나타나고 전국 팔도에 동시에 나타나기도 한다.

가짜 길동들은 팔도를 누비며 못된 벼슬아치나 양반들의 재물을 빼앗아 가난한 백성들에게 나눠 주고, 흉년에는 관아의 창고를 부수고 굶주린 백성들에게 곡식을 나눠 준다. 그러나 길동으로 인하여 나라가 소란해지자 조정에서는 아버지 홍 판서를 잡아 가두고 형 길현에게 1년 안에 길동을 잡아 올리라는 명령을 내린다.

길동은 자수를 권하는 형 홍 감사의 방을 보고 직접 감영을 찾아가 자수하여 한양으로 압송된다. 길동은 왕 앞에서 병조판서를 시켜 주면 조용히 조선을 떠나겠다는 조건을 제시한다. 왕이 그 요구를 받아들여 길동을 병조판서에 제수한다는 방을 붙이 자 길동은 약속대로 활빈당 무리를 이끌 고 조선을 떠나 남경에 있는 섬으로 들어 간다. 그곳에서 그는 삼천 적당을 거느리 고 농사를 지으며 무술을 연마한 후 그동 안 마음에 두고 있던 율도국을 정복한다. 그 후 길동은 율도국의 왕이 되어 태평성 대를 누리다가 하늘로 올라가 신선이 되 었다고 한다.

허균
(許筠, 1569~1618)

허균은 강원도 강릉에서 태어나 1594년 문과에 급제한 후 예문관, 춘추관 등을 거쳐 예조참의, 형조판서, 좌참찬에까지 오른 문신입니다. 명문가 태생으로 아버지는 학자이자 문장가로 이름이 높았던 허엽, 어머니는 예조판서 김광철의 딸, 이복형은 임진왜란 직전 일본 통신사의 서장관으로 일본에 다녀온 허성, 둘째 형은 문장으로 이름 높았던 허봉, 누이는 시인 허난설헌입니다. 호는 교산(蛟山)이며 열 살 무렵부터 천재로 일컬어졌고 관직에 오른 후에도 그와 총명함을 견줄 만한 인물이 없었다고 합니다. 하지만 성품이 조급하고 경박하여 거침없는 말과 행동으로 많은 지탄을 받기도 했습니다. 허균은 스승인 손곡 이달(李達)의 영향을 받아 스스로 서민을 자처하는 한편 사회 개혁에 대한 열망과 혁명 사상을 품고 살았으며, 광해군 10년에 반역 죄로 몰려 처형당했습니다. 주요 작품으로는 최초의 한글 소설인 《홍길동전》이 있습니다.

작품 이해_ 조선 시대/한글 소설

명문가의 자제가 서얼 차별 반대에 앞장서기까지

이 작품은 우리나라 최초의 한글 소설이며 중국 소설《수호지》의 영향을 받아 부패한 정치를 개혁하고자 한 작가의 사상이 담겨 있습니다.《홍길동전》은 크게 '길동의 가출 → 의적 활동 → 이상국 건설'로 구성되어 있습니다. 길동은 가출로 적서 차별의 부당함을 드러냈고, 의적 활동으로 탐관오리의 부패상을 고발했습니다. 이 작품은 율도국이라는 이상향을 제시하는데, 이러한 이상향은 박지원의《허생전》에서도 나타나고 있습니다.

《홍길동전》은《구운몽》《사씨남정기》등 후대 소설에 영향을 주었고, 의적 소설의 전통을 전해 홍명희의《임꺽정》, 황석영의《장길산》등으로 이어졌습니다. 우리 문학에서는 거의 찾아볼 수 없는 해외 진출 사상을 담고 있기도 합니다.

작가인 허균이 이 작품을 쓰게 된 데에는 서자 출신 스승인 이달의 영향이 컸다고 합니다. 당시에는 아버지가 양반이라 하더라도 어머니가 양반이 아닌 서자들은 사회적으로 푸대접을 받았기 때문입니다. 이에 허균은 사회가 변화되기를 바라는 마음으로 《홍길동전》을 썼던 것입니다.

강릉에 있는 허균의 생가

✎ 작품을 이해하기 위한 핵심 정리

배경과 주제 알아보기

조선 광해군 때의 일이며 조선과 율도국이 배경입니다. 이전의 가전체 소설이나 전기소설에서 어느 정도 탈피해 소설다운 형태를 갖추었고 사회 문제를 대담하게 제기한 점, 적서차별 반대와 그 꿈을 실현시켰다는 점 등은 당시로써는 획기적인 일이었습니다.

조선은 철저한 신분제 사회로 출생에 따라 적자와 서자를 차별하여 서얼에 대한 사회적 제약이 매우 심했습니다. 태종 15년인 1415년에 서얼 금고령을 내렸고 성종 때에는 《경국대전》에 이를 명문화하기도 했습니다. 적자가 아닌 서자들은 관직에 진출할 수 없었고, 자식 대우도 받지 못했습니다.

즉 어머니의 신분에 따라 자식의 신분이 결정되었던 것입니다. 본부인에게서 태어난 아들을 적자, 어머니가 첩인 아들을 서얼이라 했습니다. 서얼은 '서자'와 '얼자'를 말하는 것으로 서자는 어머니가 양민, 얼자는 어머니가 천민인 자식을 뜻했습니다.

작가인 허균은 천하에서 가장 두려운 존재는 백성뿐이며 출생 신분이 천하다는 이유로 능력을 펼칠 기회조차 주지 않는 것은 부당하다고 생각했습니다. 그래서 인간 평등사상에 바탕을 둔 우리나라 최초의 한글 소설을 쓴 것입니다.

허균이 썼던 서신

인물 알아보기

홍길동은 허균의 비판적 의식이 반영된 인물로 홍 판서의 둘째 아들입니다.

국립한글박물관에 전시된 《홍길동전》

어린 시절 위기에 처하나 이를 극복하고 도적의 우두머리가 됩니다. 부패한 관리들의 재물을 빼앗아 가난하고 의지할 곳 없는 이들을 도와줍니다. 후에 조선을 떠나 율도국의 임금이 되고 죽어서는 신선이 됩니다.

홍 판서는 홍길동의 아버지로 일찍이 길동의 총명함을 알아보지만 신분상의 이유로 호부호형을 허락하지 않다가 길동이 집을 떠난다고 하자 호부호형을 허하고, 후에 죽음을 앞두고는 그를 자식으로 인정합니다.

홍길현은 홍길동의 이복형으로 조정의 명을 받아 경상감사가 되어 길동을 잡아들이는 역할을 합니다. 하지만 후에 아버지의 유언에 따라 길동을 아우로 인정하게 됩니다.

최초의 한글 소설로서 갖는 의의

이 작품은 전기적 요소를 지니고 있으면서도 문학적으로 높이 평가되고 있습니다. 전기를 바탕으로 한 사건 전개는 고전소설에서 흔히 볼 수 있는 형태입니다. 그러나 《홍길동전》은 당대 사회의 모순과 부조리를 대담하게 고발하고 있을 뿐만 아니라, 적서차별 철폐, 부패한 관리들에 대한 응징, 이상국 건설 등과 같은 작가의 견해를 제시함으로써 고전소설의 한계를 극복했습니다.

고전소설 대부분이 소재, 인물, 배경 등을 중국에서 취해 왔지만 《홍길동전》은 우리나라를 무대로 삼았고, 한글 표기로써 서민으로 독자층을 확대였다는 점에서 의미가 큽니다. 다만 최근에는 채수(蔡壽)의 한문 소설 《설공찬전(薛公贊傳)》의 한글본이 발견되면서 최초의 한글 소설이라는 타이틀에 의문을 제기하는 학자들도 있습니다. 하지만 견해를 달리하는 학자들은 채수의 소설은 한문소설을 한글로 번안한 내용의 일부가 발견된 것이므로, 《홍길동전》이 여전히 우리나라 최초 한글소설이라고 말하고 있습니다.

다른 작품에서 나오는 영웅 이야기와의 비교

다른 작품에서 다루는 영웅들은 거의 비정상적으로 잉태되거나 출생합니다. 또한, 위기에 처했을 때 구출자나 양육자를 만나 죽을 고비에서 벗어나는 특징이 있습니다. 그러나 길동은 어머니가 천민이지만 정상적으로 출생하였고 다른 사람의 도움이 없이 스스로 자객을 죽이고 위기에서 벗어납니다.

하지만 다른 영웅들이 위기를 극복하고 승리자가 되는 것처럼 길동도 국가 권력과의 싸움에서 이겨 병조판서를 제수받고 율도국의 왕이 됩니다. 탄생과 성장 과정상의 차이는 있지만, 큰 줄거리를 보았을 때 홍길동 역시 다른 영웅들의 경우와 같은 이야기 구조를 보여 주고 있는 것입니다.

1 이 소설의 결말이나 내용을 바꾸어 보세요.

....

....

....

2 여러분도 홍길동처럼 간절하게 소망하는 일이 있나요? 있다면 그것을 이루기 위해 어떤 노력을 하고 있나요?

....

....

....

3 유명한 의적으로는 누가 있을까요? 또한 의적이라고 하면 어떤 생각이 드나요?

....

....

....

한 번 더 생각하기

1. 홍길동이 오늘날 법정에 서게 된다면 어떤 벌을 받게 될까요?

....

....

....

2. 우리 시대의 사회적 문제로는 어떤 것들이 있는지 생각해 보세요. 또 그 문제를 해결하기 위해 어떻게 하는 게 좋을지도 생각해 보세요.

....

....

....

3. 부모님과 세대 갈등을 겪은 적이 있나요? 그럴 때는 어떻게 해결하나요?

....

....

....

16장

조선 여성의 빼어난 미덕

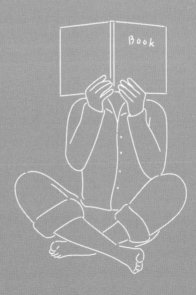

겸손한 자가 사랑받는다는 교훈
규중칠우쟁론기

🦜**줄거리** 규중칠우는 부인들의 방에 있는 일곱 개의 벗을 말한다. 부인들의 바느질을 돕는 일곱 가지 물건에 각각 이름을 붙여서 바늘은 세요 각시, 자는 척 부인, 가위는 교두 각시, 인두는 인화 부인, 다리미는 울낭자, 실은 청홍흑백 각시, 골무는 감투 할미라 칭한다.

어느 날 척 부인이 옷을 지을 때 길이를 잴 수 있으니 자기 공이 가장 크다고 자랑한다. 그러자 교두 각시는 길이를 잰다 한들 잰 것을 제대로 자르지 못하면 소용없으니 자신의 공이 가장 크다고 반박한다. 세요 각시는 진주가 열 그릇이 있다 해도 꿰어야 구슬이 되지 않겠느냐고 하며 척 부인, 교두 각시가 아무리 잘났다 해도 자신의 공이 제일 크다고 자랑한다.

이 말을 들은 청홍 각시는 화를 내며 세요 각시에게 한 솔, 반 솔도 나 아니면 기워 내지 못할 거라고 말한다. 감투 할미가 웃으며 어지간히 자랑들 하라며, 자신은 아가씨들 손 아프지 않게 바느질을 돕고 얼굴이 두꺼워 어떤 것도 견딜 수 있다고 말한다. 인화 낭자 역시 지지 않고 바느질을 잘못 하더라도 인두로 한 번 다리면 흔적 없이 광채가 난다고 자랑하고, 울 낭자 역시 자기 공이 제일 크다고 큰소리를 친다.

그때 규중 부인이 그 모든 것이 사람이 없으면 다 소용없다 하면서 일곱 벗을 다 밀치고 베개를 베고 깊이 잠이 든다. 그때 감투 할미를 제외한 여섯 벗이 부인의 흉을 보며 불평불만을 털어놓자 자고 있던 부인이 깨어나 이들을 꾸짖는다.

이에 감투 할미가 머리를 조아리며 평소의 정을 생각하여 용서해 달라고 한다. 부인이 감투 할미를 봐서 혼내는 것을 그만두겠으며 손가락이 성한 이유는 다 감투 할미 덕이라며 비단 주머니에 넣고 다니겠다고 하자 감투 할미는 절을 하고 나머지 벗들은 모두 부끄러워서 물러난다.

작자 미상

37. 겸손한 자가 사랑받는다는 교훈 《규중칠우쟁론기》

작품 이해_조선 시대/한글 수필

자기 과시 경계의 교훈을 담은 한글 수필이자 가전체 소설

이 작품은 규방의 부인이 바느질에 사용하는 자·바늘·가위·실·골무·인두·다리미를 사람처럼 의인화하여 쓴 한글 수필입니다. 규중(閨中)은 '부녀자가 거처하는 방'을 뜻하고 쟁론(爭論)은 '서로 다투는 토론'을 뜻합니다.

옷의 솔기 등을 다릴 때 쓰던 인두

이 작품은 일반적인 고전 수필과 달리 3인칭 관찰자 시점을 취하여 규중칠우의 대화를 객관적인 입장에서 보여 준다는 점에서 매우 독특한 작품입니다. 또한, 사물을 의인화하여 각각 개성을 지닌 인물로 형상화했다는 점에 있어서도 가전체 소설의 독특한 매력을 느낄 수 있습니다.

이들의 논쟁적 대화 속에는 자신의 공을 뽐내고 다른 사람을 질투하는 인간들의 심리가 잘 드러나 있습니다. 이 작품은 다른 사람을 원망하고 불평하는 인간 세태에 대한 풍자를 통해 사람들에게 교훈을 주고자 하는 목적을 담고 있다 할 수 있습니다. 또한, 규중칠우가 각자 자기의 공을 내세우며 다투거나 서로를 원망하는 장면은 여성들이 당당하게 자기주장을 펼치는 모습으로도 볼 수 있습니다. 이는 당시 가부장적 질서에 갇혀 살던 여성들의 변화가 반영된 것입니다.

조선 시대의 다리미

〈조침문〉과 더불어 쌍벽을 이루는 내간체 수필

조선 초기에는 양반층을 중심으로 한 한문 수필이 많았으나, 후기에는 작자층이 여성으로 확대되면서 한글 수필이 다수 등장하였습니다. 그중 내간체 수필은 운문적인 어투에서 탈피하여 섬세한 표현 속에 따뜻한 인정이 잘 드러나 있어 감동을 주는 글들이 많았습니다. 내간체란 부녀자들이 주로 편지에서 사용한 순한글 문체를 말합니다.

이 작품은 공을 다투는 부분과 원망을 하소연하는 부분이 뚜렷이 대조되는 구성을 통해 인간 심리의 변화, 이해관계에 따라 변하는 세태 등을 의미심장하게 함축하고 있습니다. 이러한 특징으로 인해 이 작품은 바늘을 의인화하여 제문형식(천지신명이나 죽은 사람에게 제사를 지낼 때 쓰는 글의 형식)으로 쓴 〈조침문〉과 함께 내간체 수필의 백미로 일컬어지고 있습니다.

✎ 작품을 이해하기 위한 핵심 정리

배경과 주제 알아보기

이 수필이 쓰인 시대와 작가는 정확히 알 수 없지만 조선 시대 후기로 추정됩니다. 당시에는 사람들이 주어진 직분에 따라 살기보다는 자기 공을 내세우기에 급급했고 높은 사람에게 자신을 드러내는 일에만 신경을 쓰는 등 사회 질서가 어지러웠던 것으로 보입니다. 이 작품은 그러한 이기적인 세태를 풍자하기 위해 지어졌고 여성들이 매일 사용하는 물건들을 의인화해 하고 싶었던 말을 비교적 자유롭게 표현했습니다.

당시 가전체 문학이 크게 유행했는데, 이 작품 역시 당시 사회에 대한 비판과 풍자가 신랄하게 이루어졌다는 점에서 많은 사람이 읽었을 것으로 짐작됩니다. 가전체 문학이란 의인화 수법을 써서 지은 짧은 전기 형식의 글로서 사람들을 경계하고 권선할 목적으로 쓴 것이 많습니다.

인물 알아보기

척 부인(자)은 尺(자 척)과 발음이 동일하고, 교두 각시(가위)는 날이 교차하는 것과 생김새가 같으며, 세요 각시(바늘)는 허리가 가는 생김새와 유사합니다. 청홍흑백 각시(실)는 실의 다양한 색깔에서 이름을 따 왔으며, 인화 부인(인두)은 불에 달구어 사용하는 쓰임새가 비슷하며, 울 낭자(다리미)는 다릴 울에서 이름을 따왔습니다.

감투 할미(골무)는 골무가 감투와 비슷한 모양새인 데서 붙은 이름입니다. 다른 바느질 도구들이 각시나 낭자와 같이 젊은 여성 형상을 취하고 있는 데 반해 감투 할미만 나이가 많은 인물로 설정되었다는 게 독특합니다.

규중 부인은 자기의 공을 내세우는 데 있어 규중칠우와 마찬가지로 자기 중심적인 성격을 지니고 있고 지도자로서의 포용력을 지니지 못한 인물입니다.

일곱 가지 규방 친구들이 자기주장을 편 배경

작품 속에 나오는 규중칠우의 논쟁을 보면 각자가 처한 상황에 따라 의견을 내세우는데 조금도 망설이는 태도를 보이지 않습니다. 이렇게 적극적인

자기주장은 규방 여성들이 말하고자 하는 표현 욕구를 대신한 것이라 볼 수 있습니다. 조선의 봉건 체제에서 남성들에 의해 억압당했던 여성들의 세계에도 조금씩 변화가 있었음을 엿볼 수 있는 소설입니다.

규중 부인이 감투 할미를 특별히 사랑한 이유

감투 할미는 자신의 공을 드러내기보다 과묵함과 인내심을 가진 인물입니다. 또한, 여러 인물이 갈등을 겪을 때 노련하게 대처합니다. 조선 시대 부인들은 낮에 논밭 일을 하고 바느질은 주로 밤에 했다고 합니다. 졸면서 바느질을 했기 때문에 자주 바늘에 찔려 아팠는데, 골무가 여성들의 손가락을 보호해 주었기 때문에 아마도 골무인 감투 할미를 가장 사랑하고 곁에 두었던 게 아닐까 추측해 볼 수 있습니다.

❶ 일곱 가지 규방 친구들처럼 친구들과 갈등을 겪은 적이 있나요? 그런 일이 있을 때는 어떻게 해결하나요?

❷ 평소 소중하게 여기고 아끼는 물건이 있나요?

❸ 여러분은 다른 친구 혹은 다른 형제자매보다 사랑받지 못한다고 느낀 적이 있나요? 그럴 땐 어떤 마음이 들고 또 어떻게 하나요?

한 번 더 생각하기

1. 나는 일곱 가지 규방 친구들 중 어떤 인물이 되고 싶은지, 또 그 이유는 무엇인지 여러분의 생각을 써 보세요.

....

....

....

2. 친구들 앞에서 내가 최고라고 잘난 척한 적이 있나요? 그럴 때 친구들과의 관계는 어땠나요?

....

....

....

3. 경쟁으로 인해 힘들었던 경험이 있나요? 그럴 땐 어떻게 해결하는 게 좋을까요?

....

....

....

3 박씨전

박씨 부인, 중국의 무사 형제를 무너뜨리다

🐚**줄거리**   조선 인조 때 병조 판서 이득춘이라는 사람이 늘그막에 아들을 두어 이름을 시백이라 하였다. 시백은 아버지의 친구 박 처사의 딸과 혼인을 하는데, 그 여인의 모습이 흉측할 뿐만 아니라 몸에서 고약한 냄새가 나 가까이하지 않는다. 박씨 부인은 할 수 없이 후원에 '피화당(避禍堂)'이라는 초당을 짓고 시비 계화와 고독한 나날을 보낸다.

계화는 박씨가 추한 용모로 인해 박해받는 것을 안타깝게 여기고 지성으로 섬긴다. 원래 슬기롭고 도술에 능통한 박씨는 남편을 과거에 장원 급제시키는 등 신기한 재주를 보인다. 또한, 박씨는 뒤뜰에 나무를 많이 심고 정성으로 가꾼다. 그리고 뒷날 불행한 일이 닥치면 그 나무로 재앙을 막아 보고자 한다며 초당 이름도 화를 피한다는 뜻의 '피화당'이라고 지은 것이다. 이에 시아버지는 크게 감탄하나, 남편 시백은 여전히 박씨를 구박한다.

그러다가 결혼한 지 3년 만에 원래 하늘의 신선이었던 박 처사가 딸을 찾아와 액운이 다하였으니 허물을 벗으라고 하자 박씨는 허물을 벗고 하룻밤 사이에 어여쁜 미인이 된다. 아내가 절세미인이 되자 시백은 그녀를 지극히 사랑하며 일가는 화목하게 살아간다.

한편 청나라의 호왕이 조선을 침략할 계획을 꾸며 기홍대를 변장시켜서 이시백과 임경업을 살해하려 하자 박씨가 미리 알고 막아 낸다. 다시 청나라의 용골대, 용울대 형제가 군사 3만 명을 거느리고 조선에 침입해 서울과 광주까지 쳐들어오고 피신했던 왕은 결국 항복을 하고 만다. 용울대가 이시백의 집을 범하기 위해 100여 명의 군사를 몰고 피화당으로 침입하자, 박씨가 도술을 부려 하늘이 어두워지고 나무가 변신한 군사들이 용울대와 그의 군사들을 에워쌌다.

싸움 중에 용울대가 박씨의 종 계화를 죽이려 하자 계화는 살려 달라고 애원한다. 그때 박씨 부인이 몸종 계화에게 도술을 걸어 용울대의 목을 베어 집 앞에 걸어 놓는다. 용골대는 아우 용울대의 죽음을 알고 원수를 갚으러 이시백의 집으로 달려가지만 피화당의 나무들에 호되게 당하기만 하고 박씨의 도술을 도저히 이겨 낼 수가 없자 결국 박씨 부인에게 무릎을 꿇고 목숨을 구걸한다. 박씨는 용골대에게 다시는 쳐들어오지 못하게끔 무섭게 경고한다.

전쟁이 끝나자 왕은 박씨 부인을 정렬부인으로 봉하고 큰 상을 내린다. 이시백과 부인은 팔십여 세를 살다가 많은 자손들 앞에서 차례로 숨을 거둔다.

작자 미상

38. 박씨 부인, 중국의 무사 형제를 무너뜨리다 《박씨전》

🔦 작품 이해 _조선 시대/고전소설

고통받는 백성들에게 희망이 되다

30여 종의 필사본과 활자본이 전해지는 《박씨전》은 조선 후기에 매우 인기 있는 한글 소설이었습니다. 이 작품은 주인공이 전쟁에서 활약하는 내용의 군담 소설에 속하는 작품이기는 하지만 군담 소설로 유명한 《임진록》이나 《임경업전》과는 다른 형태를 보여 줍니다.

《박씨전》은 역사상 실존 인물이었던 이시백과 박씨라는 허구적 인물의 영웅적 행위를 통해 병자호란의 패배를 작품 속에서나마 통쾌하게 복수하고 있습니다. 특이한 것은 박씨라는 여성이 남성보다 뛰어난 능력으로 국가 전란에 과감하게 나서 승리한 것으로 되어 있다는 점입니다. 이 작품은 기본적인 큰 줄거리는 같지만 세부적인 내용이 조금씩 다른 이본이 많이 전해지고 있어 내용 묘사에 있어서는 약간씩 차이가 있습니다.

✏️ 작품을 이해하기 위한 핵심 정리

배경과 주제 알아보기

이 작품의 시대적 배경은 여성의 지위에 대한 각성이 일어나던 병자호란 직후인 조선 후기입니다. 이때 고전에서 흔히 볼 수 있는 남자 영웅이 아닌 여성이 주인공으로 등장해 위기에 빠진 나라를 구하는 이야기가 등장한 것은 병자호란으로 말미암아 국가의 무너진 자존심을 세우고 심리적으로나마 패배에

병자호란을 일으킨 청 태종 황타이지

대한 서글픔을 보상하려는 의도가 반영되었기 때문입니다.

이 작품에서 실존 인물인 이시백은 능력이 없는 반면 허구적 인물인 박씨 부인은 무술과 예지력이 뛰어나 재난에 빠진 국가를 구합니다. 남편 이시백의 장원급제를 돕고 위기에 처한 나라를 구하는 등 영웅적인 모습을 보여 줍니다. 병자호란으로 인해 충격에 빠진 국민들의 상실감을 위로하고 나라의 질서를 새롭게 일으킨다는 결말은 당시 많은 사람들로부터 사랑받은 이유기도 합니다.

인물 알아보기

박씨 부인은 신선 박 처사의 딸로 처음엔 흉측한 모습이었지만 시간이 지나자 미인으로 변신합니다. 자신의 판단과 결심에 따라 행동하는 능동적인 성격을 지닌 여인이며 나라를 지키기 위해 지혜와 용맹을 떨치는 등 많은 활약을 합니다.

계화는 박씨의 여종으로 박씨처럼 무술이 뛰어나 병자호란이 발발하자 박씨를 대신해 용골대 형제를 굴복시킬 정도로 용맹합니다.

이시백은 박씨의 남편으로 여자의 현숙한 덕보다는 외모를 추구하는 평범한 인물입니다. 처음에는 추한 외모를 이유로 부인 박씨를 멀리하지만 부인이 육신의 허물을 벗고 절세미인으로 변하자 자신의 잘못을 뉘우치고 나라와 가정을 위해 헌신합니다.

● 남성 중심 사회와 무능한 위정자에 대한 불만

조선 시대는 남성 중심 사회였지만 조선 시대 후기에 이르자 여성들을 중심으로 위정자들인 남성에 대한 비판이 날로 커져 갔습니다. 이 작품에는 무능한 정치인들을 향한 병자호란 패배에 대한 민중의 질책과 불만이 고스란히 녹아 있습니다. 또한 능력보다는 겉모습만으로 인간을 평가했던 세태가 작품에 잘 드러나 있습니다. 이시백은 박씨가 미인으로 변하자 그제야 부인으로 받아들입니다. 하지만 박씨 부인은 이런 남편을 용서하지요. 이러한 모습은 박씨 부인의 훌륭한 점을 더욱 부각시킵니다.

병자호란 당시 인조의 항복을 기록한 삼전도비

● 병자호란 패배의 충격에 대한 위로

이 작품은 남존여비 시대에 박씨, 계화 등 남성보다 우위에 있는 여성을 주인공으로 설정하여 여성들의 눈부신 활약상을 보여 주고 있습니다. 임금역시 박씨 부인을 무시하다가 뒤늦게 공을 칭찬합니다. 무술에 뛰어난 장군들도 청나라 무사들을 어찌지 못하고 있을 때 약하다고 생각했던 여성이 전쟁을 승리로 이끌며 남성들에게 멋지게 보복한다는 내용은 허구지만 통쾌함과 후련함을 느낄 수 있습니다.

이 작품은 나라를 지켜 내는 데는 외모나 성별을 떠나 능력을 먼저 보는일, 온 국민이 마음을 합하는 일이 중요하다는 사실을 이야기하고 있습니다. 허구지만 모두가 힘을 합하여 전쟁에서 승리한다는 이야기는 청나라에 치욕적인 패배를 당하고 고통받던 백성들에게 희망을 주었을 것입니다.

1 박씨 부인처럼 가까운 사람들에게 외모로만 평가받은 적이 있나요? 그럴 땐 어떻게 했나요?

....

....

....

2 만약 집안에 안 좋은 일이 생기면 어떻게 할 건가요? 그리고 그렇게 하는 이유는 무엇인가요?

....

....

....

3 남자라서 혹은 여자라서 억울한 일을 당한 적이 있었나요? 그럴 때 어땠나요?

....

....

....

한 번 더 생각하기

1. 여러분이 생각하는 이 시대의 영웅은 어떤 모습인가요?

....

....

....

2. 주인공같이 어려움이 닥쳤을 때 앞에 나서서 해결한 적이 있나요? 아니면 뒤에 숨어 모른 척했나요?

....

....

....

3. 나만의 '피화당'이 있나요? 있다면 그건 어떤 의미인가요?

....

....

....

17장

판소리계 소설의 참모습

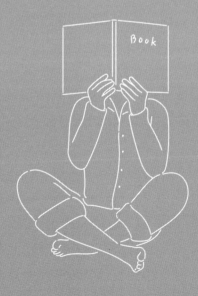

3

하늘도 감동한 효녀 이야기
심청전

🧑줄거리 황해도 도화동에 심학규라는 장님이 살고 있었는데, 그는 늦은 나이에 딸을 얻었으나 산후 7일 만에 부인 곽 씨를 잃고 동냥젖을 얻어 가며 딸을 길렀다. 딸 청이는 철이 들수록 미모가 빼어나고 효성도 지극하여 장님인 아버지를 길쌈과 바느질을 해 가며 극진히 모셨다.

그러던 어느 날, 심 봉사는 저녁 늦도록 돌아오지 않는 청이를 찾아 길을 나섰다가 다리에서 떨어져 물에 빠지는 사고를 당한다. 그는 마침 지나가다가 자신을 구해 준 몽은사 화주승으로부터 부처님께 쌀 삼백 석을 시주하면 눈을 뜨게 될 것이라는 말을 듣고 덜컥 시주하겠다고 약속해 버리고 만다. 뒤늦게 자신이 저지른 일을 후회하며 근심하는 아버지를 위해 청이는 용왕신에게 제물로 바칠 처녀를 사러 다닌다는 뱃사람을 찾아가 공양미 삼백 석을 받아 몽은사에 보내고 깊고 푸른 인당수에 몸을 던진다.

심 봉사는 심청이 떠난 뒤 슬픔과 외로움 속에서 지내다가 심술 많은 뺑덕어미와 한집에서 살게 된다. 뺑덕어미는 선원들이 심 봉사에게 재물을 많이 줬다는 사실을 알고 일부러 접근하여 야금야금 심 봉사의 재물을 쓰기 시작한다. 결국 재물이 모두 바닥나자 심 봉사는 뺑덕어미와 함께 다른 곳으로 이사를 가지만, 그곳에서 뺑덕어미는 다른 봉사와 눈이 맞아 심 봉사가 잠든 틈을 타 도망가 버린다.

한편 청이는 하늘을 감동시켜 죽지 않고 수정궁에서 어머니 곽 씨 부인을 만나 잘 지내다가 연꽃을 타고 물 위로 올라와 선원들에게 발견된다. 선원들은 놀라서 이 꽃을 황제에게 바치고 청이는 연꽃에서 환생하여 황후가 된다.

심청은 아버지를 찾기 위해 전국에 있는 맹인들을 초청해 잔치를 베풀고, 소문을 듣고 찾아온 심 봉사는 청이를 만나 반가움에 눈을 번쩍 뜨게 된다. 부녀는 부둥켜안고 기쁨의 눈물을 흘린다. 그 뒤로 나라는 태평성대하였고, 심 황후의 어진 이름은 후세에 길이 전해졌다고 한다.

작자 미상

39. 하늘도 감동한 효녀 이야기 《심청전》

작품 이해 _조선 시대/판소리계 소설

아버지를 위해 바다에 몸을 던진 효녀 이야기

《심청전》은 작가와 연대가 알려지지 않은 조선 시대 소설입니다. 이 작품은 민족 전래 설화를 바탕으로 거기에 이야기가 덧붙여지거나 변형되어 판소리가 되었다가, 그것이 고전소설로 쓰인 것입니다. 이와 같은 소설은 판소리계 소설이라 하여 가창하기에 알맞은 4·4조의 운문체(운율이 있는 글)로 되어 있는 것이 특징입니다.

전반부에는 현실 세계를 중심으로 이야기가 펼쳐지지만 후반부에는 환상적인 초월적 공간이 나옵니다. 그 전환점이

규장각에 보관된 《심청전》

되는 것은 심청이 인당수로 투신하는 장면인데, 이는 죽음이라는 통과의례적 성격을 지니고 있습니다. 즉, 심청은 숭고한 행위에 대한 보상을 받음으로써 고귀한 신분으로 탈바꿈하는 것입니다.

이 소설에는 가난하고 미천한 사람도 덕을 쌓으면 고귀한 신분에 오를 수 있다고 믿는 서민들의 신분 상승 욕구가 잘 반영되어 있습니다.

작품을 이해하기 위한 핵심 정리

배경과 주제 알아보기

이 작품은 효(孝)를 중시하던 조선 시대를 시간적 배경으로 하며, 공간적 배경이 황해도 황주에서 용궁, 황성으로 바뀌어 가며 주요 사건이 전개됩니다. 여러 사람이 오랜 기간에 걸쳐 창작한 적층 문학이기 때문에 이본마다 이야

현대의 판소리 공연 모습

기에 약간씩 차이가 있으며 유교 · 불교 · 도교 · 민간 신앙 등 여러 사상이 융합되어 나타납니다.

요즘처럼 효를 잊고 살아가는 세상에서 이 소설은 진정한 효도가 무엇인지 깨닫게 해 주며 성찰하게 합니다. 유교 사상을 국가의 근본 사상으로 삼은 조선 시대에는 효를 더욱 중요하게 생각했고, 그러한 가치관들이 소설 속에 잘 나타나 있습니다.

어머니를 잃고 눈먼 아버지와 사는 어린 소녀가 품팔이를 하고 구걸을 하면서도 꿋꿋하게 살아가는 모습은 경제적으로 궁핍했던 당시 민중들의 일상을 담은 것입니다. 또한 힘겨운 삶을 견디며 열심히 살다 보면 심청이 같이 경제적 풍요와 신분 상승을 이뤄 낼 수 있을 것이라는 민중들의 꿈이 투영된 작품이기도 합니다.

인물 알아보기

심청이는 원래 선녀였으나 천명을 어긴 죄로 심 봉사의 딸로 태어나, 아버지를 위해 스스로 제물이 되어 인당수에 몸을 던지는 효녀입니다. 이후에 왕후가 되어 아버지를 만나고 싶은 마음에 맹인 잔치를 열어 거지가 되어 나타난 아버지를 만나게 됩니다.

심학규는 심청의 아버지로 전생에 천명을 어긴 죄로 눈이 멀고 가난에 시달립니다. 심청이와 헤어진 후 갖은 고생을 하다가 심청이를 다시 만나게 되자 너무 반가운 나머지 눈을 번쩍 뜨고 심청이의 효도를 받으며 행복하게 삽니다.

빼덕어미는 심청을 인당수로 떠나보내고 홀로 남은 심 봉사에게 접근해 재물을 갈취한 후 도망가는 인물입니다. 욕심이 많고 거짓말을 잘하는 세속적인 인물로 심 봉사의 어리석은 모습을 더욱 강조하는 역할을 합니다.

곽씨 부인은 심청의 어머니로 심청을 낳은 지 7일 만에 죽은 뒤 옥진 부인이 되어 용궁에서 살다가 딸 심청과 재회합니다.

💬 **소설의 기본 구조인 갈등이 심청전에는 왜 보이지 않나요?**

고전소설에 반드시 나오는 선과 악의 대립이 이 작품에서는 보이지 않습니다. 주동 인물과 반동 인물의 갈등 대신 구걸할 정도로 궁핍한 현실과 그것을 극복하는 과정을 보여 줌으로써 독자의 눈물샘을 자극합니다. 즉 심청이와 대립하는 인물이 나오는 대신 심청이가 현실을 어떻게 극복하는지에 초점을 맞추고 있습니다. 이 이야기는 당시 민중들의 꿈을 심청이를 통해 실현시킴으로써 어려운 생활을 하던 사람들의 대리 만족 욕구를 충족시켜 주고 있다고 할 수 있습니다.

💬 **심청이가 깊은 바닷물에 빠졌을 때 아버지의 심정은 어땠을까요?**

당시에는 효녀 이야기를 담은 '효녀 지은 설화'나 사람의 몸을 제물로 바치는 '거타지 설화' 등이 있었습니다. 지금보다는 그러한 이야기가 더 자연스러웠겠지만 그래도 하나뿐인 딸을 자신의 욕심 때문에 잃게 된 아버지의 심정은 참담했을 것입니다. 다시는 딸을 만날 수 없다는 절망감, 헛된 약속 때문에 딸을 죽게 했다는 자책에 날마다 괴로운 마음이었을 겁니다. 심청이를 다시 만났을 때 눈을 뜬 것만 봐도 그동안 얼마나 딸을 그리워했는지 잘 알 수 있습니다.

1 부모님에게 효도한 경험이 있나요? 그때 어떤 마음이 들었나요?

....

....

....

2 일이 잘 안 풀릴 때 여러분은 어떻게 해결하나요?

....

....

....

3 심청이가 정말 효녀라고 생각하나요? 그렇다면, 혹은 그렇지 않다면 그 이 유는 무엇인가요?

....

....

....

한 번 더 생각하기

1. 내가 심청이었다면 물에 빠지지 않고 어떤 방법으로 효도를 했을까요?

....

....

....

2. 심청이처럼 고통을 겪을 때 누군가와 상의하지 않고 혼자 결정한 적이 있나요?

....

....

....

3. 최근 효와 관련된 일화 중에 생각나는 일이 있으면 써 보세요.

....

....

....

4

욕심이 부른 죽음의 위기

토끼전

🍵줄거리 남해에 사는 용왕이 병이 나서 날로 위중해지자 육지에 사는 이름난 도사를 불러 살 방법을 구하니, 그가 내린 처방이란 것이 토끼의 생간을 먹으라는 것이었다. 이에 용왕이 신하들을 모아 놓고 토끼를 잡아 올 자를 고르는데 서로 다투던 끝에 자라가 자원하여 가게 된다.

화공들이 그려 준 토끼 화상을 가지고 육지로 나간 자라는 토끼를 만나 수궁 자랑을 늘어놓으며 같이 가자고 한다. 결국 자라에게 속아 물속으로 들어간 토끼는 엄청나게 화려한 수궁 모습에 황홀해 한다. 하지만 곧 용왕이 간을 내놓으라고 하자 그제야 속은 줄 알고 꾀를 내어, 만나는 사람마다 간을 달라고 하도 보채기에 간을 꺼내어 높은 봉우리에 두고 왔노라고 둘러댄다. 용왕이 그 말에 속아 자라에게 다시 토끼를 데리고 육지에 가서 간을 찾아오라고 명령한다.

환대를 받고 수궁을 나온 토끼는 육지에 도착하자마자 어떻게 간을 꺼내 놓고 다니느냐며 자라를 조롱하고는 숲속으로 사라져 버린다. 자라는 토끼에게 속은 것을 탄식하며 용왕 볼 면목이 없어 용궁으로 돌아가는 것을 포기하고, 용왕은 자신의 욕심과 어리석음을 뉘우치고 병이 들어 죽고 만다.

한편 수궁에서 겨우 도망쳐 나온 토끼는 다시 독수리에게 잡혀 위기에 처하지만 다시 꾀를 낸다. 토끼가 수궁에서 살아 돌아온 것을 아는 독수리는 속지 않으려 한다. 하지만 토끼는 용궁에서 가져온 의사(意思) 주머니가 자손한테까지 전할 보배로운 물건인데, 자기에게는 이제 소용이 없으니 독수리더러 가지라고 말한다. 독수리는 의심이 갔지만 지혜가 담겨 있다는 그 주머니를 한번 보자며 바위 아래로 토끼를 데리고 간다. 토끼가 독수리에게 자신을 움켜쥔 발의 힘을 조금만 빼 달라고 부탁하자 독수리는 그렇게 해 주었고, 그 순간 토끼는 "요것이 의사 주머니지"라고 말하며 숲속으로 사라졌다.

작자 미상

40. 욕심이 부른 죽음의 위기 《토끼전》

작품 이해 _연대 미상/판소리계 소설

헛된 욕심을 경계하는 우화소설

이 작품은 작가, 연대 미상의 고전소설로 동물을 의인화한 우화 소설이자 판소리로도 불린 판소리계 소설입니다. 〈구토지설〉을 근원 설화로 하는데 〈수궁가〉로 불리다가 소설로 정착되었습니다. 당대 지배층에 대한 서민들의 야유와 비판 의식을 담고 있는데, 동물을 주인공으로 한 우의적 기법과 풍자와 해학을

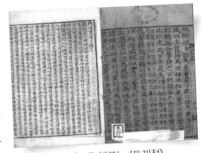

《별주부전》이라고도 부르는 《토끼전》

통한 형상화가 읽는 이에게 재미와 즐거움을 선사해 줍니다. 약자를 괴롭히는 강자 즉, 용왕과 독수리가 토끼의 꾀에 넘어가는 어리석은 모습을 보여 주면서 해학성이 더 증폭되는 효과가 있습니다.

지배층에 대한 직접적인 비판과 도전으로 인한 위험을 완화시키는 장치로써 우화적 기법이 사용되었는데, 이 기법은 서민들의 불만을 드러내고 지배 관료 계층의 무능과 부패를 풍자하는 좋은 수단이 되었습니다.

작품을 이해하기 위한 핵심 정리

배경과 주제 알아보기

옛날 옛적에 용궁과 육지에서 일어난 일로 시간적 순서에 따라 사건을 서술하고 있습니다. 동물을 의인화한 전형적인 우화적 수법으로 인간 사회를 풍자하며 당시 지배층의 비리나 부정부패 등을 간접적으로 드러냈습니다.

분수에 맞지 않게 욕심을 부리다가 죽을 뻔한 토끼(백성), 임금의 명령이라면 무조건 따르는 자라(신하), 자신의 병을 치료하기 위해 다른 사람의 생명을 아무렇지도 않게 희생시키려는 용왕(임금)의 모습은 당시 모습을 풍자한 것이라고 할 수 있습니다. 이 소설을 통해 당시 집권 세력의 무능함이 어느 정도였는지 알 수 있습니다. 현대를 살아가는 우리들도 이를 교훈 삼아 어떤 삶을 살아야 하는지 생각해 볼 수 있을 것입니다.

인물 알아보기

토끼는 꾀가 많고 말주변이 좋지만 명예욕이 강하고 욕심도 많습니다. 지배자의 횡포로부터 자신을 보호하려는 서민층을 상징하기도 합니다.

자라는 용왕의 신하로서 왕에 대한 맹목적인 충성심을 가진 인물입니다. 사물의 이치를 살펴 판단하기보다 자기의 목적 달성에만 급급하여 처음에는 토끼를 속였으나 나중에는 오히려 토끼에게 속고 맙니다.

용왕은 자신의 병을 고치기 위해 수단과 방법을 가리지 않는 인물입니다. 탐욕이 지나쳐 토끼의 꾀에 넘어가고 마는데, 이런 행동은 무능하고 부패한 지배층의 행태를 상징한다고 할 수 있습니다.

40. 욕심이 부른 죽음의 위기 《토끼전》

● 왜 동물들을 주인공으로 등장시켰을까요?

　17, 18세기는 지배층의 부패와 무능함에 대한 서민들의
사회적 불만이 쌓여 가고 있던 때였습니다. 술과 여
자를 탐하다가 병이 난 용왕과 다툼을 일삼는 신하
들이 등장하는 수궁 세계는 당시 위정자들과 현실
사회를 풍자한 것입니다.

　판소리계 소설의 작자가 서민 대중인 것을 생각할 때 서민층은 사회적 약
자라는 제약 속에서 소극적인 방법으로밖에는 대응할 수 없었습니다. 따라
서 지배층의 부도덕함을 동물에 비유해 지배 계층을 야유하고 폭로하면서
해학을 통해 현실적 욕구 불만을 해소한 것으로 보입니다.

● 자라는 충성스러운 신하였을까요?

　바다에 살면서 육지로 나간다는 건 매우 위험한 일입니다. 그런데 자라는
스스로 나서 목숨을 걸고 토끼의 간을 찾으러 갑니다. 자라는 이렇게 자신이
모시는 용왕의 명령에 무조건적인 충성심을 보이지만, 토끼에게서 간을 얻
지 못하자 수궁으로 돌아가는 것을 포기해 버립니다.

　우직하며 충성을 다하는 것처럼 보이는 자라는 사실 부귀영화를 바라며
임금에게 아부하는 관료 계급을 상징합니다. 정말로 자라가 충성심이 강한
신하였다면 목숨이 위태로울지라도 임금에게 옳은 말을 하고 남의 목숨을
빼앗는 의롭지 못한 일에 강하게 반대했을 것입니다.

1 이 작품을 통해 여러분은 어떤 교훈을 얻었나요?

....

....

....

2 왜 하필 토끼의 '간'이었을까요? 여러분의 생각을 써 보세요.

....

....

....

3 토끼를 놓친 자라의 속마음은 어땠을까요? 이야기로 만들어 재밌게 표현해 보세요.

....

....

....

한 번 더 생각하기

1. 내가 용왕이었다면 어떻게 했을까요? 그리고 그 이유는 무엇인가요?

....

....

....

2. 우화소설 중에 인상 깊게 읽은 다른 작품이 있나요? 그렇다면 그 이유는 무엇인가요?

....

....

....

3. 《토끼전》을 뉴스 기사의 헤드라인으로 뽑는다면 어떤 제목으로 하면 좋을지 생각해 보세요.

....

....

....

예시 답안

1. 〈눈사람 속의 검은 항아리〉

※ 통합 사고력 문제

1. 지금까지 지내오면서 자신과 세상에 대해 새로운 사실을 알려 준 가장 충격적인 경험은 무엇인지 말해 보세요.

예시 답_ ① 동생이 태어났을 때입니다. 부모님이 가장 사랑하는 대상이 이제 나뿐만이 아니고, 사랑을 나누어 가져야 한다는 사실에 힘들었습니다. ② 부모님이 뭐든지 가장 잘하고 최고가 아니라는 사실을 알았을 때입니다. 엄마 아빠는 세상에서 가장 힘이 세고 뭐든지 안다고 생각했는데, 우리 사회에는 다양한 사람들이 살고 있고 각자 다른 장점이 있음을 알고 충격을 받았습니다.

2. 10년 후, 지금 살고 있는 집이 없어지고 그 자리에 큰 공장이 들어서 있는 모습을 보게 된다면 어떤 느낌이 들지 말해 보세요.

예시 답_ 만약 현재의 흔적을 찾을 수 없는 10년 후 그 자리에 서게 된다면, 나는 마치 현재 함께 노는 친구들이나 학교를 오가는 길, 자주 드나드는 피시방 등에 대한 기억이 사라진 것 같은 느낌을 받을 것 같습니다.

3. 우리 사회는 거의 모든 분야에서 세계 어느 곳보다 빠른 속도로 변화해 왔습니다. 이 작품의 주인공은 이런 빠른 변화에 곤혹스러워합니다. 이러한 변화가 바람직한지, 아니면 속도를 좀 줄여야 할 필요가 있는지에 대해 각자 자기 생각을 말해 보세요.

예시 답_ 생활을 좀 더 풍요롭게 하고 편리하게 해 주기 때문에 사회를 발전시키는 변화는 좋은 일입니다. 그러나 너무 빨리 변해서 우리 개개인의 소중한 인간적 가치들을 잃어버리게 된다면 변화의 속도를 조금 조절할 필요가 있다고 생각합니다. 결국, 사회 발전도 우리 개개인의 행복을 위한 것이기 때문입니다.

※ 한 번 더 생각하기

1. 세상의 주인공이 되어야만 가치 있는 존재가 되는 것은 아닙니다. 그렇다면 나는 어떤 존재로서 나의 가치를 내세울 수 있는지 써 보세요.

예시 답_ 사람들이 모두 세상의 주인공이 되려

고만 한다면 세상은 온통 싸움터로 변할 거예요. 내가 주인공이 되어야 한다는 생각은 욕심입니다. 세상에 꼭 필요한 사람이 되는 것만으로도 나의 가치는 충분히 실현할 수 있다고 생각합니다.

2. 주인공처럼 실수하고 그 일을 감추려고 한 적이 한 번쯤은 있겠지요? 그 결과가 어땠는지 써 보세요.

예시 답_ 엄마의 화장품을 깨고 혼이 날까 봐 몰래 종량제 봉투에 담아 버렸습니다. 그 화장품을 찾던 엄마가 내게 물어봤지만 나는 끝까지 잡아뗐고 일주일이 지나서야 바른대로 실토했습니다. 그동안 거짓말을 해야 했던 것이 너무 괴로웠기에 속이 후련했지만 혼날까 봐 걱정되기도 했습니다. 그러나 엄마는 혼을 내기는커녕 사실대로 말해 줘서 고맙다고 하며 다음부터는 잘못해도 거짓말하지 말고 솔직히 말해 달라고 했습니다. 혼이 날 거라는 예상과는 전혀 다른 엄마의 말에 왠지 모르게 부끄러웠습니다.

3. '김치 항아리 사건'이 있었던 날의 일기를 주인공 '나'의 입장이 되어서 써 보세요.

예시 답_ 오늘 새벽에 욕쟁이 할머니네 김치 항아리를 깨트렸다. 실수였다. 그러나 욕쟁이 할머니와 엄마에게 꾸지람을 들을 게 뻔해 온종일 집 밖을 돌아다녔다. 그런데 내가 대문을 열고 집에 들어서는데도 나를 야단치는 사람이 아무도 없었다. 오히려 욕쟁이 할머니와 어머니는 무슨 얘기를 하시는지 깔깔 웃고 계셨다. 가족들과 이웃들은 나에게 별로 관심이 없나 보다. 들키지도 않고, 욕도 먹지 않았는데 슬퍼지는 것은 왜일까? 차라리 어른들한테 야단맞고 따끔하게 잔소리 듣는 것이 더 마음 편할 것 같다. 나는 다시 집을 나와 무작정 걷기 시작했다.

2. 《봄바람》

※ 통합 사고력 문제

1. 주인공이 은주와의 사랑에 성공하지 못한 이유는 무엇이라고 생각하나요? 자기 관점에서 분석해 보세요.

예시 답_ 주인공은 사랑을 표현하는 데 소극적

인 은주의 성향을 잘 몰랐으며, 시간을 가지고 기다릴 줄도 몰랐기 때문입니다. 무엇보다 서울에서 온 여자아이를 마음에 둔 것이 사랑에 실패한 가장 큰 원인이라고 생각합니다.

2. 대부분의 젊은이는 봄이 되면 섬을 떠나려 하는데 꽃치는 오히려 섬으로 들어옵니다. 삶의 거처에 대한 생각은 각자 다를 수 있습니다. 이 작품과 관련하여 섬에 살면 좋은 점을 자신의 입장에서 서술해 보세요.

예시 답_ 도시에서 사는 나는 바다로 가고 싶을 때가 많은데, 섬은 사방이 바다여서 좋을 것 같아요. 도시로 나갔다가 죽거나 상처받고 돌아온 작품 속 인물들을 보면 섬은 도시보다 안전하고 인간적인 삶을 살 수 있을 것 같습니다. 게다가 꽃치 같은 낭만적인 방랑자가 돌아다니는 섬이라면 그를 관찰하고 그와 얘기를 나누는 일만으로도 즐거울 것입니다. 무엇보다 자연 속에 살면서 자연을 온몸으로 느낄 수 있다는 것이 섬에서 살면서 얻을 수 있는 가장 좋은 점이라고 생각합니다.

3. 주인공의 꿈은 목장을 운영하는 것과 바다를 누비는 배의 선원이 되는 것입니다. 이 꿈들을 통해 주인공은 어떤 사람인지 설명해 보세요.

예시 답_ 목장 주인과 선원 모두 많은 사람이 사는 도시와 떨어져 있는 넓은 공간에서 활동하는 사람들이에요. 이런 점을 고려해 볼 때 주인공은 자유롭고 낭만적인 성향을 가진 사람이라 볼 수 있습니다.

※ 한 번 더 생각하기

1. 제목 '봄바람'이 의미하는 것은 무엇인가요?
예시 답_ 봄바람은 겨울에 활동을 멈추고 있던 자연에 새 생명을 불어넣고 잠자고 있던 인간의 본성을 일깨워 더 넓은 곳으로 떠나게끔 만듭니다. 이런 점에서 봄바람은 젊음을 의미한다고 생각합니다.

2. 주인공은 봄이 되면 뭍으로 나가고 싶어 합니다. 그의 성향으로 보아 도시와 섬, 어디에서 사는 것이 더 행복할지 자신의 생각을 말해 보세요.

예시 답_ 주인공의 장래 희망은 목장을 경영하거나 바다를 누비는 선원이 되는 것입니다. 또

그는 꽃치의 방랑 생활을 부러워합니다. 이런 점으로볼 때 그는 자유롭고 낭만적인 성향을 가진 사람이고 따라서 섬에서 사는 것이 더 행복할 것 같습니다. 왜냐하면 그런 성향을 가진 사람이 도시에서 살면 구속을 받는 것 같다고 느낄 수 있고, 각박한 도시 생활로 인해 쉽게 상처받을 수 있기 때문입니다.

3. 꽃치는 섬마을 청년들과는 반대로 봄바람이 불면 섬으로 들어옵니다. 이와 같은 인물을 설정함으로써 작가는 섬에 대한 어떤 상징성을 전하고 있다고 볼 수 있습니다. 꽃치가 항상 꽃을 꽂고 다녀서 생긴 별명이라는 점과 그가 항상 노래를 부르고 다닌다는 점을 근거로 작가가 상징하고자 한 것을 말해 보세요.

예시 답_ 꽃치가 항상 꽂고 다니는 '꽃'과 항상 부르고 다니는 '노래'는 둘 다 아름다움을 상징합니다. 이런 것들과 항상 함께하는 꽃치가 봄마다 섬에 찾아온다는 사실은 섬이야말로 가장 아름다운 곳이라는 의미입니다. 이 작품은 산업화가 진행되고 있는 시대를 시간적 배경으로 하고 있고 산업화된 도시를 비정한 공간으로 그리고 있는데, 이런 점은 이 섬의 아름다움을 더욱 부각시킵니다. 하지만 정작 섬에 사는 젊은이들은 섬이 얼마나 아름다운지 모르고 떠나려고만 합니다. 이러한 설정은 쉽게 이해받지 못하는 꽃치처럼 아름다움도 쉽게 깨달을 수 없는 것임을 강조하기 위함입니다.

3. 〈멀리 간 동무〉

※ 통합 사고력 문제

1. 응칠이가 아버지에게 등록금을 달라고 하면 아버지는 응칠이에게 학교에 가지 말라고 합니다. 이 이야기를 근거로 응칠이가 담임선생님에게 등록금 때문에 야단을 맞으면서도 어려운 집안 형편에 대해 얘기하지 않은 이유를 추리해 보세요.

예시 답_ 담임선생님께 집안 형편을 사실대로 이야기하면 학교에 나오지 말라고 할까 봐 아예 아무 말도 하지 않은 것입니다. 만주로 떠나면서도 책을 챙겨 갈 정도로 응칠이는 공부를 하고 싶어 하는 의지가 강한데, 돈이 없다고 사실대로 말하면 담임선생님이 학교에 나오지 말

라고 할 테고, 그러면 공부를 할 수 없게 될 테니 응칠이는 야단을 맞으면서도 입을 굳게 다물고 있었던 것입니다.

2. 응칠이가 생각이 깊다고 생각하나요, 아니면 답답하다고 생각하나요? 각각 그 이유를 말해 보세요.

예시 답_ ① 응칠이는 속 깊고 인내심이 강하며 의지 또한 강한 사람이라고 생각해요. 집안 사정을 생각해서 아버지에게 학용품을 사 달라고 하지 않고, 담임선생님에게 야단을 맞으면서도 반항하거나 대들지 않고, 만주로 이사를 떠나면서도 책을 챙겨 가는 것을 보면 생각이 깊다는 걸 알 수 있습니다.

② 응칠이에게는 답답한 면도 있습니다. 특히 담임선생님에게 억울한 소리를 들었을 때 그저 참기만 하는 점이 그렇습니다. 때로는 자신의 입장을 조리 있게 말할 줄도 알아야 한다고 생각합니다.

3. 이 작품은 성장소설입니다. 성장소설은 주로 한 인물이 성장하는 과정에서 겪는 충격적인 경험을 다룹니다. 주인공 처지에서 가장 충격적인 경험은 무엇이라고 생각하나요?

예시 답_ 가난 때문에 자신의 가장 소중한 친구가 떠난 것이라고 생각합니다.

※ 한 번 더 생각하기

1. 성실하고 재능도 있는 학생이 가난 때문에 공부할 기회를 놓쳐 좌절하고 있다면 이는 개인과 사회 중 어느 쪽 책임이 더 클까요? 이에 대한 자신의 의견을 써 보세요.

예시 답_ 두 가지로 생각해 볼 수 있습니다. 첫째, 그 학생이 가난한 집에 태어난 것은 개인의 운명입니다. 따라서 그 운명에 도전해 극복하려 할지 따라야 할지는 본인의 의지에 따라 결정해야 합니다. 그가 타고난 운명에 좌절하지 않고 더 노력한다면 가난을 극복하고 자신의 꿈을 이룰 수 있을 것입니다. 둘째, 최선을 다했는데도 가난을 극복할 수 없다면 그것은 사회의 잘못입니다. 사회는 약자도 성공할 수 있는 구조여야 합니다.

2. 이 작품에 나타난 응칠이에 대한 담임선생님의 행동 방식과 말하기의 문제점을 예를 들어 논리적으로 비판해 보세요.

예시 답_ 첫째, 담임선생님은 등록금을 내지 않았다는 이유로 수업 시간에 벌을 주는데 이것은 부당한 행위입니다. 등록금을 내지 않은 것은 벌을 받을 일이 아니며, 벌이라는 수단을 동원해 등록금을 걷으려는 것은 강제적 징수 행위에 해당하기 때문입니다. 둘째, 담임선생님이 응칠이가 다른 곳에 돈을 써 버려서 등록금을 내지 못했다고 말한 것도 문제입니다. 이는 사실 확인도 하지 않고 추측만으로 한 개인을 나쁜 사람으로 단정하는 무책임한 짓이기 때문입니다.

3. 나는 응칠이가 담임선생님에게 등록금을 내지 못해 야단맞고 있을 때 응칠이 대신 그의 집안 형편을 사실대로 말합니다. 이러한 나의 행위를 긍정적인 면과 부정적인 면으로 나누어 설명해 보세요.

예시 답_ 긍정적인 면은 친구의 답답한 사정을 대신 말해 주어 억울함을 호소한 점입니다. 부정적인 면은 친구의 가정 형편을 반 아이들 앞에서 공개적으로 말함으로써 드러내고 싶지 않은 사생활을 당사자의 허락도 없이 드러냈다는 점입니다.

4. 〈일가〉

※ 통합 사고력 문제

1. 이 작품의 배경이 되는 2000년에는 SNS 사용이 지금처럼 활발하지 않았으므로 종이 편지가 그것을 대신했습니다. 좋아하는 이성에게 종이 편지로 마음을 전하는 게 SNS와 어떤 차이가 있는지 설명해 보세요. 또 종이 편지를 쓴 경험이 있다면 어떤 차이를 느꼈는지 써 보세요.

예시 답_ SNS로 내 마음을 전할 때는 말투가 SNS 말투가 되어 심각한 내용도 경쾌하고 가볍게 표현하게 됩니다. 그러나 종이 편지에 쓸 때는 말투도 어법에 맞추게 되고 진지해지며 내 마음을 더 자세히 표현하게 됩니다.

2. 만약 엄마가 자신의 연애편지를 감추고는 돌려주지 않는다면 어떻게 엄마를 설득해 편지를 돌려받을지, 그리고 앞으로 내 자식에게는 어떻게 할지에 대해 여러분의 생각을 써 보세요.

예시 답_ 나라면 다음과 같이 설득할 것입니다. "엄마가 제 연애편지를 먼저 본 것은 나의 교육을 위해 한 일이라고 이해하겠습니다. 그러나 돌려주지 않는 것은 해서는 안 되는 행동이라고 생각해요. 아무리 교육이 중요하고 부모 자식 관계라지만 각자의 인격은 보장해 주어야 하지 않겠어요! 그러니 돌려주세요".

그리고 미래에 나는 자식의 연애편지를 감추지 않을 것은 물론, 본인의 허락 없이 읽지도 않을 것입니다.

3. 나는 다른 사람의 외로움이 내게로 전해지는 느낌을 받으며 어린아이에서 어른으로 성장했다고 생각합니다. 이와 비슷했던 경험이 있다면 써 보고, 왜 이런 현상이 어른이 되어 가는 과정인지도 설명해 보세요.

예시 답_ 초등학교 때 한 친구가 늘 풀이 죽어 있고 말도 잘 하지 않았습니다. 말을 걸어도 작은 목소리로 대답하고 늘 친구도 없이 혼자 다녔어요. 멀리서 바라볼 때 그 애가 참 외롭겠다고 느껴져 마음이 아팠습니다. 다른 사람의 외로움을 느낄 때 어른이 된다는 것은 그것이 자기중심적 사고에서 벗어나 다른 사람 입장에서 그 사람의 고통도 느낄 수 있게 되었음을 뜻하기 때문입니다. 즉 외로움의 공감이란 자기만 생각하는 유아적 단계에서 벗어나 타인의 고통도 이해하는 성인 단계로 들어섰음을 의미합니다.

※ 한 번 더 생각하기

1. 요즘은 부모님 세대만큼 친척과 가깝게 지내지 않습니다. 사촌 형제들과 얼마나 친하게 지내는지, 그리고 그들과의 관계에 얼마나 만족하는지에 대해 써 보세요.

예시 답_ 사촌 형제와 만날 수 있는 자리는 거의 명절 때뿐인 것 같아요. 자주 안 봐서 그런지 만나도 서먹하고 할 이야기도 별로 없습니다. 그래서 만나게 되면 대개 휴대폰이나 컴퓨터로 게임을 하며 따로따로 시간을 보냅니다. 가끔 나이가 비슷한 사촌과 마음속에 담아 두었던 이야기를 하고 싶을 때도 있습니다. 그래서 아버지나 어머니가 사촌들과 친하게 지내는 걸 보면 부럽기도 합니다.

2. 어머니는 아저씨가 집에 오래 머무르자 이를 싫어하며 다른 사정이 생겼을 때 집을 나가 버리는 행동을 취합니다. 어머니의 이러한 행동에 대해 여러분의 생각을 말해 보세요.

예시 답_ 어머니는 나와 아버지에게는 항상 사랑을 베푸는 자애로운 분입니다. 그러나 아저씨를 대하는 태도는 가족을 대하는 것과 너무나 차이가 납니다. 물론 손님을 대접해야 하는 어머니의 고충을 이해 못 하는 것은 아니지만, 가까운 일가친척도 아닌 중국이라는 먼 곳에서 온 친척임을 생각한다면 조금 지나친 태도라고 생각됩니다. 역사 시간에도 배웠듯 그들에게는 더 많은 배려심이 필요하다고 생각합니다.

3. 나는 아저씨가 떠나고 1년이 지난 후 그를 생각하며 눈물을 흘립니다. 눈물을 흘린 이유를 생각하며 아저씨에게 보내는 편지를 간단하게 써 보세요.

예시 답_ 아저씨께서 저희 집에 머무실 때는 아저씨의 처지에 대해 잘 몰랐습니다. 하지만 아저씨가 떠난 후 학교에서 역사 시간에 일제강점기에 대해 배우고 나서 아저씨가 처한 상황에 대해 조금이나마 이해할 수 있게 되었습니다. 아저씨의 아버님 되시는 분이 일제강점기에 중국으로 이주하는 바람에 아저씨도 그곳에서 힘들게 사셨다는 것을 이제야 알게 된 것입니다. 그분들이 고생을 많이 하셨다고 선생님께서 말씀하셨습니다. 이제 가끔 아저씨를 생각하며 안부 편지를 쓰겠습니다. 건강하십시오.

5. 〈하늘은 맑건만〉

※ 통합 사고력 문제

1. 물건을 사고 난 후 더 많은 거스름돈을 받은 적이 있나요? 그때 자신이 한 행동과 심리를 자세히 묘사해 보세요.

예시 답_ 동네 슈퍼에서 물건을 산 후 집으로 오는 길에 거스름돈을 꺼내 보니 만 원짜리 지폐가 한 장 더 들어 있었습니다. 그 순간 그동안 사려고 마음먹었던 것이 떠올랐고, 돈을 돌려줘야 한다는 생각과 사고 싶은 물건 사이에서 잠시 고민을 하다가 돌려주지 않고 그냥 집으로 오고 말았습니다. 그 후 그 슈퍼 앞을 지날 때마다 양심이 찔려 그 슈퍼에는 못 가고 멀리 떨어진 슈퍼까지 다니느라 힘들었습니다.

2. 이 작품을 읽고 난 후 죄에 대한 벌은 무엇이라고 생각하게 되었나요?

예시 답_ 죄에 대한 벌은 법적인 형벌만 있는 것이 아니라, 양심의 가책으로 인한 고통도 큰 벌이라는 것을 알게 되었습니다.

3. 이 작품을 참고하여 인간 본성의 긍정적인 면과 부정적인 면을 말해 보세요.

예시 답_ 인간은 순간적으로 범죄의 유혹에 빠질 수 있는 약한 의지력을 지닌 존재입니다. 이것은 부정적인 면이라고 할 수 있습니다. 그러나 동시에 인간은 양심의 가책을 느끼고 자신의 행동을 반성합니다. 이 점이 바로 인간의 본성이 갖는 긍정적인 면입니다.

※ 한 번 더 생각하기

1. 이 작품의 제목인 '하늘은 맑건만'을 넣어 작가가 전하려 한 주제를 한 문장으로 표현해 보세요.

예시 답_ 하늘은 맑건만 양심이 흐린 나는 이 맑은 하늘을 쳐다볼 수가 없구나.

2. 문기와 수만 중 누가 더 부도덕한 인물인지 말해 보고 그 이유를 제시해 보세요.

예시 답_ 두 사람 다 나쁜 짓을 했지만 문기는 곧 잘못을 뉘우쳤습니다. 그러나 수만이는 자신의 잘못을 뉘우치긴커녕 친구의 약점을 이용해 더 나쁜 짓을 하게 했습니다. 이런 점 때문에 수만이가 더 부도덕한 인물이라 할 수 있습니다.

3. 이 작품을 읽고 도덕은 무엇인지, 또는 도덕은 왜 필요한 것인지에 대해 여러분의 생각을 써 보세요.

예시 답_ 나는 이 작품을 읽고 그동안 막연하게만 생각했던 도덕에 대해 분명하게 알 수 있게 되었습니다. 도덕은 책에서나 쓰는 말인 줄만 알고 있었는데, 이 이야기를 읽고 사람이 도덕을 어기게 되면 스스로 고통을 당하게 된다는 것을 알게 되었습니다. 도덕은 누가 시키기 전에 자기 자신이 행복해지기 위해 꼭 지켜야 할 양심입니다.

6. 〈눈길〉

※ 통합 사고력 문제

1. 이 작품에서 어머니에 대한 빚은 어머니의 은혜를 갚는 것을 의미합니다. 나는 어머니에게 받은 것이 없기 때문에 어머니에게 갚을 것도 없다고 생각합니다. 이러한 생각에 대해 비판해 보세요.

예시 답_ 자식이 부모의 은혜를 갚는다는 것은 '받은 만큼 준다'는 식으로 계산해서는 안 됩니다. 부모라는 이유만으로도 자식은 부모의 은혜에 보답해야 하기 때문입니다. 또한, 눈에 보이는 물질적인 것만을 은혜로 생각하는 사고방식도 잘못된 것입니다. 부모의 사랑은 물질적인 것으로는 잴 수 없는 정신적인 부분이 더 크기 때문입니다.

2. 내가 서울로 돌아간 후 고향에서 깨달은 것을 어머니에게 편지로 써 보내려 합니다. 그 내용을 글로 표현해 보세요.

예시 답_ 어머니, 이번에 고향에 내려가서 새롭게 깨달은 사실이 있습니다. 사실 그동안 어머니에게 별로 도움받은 것이 없다고 생각하고 서운한 나머지 어머니 뒷바라지에 적극적이지 않았습니다. 서울로 올라오기 전날 밤 집사람과 어머니께서 나눈 이야기를 저는 자지 않고 듣고 있었습니다. 특히 어렸을 때 저를 버스터미널까지 바래다주시고 혼자 집으로 돌아가셨던 눈길 이야기 말입니다. 눈길에 찍힌 제 발자국을 일일이 되짚고 가셨다는 말을 듣고 비로소 저는 어머니의 깊은 사랑을 깨달았습니다.

3. 부모님께 서운하게 생각했던 것이 나중에 알고 보니 부모님의 깊은 사랑이었음을 깨닫게 된 경험이 있다면 글로 써 보세요.

예시 답_ 학교에서 친구와 싸운 일을 두고 부모님이 시시비비를 가리시더니 내가 잘못했다고 하시며 혼을 내셨습니다. 부모님이 내 편을 들어 주지 않아서 무척 서운했는데, 나중에 옳고 그름을 가리는 법을 제때 배우지 못하면 어른이 되어 사회에 나가 큰 잘못을 저지르게 된다고 말씀하시며 서운한 마음을 풀라고 위로해 주셨습니다. 그때 부모님이 나를 공정하고 바른 사람으로 키우기 위해 그렇게 하셨다는 것을 알고 부모님의 큰 사랑을 느꼈습니다.

※ 한 번 더 생각하기

1. 나는 어머니에게 빚이 없다는 생각을 자신에게 끊임없이 주입시킵니다. 이러한 나의 모습을 심리적 측면에서 설명해 보세요.

예시 답_ 자신에게 강박적으로 '나는 어머니에게 빚이 없다'라고 생각하는 것은 반대로 '빚이 있다'라는 생각을 드러내는 행위라 볼 수 있습니다. 따라서 그것을 감추기 위해 자신에게 계속 빚이 없다는 생각을 주입하는 것입니다.

2. 내가 어머니에게 빚이 없다고 생각하는 이유는 무엇일까요? 산업화와 효율성과 연관 지어 설명해 보세요.

예시 답_ 이 작품의 배경이 되는 1970년대는 산업화가 이루어지던 시기로 효율성을 최고의 가치로 생각하던 시대였습니다. 나 역시 이러한 사고방식에 영향을 받아 어머니에게도 받은 만큼만 되돌려 드리면 된다고 생각했던 것입니다.

3. 이 작품을 통해 자식에 대한 부모의 사랑과 부모에 대한 자식의 사랑에 대해 느낀 점을 말해 보세요.

예시 답_ 자식에 대한 부모의 사랑은 조건이 없이 무한정 베푸는 사랑이며, 부모에 대한 자식의 사랑은 조건을 따지는 사랑인 것 같습니다.

7. 〈소를 줍다〉

※ 통합 사고력 문제

1. 동네 사람들은 아버지를 융통성 없고 답답한 사람이라고 말합니다. 이에 대한 여러분의 생각과 그 이유를 써 보세요.

예시 답_ 나 역시 작품 속의 아버지가 융통성이 없다고 생각합니다. 특히 홍수에 떠내려가던 소를 주워 온 것을 가지고 호통을 치며 도로 제자리에 갖다 놓으라고 한 것에는 동의할 수 없습니다. 주인이 있는 소니 남의 것에 손대지 말라는 아버지의 뜻은 이해할 수 있지만, 만약 그때 떠내려가는 것을 건져내지 않았다면 그 소는 죽었을 수도 있으니까요. 따라서 생명을 구한 자식에게 일단 칭찬을 해 주는 것이 먼저라고 생각합니다. 남의 물건을 소중하게 여기는 것도 중요하지만 자기 자식을 따뜻하게 대하는 것도

중요하니까요.

2. 아버지는 형이 데리고 온 소를 '내력 없는 손자'라고 말합니다. 이 말에 담긴 소에 대한 아버지의 태도는 무엇일까요?

예시 답_ 아버지는 결혼도 안 한 형이 데리고 온 소를 손자로 받아들입니다. 이런 태도에서 아버지가 소를 짐승이 아닌 가족으로 생각하고 있음을 알 수 있습니다.

3. 나는 위험을 무릅쓰고 홍수에 떠내려가던 남의 집 소를 구해 집으로 데려옵니다. 소를 구한 대가를 받아 가난한 집에 보탬이 되게 하려 했던 것입니다. 그러나 아버지는 이런 나의 행동에 오히려 호통을 치며 소를 다시 제자리에 갖다 놓으라고 합니다. 이런 상황에서 호통을 친 아버지의 행동에 대해 평가해 보세요.

예시 답_ 나의 기특한 생각에도 불구하고 호통을 친 아버지의 행동은 조금 야박하게 느껴집니다. 하지만 소를 잃은 주인의 마음을 헤아리지 않고 남의 것을 함부로 가지려 한 것은 나쁜 행동임을 가르치려는 아버지의 깊은 뜻을 생각하면 아버지의 꾸짖음 또한 마땅한 것이라 할 수 있습니다.

※ 한 번 더 생각하기

1. 인도에서는 소를 숭배의 대상으로 생각하는가 하면, 우리나라 농촌에서는 소를 가족 구성원으로 생각하기도 합니다. 이 작품을 통해 우리가 소를 가족으로 생각하게 된 이유를 추리해 보세요.

예시 답_ 가족이란 함께 생활하며 함께 노동하는 공동체입니다. 이 작품에서 소는 오랜 시간 함께 지내며 특히 주인과 함께 많은 일을 합니다. 소 한 마리 값은 생활비는 물론 자식의 학비에도 유용하게 사용되었기 때문에 가족으로 생각했던 것 같습니다.

2. 나는 주운 소를 내 것이라고 생각하고 아버지는 원래 주인의 것이라고 생각합니다. 이러한 생각의 차이는 어디에서 오는 것일까요?

예시 답_ 나는 주인 없는 소를 단지 짐승으로 보기 때문에 주운 사람이 임자라고 생각하지만, 아버지는 소를 가족의 일원으로 보기 때문에 주인을 찾아 주어야 한다고 생각하는 것입니다.

3. 나의 아버지는 지나치게 꼼꼼하고 융통성 없는 성격으로 주변 사람들에게 부정적으로 평가되기도 하지만 가축 기르기에서만큼은 탁월한 능력을 발휘합니다. 이러한 사례를 통해 어떤 교훈을 얻을 수 있을까요?

예시 답_ 모든 사람은 최소한 한 가지는 특별한 재능을 가지고 태어난다고 생각합니다. 우리는 주변 사람들이 자신의 특이한 행동을 흉보면 그것을 부끄러워하고 감추려고만 하는데, 그것을 좋은 방향으로 발전시킨다면 자신만의 훌륭한 재능으로 키울 수 있을 것입니다.

8. 〈봄봄〉

※ 통합 사고력 문제

1. 억울한 일을 당한 주인공에게 해 주고 싶은 이야기를 써 보세요.

예시 답_ 당하지만 말고 싸워서 네 뜻을 이루기를 바랄게. 점순이가 아버지 편을 들었지만 속으로는 분명히 너를 응원하고 있을 거야. 얼마 지나지 않아서 좋은 소식이 들려오길 바라.

2. 주인공은 장인 봉필이 약속을 지키지 않아 속상합니다. 여러분도 누군가가 약속을 지키지 않아 난처하거나 속상한 적이 있었나요? 그런 경우에 어떻게 했나요?

예시 답_ 형이 게임기를 빌려 가면서 곧 돌려준다고 하고는 돌려주지 않았을 때 화가 났습니다. 하지만 꾹 참고 차분하게 돌려달라고 말했습니다.

3. 작품 속의 장인 봉필처럼 여러분도 지킬 수 없는 약속을 한 경우가 있나요? 약속을 지키지 않은 이유는 무엇이었나요?

예시 답_ ① 성적을 올리겠다고 엄마에게 약속했지만 지킬 수 없었습니다. 나름대로 열심히 공부했는데, 반 친구들이 아무래도 나보다 더 열심히 공부한 것 같았습니다.
② 게임을 끊겠다고 약속했는데 끊을 수가 없었습니다. 재미있는 게임을 끊는 데는 강한 의지가 필요한데, 나에게 의지가 부족했습니다.

※ 한 번 더 생각하기

1. 주인공처럼 간절히 이루고자 하는 소원이 있지만 이루지 못한 일이 있다면 말해 보세요.

힌트_ 공부 열심히 하기, 게임 시간 줄이기 등등.

2. 주인공 나와 점순이가 만약 결혼하게 된다면 그 결혼은 사랑일까요, 아니면 조건을 보고 하는 결혼일까요?

예시 답_ 조건을 가지고 시작했지만 결국에는 서로 사랑하게 될 거라고 생각해요. 점순이가 '일만 하는 병신'이냐고 비난하는 데에는 빨리 결혼하고 싶어 하는 마음이 담겨 있기 때문입니다. 주인공은 점순에 대한 우직한 사랑이 있으므로 두 사람은 사랑하는 마음으로 잘 살 거라 생각합니다.

3. 주인공처럼 누군가로부터 '~하면 ~해 주겠다'는 약속을 경험한 적이 있나요? 있다면 그러한 약속들의 문제점은 무엇인지 이야기해 보세요.

예시 답_ 아빠가 기말시험에서 3등 안에 들면 노트북을 사 주시겠다고 한 적이 있습니다. 하지만 내 성적으로는 아무리 노력해도 3등 안에 들기가 쉽지 않습니다. 또 시험을 잘 보는 것과 노트북을 사 주는 건 아무런 관계가 없고, 오히려 노트북을 사 주시면 공부를 더 열심히 해서 시험을 더 잘 볼 것 같습니다. 그리고 막상 3등 안에 든다 해도 아빠가 약속을 지킬지 확실하지 않습니다. 이런 약속들의 문제점은 내가 조건을 충족해도 상대방이 약속을 이행할지 보장할 수 없다는 것입니다.

9. 〈사랑손님과 어머니〉

※ 통합 사고력 문제

1. 이 이야기에서 가장 인상 깊었던 부분과 그 이유를 말해 보세요.

예시 답_ 어머니가 아버지가 돌아가신 후 한 번도 타지 않던 풍금을 타는 부분입니다. 이 부분을 보고 어머니의 마음속에서 다시 사랑이 시작되었음을 알 수 있었습니다.

2. 여러분이 작가라면 '끝나고 난 뒤의 이야기'를 어떻게 전개할지 써 보세요.

예시 답_ 사랑손님이 다시 찾아와 어머니에게 사랑한다고 고백합니다. 그의 진심에 감동한 어머니는 재혼을 결심합니다. 그리고 주변 시선에 아랑곳하지 않고 행복한 가정을 이룹니다.

3. 여러분도 사회적 관습 때문에 곤란했던 적이 있었나요?

예시 답_ ① 어릴 때 장난감 자동차를 가지고 놀았을 때 할아버지께서 여자아이가 인형을 갖고 놀아야지 웬 자동차냐고 하신 적이 있습니다. ② 요리에 관심이 많아 엄마가 밥 차리는 것을 돕는다고 했더니 나이 드신 친척뿐 아니라 또래 친구들까지도 남자아이가 왜 부엌에서 얼쩡거리느냐고 놀려 당황스러웠습니다.

※ 한 번 더 생각하기

1. 〈사랑손님과 어머니〉는 여성의 재혼이 부정적으로 인식되었던 시절의 이야기입니다. 지금은 사람들의 인식이 많이 변화하여 여성의 재혼을 부정적으로 보지 않습니다. 이처럼 그때는 맞았지만 지금은 틀린 불필요한 관습이 있다면 어떤 것이 있을까요?

예시 답_ 여성과 남성의 차별이 대표적인 경우입니다. 우리나라에는 아직도 여성과 남성에 대한 차별 대우가 존재하는데, 하루빨리 사라져야 한다고 생각합니다.

2. 작품 속 어머니의 선택을 찬성하는지 반대하는지 여러분의 의견을 말해 보세요.

예시 답_ ① 어머니는 사회적 통념 때문에 사랑을 포기합니다. 당장 마음이 아프더라도 사회에 순응해서 살 수밖에 없기 때문입니다. 아이를 키우는 처지에서 주변 평판을 신경 쓰지 않고 살아갈 수는 없었을 것입니다. 그러므로 사랑을 포기한 어머니의 선택을 찬성합니다. ② 사람들이 남의 말 하는 것을 좋아한다고 하지만 그들이 인생을 대신 살아 주는 것도 아니고 어떤 소문도 그리 오래 가지 않습니다. 남편이 세상을 떠나고 다시 찾아온 사랑인데, 다른 사람들의 시선 때문에 포기한다는 것은 어리석은 선택이라고 생각합니다. 그래서 어머니의 선택에 반대합니다.

3. 여러분은 어머니의 헌신적인 사랑을 느껴 본 적이 있나요? 그런 경험이 있다면 말해 보세요.

예시 답_ 내가 아침에 갑자기 아파서 앓아누운 적이 있는데, 그때 엄마가 회사에 늦게 가겠다고 전화를 하고 나를 병원에 데리고 갔습니다. 당시 엄마 회사에 무척 중요한 일이 있던 시기여서 엄마는 며칠 동안이나 밤늦게까지 그 일을 준비했었습니다. 그런데 나를 데리고 병원에 가느라 준비했던 발표를 다른 사람에게 양보하고도 전혀 아쉬워하지 않으셨습니다. 회사에서 인정받고 승진하는 것보다 내가 더 중요하다고 하시면서 빨리 나으라고 하셨는데, 그때 엄마가 나를 얼마나 사랑하는지 알게 되었습니다.

10. 〈소나기〉

※ 통합 사고력 문제

1. 이야기가 끝나고 난 뒤 소년에게 하고 싶은 이야기가 있으면 해 주세요.

예시 답_ 첫사랑은 이루어지지 않는다는 이야기가 있어. 어떤 이유에서인지는 모르지만 어른들이 그렇게 말하곤 하더라고. 소녀가 하늘나라에 갔다고 아무것도 하지 않고 슬픔에 빠져 있을 만큼 어리석지는 않을 것이라고 믿어. 지금은 마음이 아프겠지만 세월이 지나면 점점 나아질 거야. 그리고 새로운 사랑도 찾아오겠지. 그때는 행복한 사랑을 할 바라.

2. 이야기가 끝나고 난 뒤 소녀에게 하고 싶은 이야기가 있으면 들려주세요.

예시 답_ 네가 하늘나라로 갔다는 이야기를 듣고 너무 슬펐어. 하지만 하늘나라는 아픔도 슬픔도 없겠지? 나는 더 이상 슬퍼하지 않을 거야. 네가 하늘나라에서 즐겁게 살고 있을 거라 믿으니까.

3. 소년이 경험한 이별의 아픔처럼 다른 사람과 이별을 경험한 적이 있나요?

예시 답_ ① 초등학교 때 할머니가 돌아가셔서 마음이 아팠습니다. 할머니는 저를 무척이나 예뻐해 주셨기 때문에 지금도 할머니가 너무나 그립습니다. ② 친했던 친구가 먼 곳으로 전학을 간 적이 있습니다. 그때 마음이 허전해 어찌할 줄 몰랐습니다. 지금도 SNS로 연락을 주고받지만 매일 만나서 이야기할 때가 더 좋았던 것 같습니다.

※ 한 번 더 생각하기

1. 〈소나기〉의 주인공들은 청소년기에 한없이 맑고 순수한 사랑을 합니다. 여러분은 소년기의 이성 교제에 대해 어떻게 생각하나요?

예시 답_ ① 순수한 교제라면 찬성합니다. 서로에게 긍정적인 영향을 주며 착하고 예쁜 사랑을 하는 것은 좋은 일이라고 생각합니다.

② 한국의 교육제도와 사회 분위기에서는 적절하지 않다고 생각합니다. 공부에 집중해야 하는데 이성 교제를 한다니 말도 안 됩니다.

2. 소년의 입장에서 〈소나기〉의 뒷이야기를 상상해 보세요.

예시 답_ 소년은 오늘도 징검다리에 앉아 있다. 소녀가 하던 대로 물을 튕기기도 하고 얼굴을 비춰 보기도 하다가 고개를 들어 주위를 둘러본다. 어디선가 소녀가 지금 자기를 지켜보고 있다가 아무렇지도 않은 듯 튀어나와 자기를 놀릴 것만 같기 때문이다. 그러나 그런 일은 일어나지 않는다.

몇 년이 지나자 이제 소년은 징검다리를 건너지 않는다. 징검다리 위에 다리가 생겼기 때문이다. 다리 위에서 한참 동안 냇가를 바라본다. 물을 튕길 수도 없고 냇가에 비친 자신의 모습도 흐릿하지만 여전히 냇물은 흐르고 있다.

3. 소년과 소녀의 만남을 첫사랑이라고 할 수 있을까요? 누군가를 만나 가슴이 설레었던 경험이 있다면 이야기해 보세요.

예시 답_ 소녀와의 만남은 아주 짧았지만 강렬한 여운을 남긴 것으로 보아 첫사랑이었다고 생각합니다. (이제 각자의 경험에 대해 이야기해 보세요.)

11. 〈꽃신〉

※ 통합 사고력 문제

1. 꽃신장이가 주인공 집안을 멸시하는 태도가 드러나는 부분을 찾아보고 그 이유가 무엇인지 이야기해 보세요.

예시 답_ "내 딸은 백정 집 자식에겐 안 준다!"라는 말에서 주인공 집안을 무시하는 태도를 읽을 수 있습니다. 꽃신장이는 시대가 바뀌어 직업의 귀천에 대한 고정관념이 흐릿해지고 고기 장사가 돈을 더 많이 벌게 된 그때에도 백정은 천한

직업이라는 편견을 버리지 못했던 것입니다.

2. 꽃신장이는 꽃신이 잘 팔리지 않아 괴로워하며 술을 마십니다. 이는 사라져 가는 전통에 대한 아쉬움의 표현이라 할 수 있습니다. 우리가 지키지 않으면 곧 사라질 것들에는 어떤 것들이 있을까요?

예시 답_ 한국적인 것들은 세계화라는 추세 속에서 점차 사라질지도 모릅니다. 안타깝지만 이는 어쩔 수 없는 큰 흐름이라고 생각합니다. 그렇더라도 사라져도 괜찮은 것들과 사라져서는 안 되는 것들에 대해 명확하게 인식해야 합니다. 어른에 대해 공경, 이웃에 대한 배려, 학문에 대한 숭상 등은 반드시 지켜 내야 할 것들입니다. 이에 더해 지금 현재에 대한 기록들도 반드시 지켜 내야 할 것 중 하나임이 틀림없습니다. 기록해 두지 않으면 없어져 버리기 때문입니다. 그래서 일기를 통해서라도 오늘을 기록해 두고 싶습니다. 먼 훗날 지금의 나는 일기 속에 남아 있을 테니까요.

3. 주인공이 당당하게 꽃신장이 집을 찾아가 그 집 딸과 결혼하겠다고 한 이유는 무엇일까요?

예시 답_ 꽃신을 찾는 사람이 없어 꽃신장이의 집안 형편은 어려워졌지만, 이와 대조적으로 고기 장사는 잘돼 자신을 사위로 받아들일 거라 생각했기 때문입니다.

※ 한 번 더 생각하기

1. 젊은 시절의 나는 꽃신장이의 딸을, 꽃신장이는 꽃신을 가장 소중하게 생각했습니다. 여러분이 지금 가장 소중하게 생각하는 것은 무엇인가요? 그 이유도 써 보세요.

힌트_ 각자 꼭 지키고 싶은 대상에 대해 써 보세요.

2. 직업에 귀천이 있다고 생각하나요? 여러분의 생각을 말해 보세요.

예시 답_ 학교에서 직업에는 귀천이 없다고 가르칩니다. 하지만 과연 우리 사회가 진짜로 그럴까요? 높은 보수와 적은 보수, 정신노동과 육체노동, 편한 일과 힘든 일 등 지금도 귀함과 천함을 나누고 있습니다. 그리고 일부 사람들은 차별을 통해 계층을 형성합니다. 하지만 어

떤 일이든 땀 흘려 열심히 하는 것은 신성한 의무이자 기쁨입니다. 일하지 않고도 많은 것을 누리는 사람들이 없었으면 하고, 학교에서 배운 것처럼 정말 직업에 귀천이 없는 사회가 되었으면 좋겠습니다.

3. 이 작품에서 '꽃신 만들기'는 소중하게 지켜야 할 가치지만 돈이 되지 않는 일이라 볼 수 있습니다. 예전의 '꽃신장이' 같은 직업이 현재도 있는지 찾아보세요. 여러분이라면 그런 직업을 선택할지도 함께 이야기해 보세요.

예시 답_ 현재 전통을 지키는 직업으로는 한옥을 짓는 대목장부터 옛 방식으로 쇠로 물건을 만드는 대장장이, 한지를 만드는 장인 등이 있습니다. 이런 일을 내가 정말 좋아하고 그 일을 하면서 행복을 느낀다면 돈을 얼마나 많이 버느냐에 관계없이 그 일을 선택할 것 같습니다.

12. 〈자전거 도둑〉

※ 통합 사고력 문제

1. 수남이는 왜 도시가 아닌 시골을 선택했을까요? 여러분의 생각을 써 보세요.

예시 답_ 수남이는 자신의 잘못을 타일러 주고 올바르게 이끌어 줄 참된 어른이 필요했습니다. 하지만 도시는 돈을 위해서라면 양심도 팔아넘기는 곳입니다. 그래서 수남이는 자신의 잘못을 지적해 주고 도덕적으로 올바른 판단을 내리도록 가르침을 줄 수 있는 진정한 어른이 있는 시골을 선택한 것입니다.

2. 〈자전거 도둑〉을 읽고 '서울은 나쁘고 시골은 좋다'라고 말하는 사람이 있다면 어떤 이야기를 해 줄 수 있을까요?

예시 답_ 작가의 손을 떠난 작품은 독자의 것이라서 독자 마음대로 판단할 수 있다는 말이 있습니다. 하지만 작품을 잘못 이해해선 안 된다고 생각합니다. 수남이는 운이 나쁘게도 서울에서 자기 자신만 아는 부도덕한 어른들을 만났을 뿐입니다. 바르게 사는 삶은 어떻게 사느냐 하는 마음 자세의 문제이며 장소가 어디인지는 문제가 안 됩니다.

3. 여러분도 시골에 가 본 적이 있나요? 시골 하면 떠오르는 느낌이나 생각을 이야기해 보세요.

예시 답_ ① 할아버지 할머니 댁이 시골이기 때문에 시골 하면 항상 푸근한 느낌이 듭니다. 또 서울에서는 볼 수 없는 나무와 곤충도 많고, 논밭도 있어서 재미있고 신기합니다.
② 가족과 친척이 모두 도시에 살아서 특별히 시골에 갈 기회가 없었습니다.

※ 한 번 더 생각하기

1. 수남이는 어른들의 행동에 실망합니다. 여러분도 어른들에게 실망했던 경우가 있었나요? 어른들이 고쳐야 할 점이 있으면 말해 보세요.

예시 답_ 담배를 끊겠다고 약속하고 번번이 어기는 아빠를 보고 실망했습니다. 그렇게 끊기 어려운 건지는 몰라도 약속을 했다면 지켜야 한다고 생각합니다.

2. 수남이는 열여섯 어린 나이에도 일을 합니다. 여러분 나이에는 어떤 일을 할 수 있을까요?

예시 답_ 현실적으로 우리가 돈을 벌기 위해 할 수 있는 일은 많지 않습니다. 학교생활을 충실히 하는 것이 내가 해야 할 일이라고 생각합니다. 나는 학생이니까요.

3. 물질적 가치와 도덕적 가치 중에서 무엇이 더 중요하다고 생각하나요? 그리고 그 이유는 무엇인가요?

예시 답_ ① 물질적 가치가 더 중요하다고 생각합니다. 우리가 살아가는 데 의식주는 없어서는 안 되는 필수적인 요소며, 어떤 고결한 도덕적 가치도 이런 기본적인 조건이 충족되지 않으면 무용지물이기 때문입니다.
② 도덕적 가치입니다. 인간은 혼자 살아갈 수 없으며 공동체를 이루고 생활해야 하는 존재입니다. 그런데 도덕이라는 기준을 무시한다면 사회는 약육강식의 정글과도 같은 곳이 될 것입니다. 따라서 물질적인 풍요로움보다는 도덕적 가치를 지키는 일이 더 중요하다고 생각합니다.

13. 〈돌다리〉

※ 통합 사고력 문제

1. 창섭과 아버지의 갈등은 땅의 가치를 어떻게 보느냐에 따른 것입니다. 창섭은 땅을 어떤 가치로 보며, 아버지는 어떤 가치로 보고 있나

요?

예시 답_ 아버지는 땅을 조상 대대로 살아온 삶의 터전이고 지켜야 할 대상이라고 생각하고, 창섭은 금전적 가치를 위해 사고팔 수 있는 대상으로 봅니다.

2. 〈돌다리〉에서 아버지와 아들의 갈등은 아직 끝난 것이 아닙니다. 이후의 이야기는 어떻게 전개될지 여러분의 생각을 글로 써 보세요.

예시 답_ 자식 이기는 부모 없다는 말이 있듯이 창섭이 다시 찾아와서 간곡히 부탁하자 아버지는 땅을 팔아 병원 이전에 돈을 보탭니다. 하지만 부모님은 도시살이에 적응하지 못하고 매일 고향을 그리워하며 지냅니다. 그런데 팔아 버린 땅 근처에 개발 붐이 일어 땅값이 천정부지로 치솟자 창섭은 땅을 너무 일찍 팔았다며 속상해합니다. 각자 다른 이유로 시골 땅을 팔아 버린 일을 아쉬워하다가 아버지와 아들은 어느 날 서로의 속마음을 이야기합니다. 창섭이는 아버지가 땅 자체가 중요해서가 아니라 그 땅에 가족의 추억과 조상의 얼이 깃들어 있기 때문에 땅을 지키려 했음을 알게 되고, 아버지는 창섭이 돈을 많이 벌어 힘든 농사일로 고생하며 자식을 키운 부모님을 편히 모시고자 하는 마음으로 땅을 팔고자 했음을 알게 됩니다.

3. 여러분도 창섭의 아버지처럼 돈으로 바꿀 수 없을 만큼 아끼는 것이 있나요? 있다면 그 이유를 써 보세요.

예시 답_ 여자친구[남자친구]에게 받은 일기장입니다. 그 친구는 한 달 동안이나 내 생각을 하면서 일기를 쓰고 그림을 그렸으며 일기장을 다 채우자 나에게 선물로 줬습니다. 그 일기장에 여자친구[남자친구]의 마음이 고스란히 담겨 있는 것 같아서 아무리 많은 돈을 준다 해도 팔고 싶지 않습니다.

※ 한 번 더 생각하기

1. 작품 속에서 아버지가 굳게 믿고 있는 돌다리처럼 여러분도 마음속에 굳게 믿고 있거나 신뢰하고 있는 것이 있다면 소개해 보세요. 그리고 그 이유도 덧붙이세요.

예시 답_ ① 나라의 참된 주인은 국민이어야 한

다는 신념이 있습니다. 촛불의 힘이 그것이라 생각합니다.

② 공부라고 생각합니다. 어른들이 말하듯이 나의 미래를 열어 줄 열쇠라고 믿습니다.

2. 아버지는 땅을 지키려 하고 아들은 땅을 팔아서 병원을 확장하려 합니다. 이와 흡사하게 우리 사회에서도 토지의 개발과 보전에 관한 갈등이 끊임없이 일어나고 있습니다. 땅을 개발해야 한다는 정부의 의견과 보전해야 한다는 마을 사람들의 의견이 대립한다면 과연 어떻게 해야 할지 여러분의 의견을 말해 보세요.

예시 답_ ① 개발하자는 정부의 의견에 찬성할 것입니다. 낙후된 지역은 개발되어야 합니다. 이를 통해 생활, 문화, 경제적 발전을 이룩할 수 있기 때문입니다.

② 보전하자는 마을 사람들을 지지할 것입니다. 한번 훼손된 것은 다시는 복원될 수 없고, 복원된다고 하더라도 이전과 같을 수는 없습니다. 무리한 개발 논리만 내세우지 말고 보다 신중한 검토를 바탕으로 보전해야 할 것은 보전해야 한다고 생각합니다.

3. 도시에 사는 사람은 농촌에 대해, 농촌에 사는 사람은 도시에 대해 떠오르는 생각들을 써 보세요. 그리고 이런 생각을 친구들과 나눠 보세요.

예시 답_ ① 도시는 온갖 지역에서 모여든 사람들로 항상 바쁘고 시끄럽습니다. 출퇴근 시간이면 도로에는 차가 꽉 차 있고 지하철에는 사람이 빽빽하게 들어찹니다. 각박해 보이지만 늘 새로운 기술과 문화를 접할 수 있어 재미있습니다.

② 시골은 한적하고 젊은 사람들은 찾아보기가 어렵습니다. 텔레비전 프로그램보다 마을 곳곳에 설치된 스피커를 통해 들려오는 이장님의 방송에 더 관심이 갑니다. 마을 사람들이 서로 가족처럼 지냅니다.

14. 〈우리들의 일그러진 영웅〉

※ 통합 사고력 문제

1. 친구에게 힘으로 굴복당한 경험이 있나요? 그때 어떤 기분이 들었나요?

예시 답_ ① 굉장히 분하고 자존심이 상했지만 그 친구가 무섭고 겁이 났습니다.
② 친구들과 사이좋게 지내기 때문에 서로를 힘으로 장악하거나 하는 행동을 당하거나 본 적이 없습니다.

2. 무리를 지어 반 아이들에게 권력을 행사한 엄석대의 행동은 무엇이 잘못된 것일까요?
예시 답_ 친구들은 모두 평등하고 각자 재능도 다 다릅니다. 힘이 센 것은 하나의 재능일 뿐, 그 힘을 가지고 다른 친구들을 괴롭히는 것은 옳지 않습니다.

3. 노력해도 바뀌지 않을 것 같았던 절망적인 상황이 있었나요?
예시 답_ 사이가 좋았던 친구와 크게 싸운 뒤에 많이 후회했습니다. 하지만 그 친구는 나를 냉랭하게 대하며 사과도 받아주지 않았습니다. 내가 어떻게 해도 친구의 마음을 되돌릴 수 없고 다시 친해질 수도 없을 거라는 생각에 무척 낙심했습니다.

※ 한 번 더 생각하기

1. 괴롭힘을 당하는 친구를 외면한 적이 있나요? 그런 적이 있다면 왜 그랬는지 적어 보세요.
예시 답_ 나도 그 친구처럼 괴롭힘을 당할까 봐 무서웠습니다. 또 다들 가만히 있는데 굳이 내가 나설 필요가 있을까 하는 생각이 들었습니다.

2. 다른 친구를 괴롭히는 친구가 있다면 어떻게 해야 할까요?
예시 답_ 그러지 못하도록 막아야 합니다. 혼자서 하는 게 무섭다면 다른 친구들과 함께 저지해야 한다고 생각합니다.

3. 만약 내가 엄석대 같은 힘을 가져서 편안하게 살 수 있다면 어떻게 할 건가요?
예시 답_ 나 혼자 편하고 이익을 보자고 다른 사람을 괴롭혀서는 안 됩니다. 다른 사람 것을 빼앗거나 시험 점수를 조작하지 않고 공정하게 살아갈 것입니다.

15. 〈일용할 양식〉
※ 통합 사고력 문제
1. 다른 사람과 경쟁해 본 적이 있나요? 그때의 경험이 좋았는지 나빴는지 각자의 경험을 써 보세요.
예시 답_ ① 성적이 비슷한 친구를 중간고사에서 이기기 위해 열심히 공부한 적이 있습니다. 스스로의 발전에 도움이 된 것 같아 좋았습니다.
② 성적이 비슷한 친구를 중간고사에서 이기려고 한 적이 있는데, 자꾸 그 친구가 뭘 하는지 신경 쓰여 공부에 집중할 수가 없었습니다.

2. '싱싱청과물' 자리에 전파상이 생긴다는 소식이 전해지면서 시내 엄마는 걱정이 태산입니다. 뒷이야기가 어떻게 전개될지 써 보세요.
예시 답_ '싱싱청과물' 자리에 새로운 전파상이 생기자 원미동 사람들은 역사는 되풀이된다는 말이 눈앞에서 실현되는 것을 보게 됩니다. 마치 '김포슈퍼'가 문을 열고 '형제슈퍼'와 경쟁을 하기 시작했을 때처럼 새로운 전파상과 '써니전자'는 신경전을 벌이며 물건값을 낮추기 시작합니다. 김 반장은 시내 엄마에게 눈앞에서 자기 밥그릇을 뺏어가는 경쟁자를 얼마나 품위 있고 자비롭게 대하는지 보겠다며 빈정댑니다. 시내 엄마는 아무 말도 하지 못하다가 자기는 다른 사람의 장사를 방해하지 않고 물건값만 낮췄다고 항변합니다. 전파상은 슈퍼처럼 매일 이용하는 곳이 아니기 때문에 새로운 전파상과 '써니전자'는 조용하고 지루한 전쟁을 치르게 됩니다. 결국 원미동에 완전한 평화는 오지 않습니다.

3. 원미동 사람들은 평소에는 인정도 많고 친절합니다. 여러분은 어떤 이웃이 있는지 소개해 보세요.
힌트_ 집 주변에서 자주 마주치는 이웃을 떠올려 보세요.

※ 한 번 더 생각하기

1. 여러분이 생각하는 이 세상 최고의 가치는 무엇인지 얘기해 보고 그 이유를 설명하되, 돈에 가치를 두지 말고 설명해 보세요.
힌트_ 꿈과 이상을 갖는 것, 믿음(종교)을 갖는 것, 사랑하는 마음을 갖는 것, 건강을 잃지 않는 것, 지식을 많이 갖추는 것 등등.

2. 살아가면서 경쟁을 피하려 해도 피할 수 없는 경우가 있습니다. 경쟁에서 이기는 것이 좋

은지, 경쟁 없이 더불어 사는 것이 좋은지 여러분의 생각을 자유롭게 말해 보세요. 그리고 다른 사람과 의견을 교환해 보세요.

예시 답_ ① 기왕 경쟁을 피할 수 없다면 이기는 것이 좋다고 생각합니다. 그만큼 실력과 능력이 뛰어나다는 뜻이니 기분도 더 좋을 것 같습니다. ② 더불어 살아가는 것이 좋다고 생각합니다. 승자와 패자를 나눌 것이 아니라 서로의 부족한 점을 채워 가며 산다면 세상은 한층 더 아름다운 곳이 될 것입니다.

3. 이 작품의 배경이 되는 원미동은 소득이 높지 않은 사람들이 모여 사는 동네입니다. 우리 주변을 돌아보면 원미동 말고도 어려운 이웃들이 모여 사는 동네들이 많습니다. 여러분은 그 이웃들을 위해 어떤 일을 했나요? 아직 아무 일도 한 적이 없다면 어떤 일을 하고 싶나요?

예시 답_ ① 불우이웃돕기 성금을 낸 적이 있습니다. 성인이 되면 내가 직접 번 돈으로 성금을 내고 싶습니다.
② 아직 실천해 본 적은 없으나 저소득층을 위한 자원봉사를 하고 싶습니다.

16. 〈노새 두 마리〉

※ 통합 사고력 문제

1. 〈노새 두 마리〉 속의 생활 모습은 오늘날과 매우 다릅니다. 오늘날과 어떻게 다른지 비교해 보세요.

예시 답_ 노새로 물건을 배달한다는 점이 다르고, 지금은 거의 사용하지 않는 연탄을 연료로 쓰는 것, 슬래브 집과 판잣집이 많다는 점 등이 요즘과는 다릅니다.

2. 이 작품 속의 아들과 아버지가 빠르게 변화하는 세상에 맞춰 변화하려면 과연 어떻게 해야 할까요? 어떤 직업을 가지면 좋을지도 생각해 보고 그들에게 도움의 말을 해 주세요.

예시 답_ ① 승합차로 물건을 배달해 주는 택배 사업을 해 보면 좋을 것 같습니다. 요즘에는 드론 택배 사업 때문에 걱정이기는 한데, 그 시절부터 시작한다면 꽤 오랫동안 안정적으로 일할 수 있을 것입니다.
② 직종을 바꾸어 음식점을 해 보는 건 어떨까

싶습니다. 세상이 바뀌어도 사람들의 먹을거리는 잘 바뀌지 않으니까요.

3. 4차 산업 시대에 접어든 요즘, 미래에는 현재의 직업이 없어질 거라고 합니다. 여러분이 직업을 갖게 되는 시기에 없어질 직업에는 무엇이 있을까요?

예시 답_ 로봇과 인공지능의 발달로 단순반복 작업을 하는 제조업 종사자들이 제일 먼저 위기를 맞을 것으로 보입니다. 또 많은 전문가들이 텔레마케터, 경리, 회계사, 변호사, 공무원 등 현재 직업의 약 40퍼센트가 사라질 것이라고 예상하고 있습니다.

※ 한 번 더 생각하기

1. 거리를 난장판으로 만든 노새가 경찰에게 잡혀갔습니다. 노새에게 벌을 내리겠다는군요. 노새는 불만이 없을까요? 노새 입장에서 생각해 보고 여러분이 대신 얘기해 주세요. 그리고 여러분이 재판관이 되어 현명한 판결을 내려 주세요.

예시 답_ 노새가 운반할 수 없을 정도로 너무 많은 양의 연탄을 끌게 한 것부터가 잘못입니다. 마차가 미끄러지는 바람에 노새는 놀라 달아날 수밖에 없었습니다. 정신없이 달리다 보니 낯선 곳에 오게 되었고, 사람들이 잡으려고 달려드는 바람에 소동이 일어났습니다. 무죄라고 생각하지만 이로 인해 금전적으로 손해 입은 사람이 있다면 배상해 주어야 할 것입니다.

2. 여러분의 아버지는 어떤 모습인가요? 여러분의 아버지를 소개해 보세요.

힌트_ 각자 아버지의 모습을 떠올려 보고 설명해 보세요.

3. 인공지능 시대를 살아가기 위해 현재의 아버지들에게 필요한 것에는 무엇이 있을지 생각해 보세요.

예시 답_ 〈노새 두 마리〉와 같이 변화하는 사회에 적응하지 못하는 아버지들은 계속해서 나올 것입니다. 따라서 국가의 정책적인 접근이 필요하다고 봅니다. 사회 변화에 대응하게 해 줄 새로운 교육과 지원 정책들이 필요합니다.

예시 답안

17. 〈영수증〉

※ 통합 사고력 문제

1. 월급을 받지 못했을 때 노마는 어떤 기분이 들었을까요? 노마의 입장이 되어 써 보세요.

예시 답_ 세상에 대한 믿음과 어른에 대한 존경심을 다 잃었을 것 같습니다. 또 당장 생활을 해야 하는데 돈을 받지 못해 답답하고 불안했을 것입니다.

2. 받지 못한 월급을 외상값으로 대신 주고 직접 받아 가라는 우동집 주인의 행동은 적합한 것일까요?

예시 답_ 우동을 외상으로 먹은 사람들이 어린 노마에게 돈을 줄 리가 없습니다. 그러므로 우동집 주인의 행동은 노마를 배려하지 않은 것이라고 할 수 있습니다.

3. 받아야 할 돈을 받지 못한 적이 있나요? 그때 어떤 기분이 들었나요?

예시 답_ 친구에게 돈을 빌려주었는데 받지 못한 적이 있습니다. 무척 속상하고 친구가 미웠습니다.

※ 한 번 더 생각하기

1. 만약 우동집 주인처럼 주어야 할 것을 주지 못하는 상황이라면 어떻게 해야 할까요?

예시 답_ 우동집 주인은 성인으로서 어떻게든 직업을 구할 수 있을 테지만 노마는 그럴 수가 없습니다. 그렇기 때문에 어떻게든 직접 외상값을 받아 노마에게 주었어야 합니다.

2. 노마가 힘들어할 때 도와준 사람이 있었습니다. 여러분도 그런 도움을 받은 적이 있나요?

예시 답_ 길을 잃어버렸을 때 지하철 역무원 아저씨가 지하철 푯값을 빌려줘서 무사히 집에 돌아온 적이 있습니다.

3. 노마는 상처받았지만 다른 사람들에게는 티를 내지 않으려 노력합니다. 아픔은 나누기가 쉽지 않기 때문입니다. 내 주변에도 그런 친구가 있는지 생각해 봅시다.

예시 답_ 친구와의 관계, 부모님과의 관계가 나빠져 마음고생을 하는 친구가 있는데 그 친구는 항상 웃고 다녀서 그런 고민을 하는 줄 몰랐습니다. 나중에 알고 마음이 아팠습니다.

18. 〈표구된 휴지〉

※ 통합 사고력 문제

1. 당연하지만 소중한 것들에는 무엇이 있는지 생각해 보세요.

힌트_ 부모님의 사랑, 친구들과의 우정, 따뜻하게 잘 수 있는 집 등등.

2. 처음에는 몰랐지만 나중에서야 무언가의 의미를 이해했던 경험이 있으면 써 보세요.

예시 답_ 잔소리로 느껴졌던 부모님의 말씀이 사실 나를 걱정해서 하는 말이었다는 걸 깨달았습니다.

3. 친구들에게 미안했던 적이 있나요?

예시 답_ 성적을 잘 받고 싶은 마음 때문에 친구들을 소홀하게 대했던 게 무척 미안합니다.

※ 한 번 더 생각하기

1. 사랑하는 사람들이 곁에 없다면 과연 나는 행복할까요?

예시 답_ 돈이 아무리 많더라도 마음을 나눌 수 있는 소중한 사람이 곁에 없다면 행복을 느낄 수 없을 것입니다.

2. 소중한 사람들과의 관계를 지켜 나갈 수 있는 방법에는 무엇이 있을까요?

예시 답_ 서로 자존심을 세우지 않고 때로는 양보하며 솔직하게 마음을 터놓고 소통하는 것이 가장 좋은 방법이라고 생각합니다.

3. 편지의 주인은 가족과 떨어져 지냅니다. 만약 내가 가족들과 함께 지낼 수 없다면 어떨 것 같나요?

예시 답_ 무척이나 보고 싶을 것입니다. 그리운 마음에 매일 SNS를 하고 영상통화를 할 것 같습니다.

19. 〈옥상의 민들레꽃〉

※ 통합 사고력 문제

1. 반상회에서 나는 어리다는 이유로 의견이 묵살당합니다. 여러분도 그런 경험이 있나요?

예시 답_ 친척 어른들이 모여서 이야기할 때 나는 가만히 듣고만 있어야 해서 답답하고 지루했습니다.

2. 나는 나를 낳은 것을 후회하는 어머니의 말이 진심이라고 믿고 마음에 큰 상처를 받습니다. 어머니는 왜 그런 말을 한 걸까요?

예시 답_ 어머니는 자식에 대한 속상한 마음 때문에 그런 말을 한 겁니다. 어머니도 사람이기 때문에 화가 나고 실망스러운 마음에 순간적으로 참지 못해 해서는 안 될 말을 한 것입니다.

3. 주인공이 민들레꽃을 보며 생명에 대한 경외심을 느꼈던 것처럼 생명 그 자체에 감탄한 적이 있나요?

예시 답_ 산에 올라갔을 때 각기 다른 나무 하나하나가 모여 커다랗고 푸른 숲을 이루고 있는 모습을 보고 감탄한 적이 있습니다.

※ 한 번 더 생각하기

1. 내가 정성 들여 준비한 선물을 부모님이 무신경하게 대한 적이 있나요? 부모님은 그때 왜 그렇게 행동했을까요?

예시 답_ 학교에서 종이접기로 만든 개구리를 부모께 선물로 드렸는데 그다지 기뻐하지 않으셨습니다. 그날 부모님은 두 분 다 회사에서 늦게 돌아오셔서 무척 피곤하셨던 것 같습니다.

2. 반대로 부모님의 호의를 내가 귀찮게 여긴 적이 있나요? 그때 부모님의 마음은 어땠을지 생각해 보세요.

예시 답_ 부모님이 사 주신 장난감, 인형 들을 소중히 다루지 않았습니다. 또 바쁜 아침 시간에 짬을 내서 아침밥을 챙겨 주실 때도 귀찮다고 잘 먹지 않았습니다.

3. 부모님이 선물을 주셨을 때 선물을 받고 어떻게 행동했나요?

예시 답_ 선물을 받고 물건에만 정신이 팔려 감사하다는 말을 충분히 하지 못했습니다. 진짜 중요한 것은 내가 원하는 선물을 신경 써서 챙겨 주신 부모님 마음인데 말입니다.

20. 〈유자소전〉

※ 통합 사고력 문제

1. 주변에 유재필같이 특출한 친구가 있는지 생각해 보세요.

예시 답_ 운동도 잘하며 친구들과도 잘 어울리고 공부도 열심히 하는 엄마 친구 아들이 있습니다.

2. 유재필에게서 본받아야 할 점은 무엇일까요?

예시 답_ 유재필은 물질보다 사람, 정신 등에 더 높은 가치를 두고 소중하게 여깁니다. 나도 그와 같은 확고하고 올바른 가치관을 추구하고 싶습니다.

3. 여러분도 유자처럼 존경받는 사람이 될 수 있습니다. 그러기 위해서는 어떻게 해야 할까요?

예시 답_ 꾸준히 공부하고 노력한다면 유자보다 더 크게 좋은 영향력을 끼치는 사람이 될 수 있을 것입니다.

※ 한 번 더 생각하기

1. 유자는 총수의 됨됨이를 보고 일을 그만두었습니다. 만약 내가 그런 상황에 처한다면 어떻게 할지 생각해 보세요.

예시 답_ 총수 같은 인격을 가진 사람이라면 언젠가는 나에게도 똑같이 화풀이할 가능성이 높습니다. 그러므로 나도 빠른 시일 내에 다른 직장을 찾을 것입니다.

2. 나와 유자 중 누구처럼 살고 싶은가요? 그 이유도 써 보세요.

예시 답_ 유자처럼 살고 싶습니다. 당당하고 자유로워 보이기 때문입니다. 유자는 병원에서 환자들을 도와주는데, 나도 이처럼 옳고 중요한 일을 할 때 머뭇거리지 않겠습니다.

3. 유재필이 '유자'가 될 수 있었던 이유는 무엇인가요?

예시 답_ 자신이 해야 하는 일에 최선을 다하고, 사회의 세속적인 가치에 이리저리 휩쓸리지 않으며, 약자의 편에서 의롭게 살려 노력했기 때문입니다.

21. 〈소음공해〉

※ 통합 사고력 문제

1. 주인공처럼 주변 사람들의 상황을 이해하지

못하고 내가 겪는 불편만 생각한 적이 있나요?

예시 답_ 더운 여름날 추위를 많이 타는 친구는 생각지 않고 에어컨 온도를 낮춘 일이 있습니다.

2. 많은 사람과 함께 살아가다 보면 불편함을 느낄 수밖에 없습니다. 이런 상황이 발생했을 땐 어떻게 해결해야 할까요?

예시 답_ 서로 대화하고 마음을 나누어야 합니다.

3. 나와 위층 여자의 어색한 만남 이후 필요한 것은 무엇이라고 생각하나요?

예시 답_ 위층 여자에게 오해해서 미안하다고 얘기하고 서로의 입장에 대해 이야기를 주고받아야 합니다. 무엇보다 꾸준한 관계 형성이 중요하다고 생각합니다.

※ 한 번 더 생각하기

1. 나는 자신을 양식 있고 문화적으로 수준 높은 사람으로 생각했지만 위층 여자를 만나자 부끄러워합니다. 작품 속 '나'는 어떤 사람인지 생각해 봅시다.

예시 답_ 가끔은 이기적이고, 가끔은 이타적인 사람입니다. 좀 더 겸손해진다면 생각보다 더 괜찮은 사람이 될 수 있으리라 생각합니다.

2. 여러분은 이웃들과 서로 인사하고 교류하며 지내나요?

예시 답_ 어색해서 아는 척하는 게 쉽지 않습니다. 하지만 인사를 하면 서로 기분 좋게 웃으며 지낼 수 있기 때문에 인사하려고 노력합니다.

3. 층간 소음 문제가 없다면 이웃과의 소통이 굳이 필요하지 않은 건 아닐까요?

예시 답_ 층간 소음 문제는 이웃들에 대한 무관심과 이기주의로 인해 생긴 사건들 중 하나일 뿐입니다. 서로 교류가 없다면 언젠가 반드시 다른 문제로 또 갈등이 생길 것입니다.

22. 〈난장이가 쏘아올린 작은 공〉

※ 통합 사고력 문제

1. 난쟁이 아버지는 온 힘을 다해 저항해 보지만 결국 가장 기본적인 행복조차도 누리지 못합니다. 어떻게 하면 그를 도울 수 있을까요?

예시 답_ 난쟁이 아버지가 실패한 가장 큰 이유는 사람들의 무관심 때문입니다. 아무도 그를 도와주지 않아서 그는 항상 혼자 싸워야 했으니까요. 연대하여 함께 목소리를 내 주었다면 상황은 달라졌을 것입니다.

2. 가정교사 지섭은 이 땅은 불공평하고 사랑 없이 욕망으로만 가득한 곳이라고 말합니다. 정말로 그런가요?

예시 답_ 많은 사람이 다른 사람을 사랑하기보다는 자신의 욕망을 채우기에만 급급합니다. 하지만 모두가 그런 것은 아닙니다. 자신을 희생해 남을 살리는 이타적인 삶을 사는 사람도 있습니다.

3. 산업화 시대에 경제가 급격하게 성장하면서 소외된 사람들이 있었듯 오늘날에도 이와 비슷한 현상이 일어나고 있습니다. 그에 해당하는 것에는 무엇이 있을까요?

예시 답_ 고등학교에서 대입 실적을 올리기 위해 혈안이 돼 성적이 좋지 않은 학생들은 돌보지 않는 현상이 일어나고 있는데, 이것도 소외 현상에 해당한다고 생각합니다.

※ 한 번 더 생각하기

1. 난쟁이 아버지가 꿈꾸었던 '사랑만이 법인 세계'는 과연 낙원일까요? 여러분의 생각을 써 보세요.

예시 답_ 얼핏 보면 낙원같이 생각될 수도 있습니다. 하지만 사랑이 강요되는 세상은 낙원이 될 수 없습니다. 낙원이 되려면 모두가 가슴에서 우러나오는 진실한 마음으로 사랑해야 합니다.

2. 난쟁이 가족에게 일어난 비극이 되풀이되지 않기 위해선 어떻게 해야 할까요?

예시 답_ 난쟁이 가족은 급속한 경제 성장으로 희생된 사람들입니다. 너무 빠른 것엔 부작용이 따르기 마련입니다. 경제적, 산업적으로 발전하면서 조금 느리더라도 주변을 돌아보며 함께 살아가고자 하는 공동체 정신이 필요합니다.

3. 난쟁이 아버지가 꿈꾸던 이상적인 세계는 실현될 수 있을까요?

예시 답_ 완벽하게 이상적인 세상을 실현할 수는 없겠지만 모두가 함께 잘사는 사회를 만들 수는 있습니다.

23. 〈운수 좋은 날〉

※ 통합 사고력 문제

1. 병든 아내를 바라보는 김 첨지의 마음이 어떠했을지 생각해 보세요.

예시 답_ 사랑하지만 자신이 해 줄 수 있는 게 아무것도 없어서 너무 답답하고 마음이 아팠을 것입니다.

2. 여러분도 소중한 사람이 힘들어하지만 아무것도 해 줄 수가 없어 답답했던 적이 있나요?

예시 답_ 좋아하는 친구가 슬픈 일을 당했지만 위로해 주는 것 말고는 실질적으로 해 줄 수 있는 게 없어 답답했습니다.

3. 집안이 어려운 걸 알면서도 김 첨지가 집에 있길 바란 아내는 어떤 마음이었을까요?

예시 답_ 하루 벌어 하루 먹고사는 처지라는 걸 알면서도 아내는 자신의 죽음을 예감하고 사랑하는 남편과 함께 있고 싶었던 것입니다.

※ 한 번 더 생각하기

1. 김 첨지는 아내를 사랑하지만 굉장히 거칠게 대합니다. 왜 그랬을까요?

예시 답_ 그가 살아온 삶이 너무나 힘들었기 때문입니다. 감정에 솔직해지기엔 상처가 너무 많은 어린 시절을 보내 부드럽고 다정하게 말하는 법을 익힐 기회가 없었을 겁니다.

2. 사람을 거칠게 대하면 어떤 점이 문제일까요?

예시 답_ 불필요한 오해가 생길 수 있고 상대방의 마음이 상할 수 있습니다.

3. 본심이 아닌 거친 말로 상처를 주거나 받은 적이 있나요? 그때 기분이 어땠는지 써 보세요.

예시 답_ 부모님을 정말 사랑하지만 속상한 마음에 나쁜 말을 해 버렸습니다. 가슴에 가시가 걸린 듯 불편하고 죄송했습니다.

24. 〈붉은 산〉

※ 통합 사고력 문제

1. 지금도 XX촌 사람들이 받았던 것과 같은 민족적 차별이 존재합니다. 그런 차별의 예를 들어 보고 개선 방법을 생각해 보세요.

예시 답_ ① 외국인을 만났을 때 괜히 무서워서 피했습니다. 하지만 그들도 우리 이웃과 똑같은 사람이라는 마음으로 대해야 할 것입니다.
② 외국인이 나를 보고 무시했습니다. 외국인이 나를 보고 왜 무시했는지 생각해 보고 그들이 무시할 수 없도록 힘을 키우기 위해 노력해야겠습니다.

2. 일제강점기에 지주는 소작농에게 많은 소작료를 받으면서 열심히 일하는 소작농보다 더 잘 살았습니다. 그리고 지금도 이와 비슷한 일이 벌어지고 있습니다. 구체적인 사례로는 어떤 것이 있나 알아보고 그러한 문제를 해결하기 위해서는 어떻게 해야 할지 생각해 보세요.

예시 답_ 지금은 건물주가 세입자에게 임대료를 받으면서 열심히 일하는 세입자보다 더 잘삽니다. 일제강점기 때 소작농처럼 세입자가 비참한 삶을 살지 않도록 세입자에 대한 보호 정책이 필요하다고 생각합니다.

3. 여러분 주변에 송 첨지와 같은 사람이 있다면 예를 들어 보고, 그와 같이 억울한 일을 당하는 걸 목격한다면 어떻게 해야 할지 생각해 보세요.

예시 답_ 선생님이 안 계실 때 친구를 괴롭히는 아이에게 그러지 말라고 했다가 오히려 얻어맞은 친구를 본 적이 있습니다. 그것을 그대로 방관하면 언젠가는 나도 똑같이 당할 수 있으므로 힘을 키우거나, 선생님께 알려서 대책을 마련해야 합니다.

※ 한 번 더 생각하기

1. 우리가 또다시 XX촌 사람들처럼 비극적인 삶을 겪지 않기 위해서는 어떻게 해야 할까요?

예시 답_ 두 번 다시 일제강점기 같은 비극을 겪지 않기 위해 온 국민이 단결해서 국력을 키워야 합니다.

2. 삵은 송 첨지의 죽음에 항의하러 갔다가 힘 한번 써 보지 못하고 죽음을 당합니다. 이런 삵의 죽음을 통해 우리는 무엇을 배워야 할까요?

예시 답_ 송 첨지의 죽음은 개인적인 일이 아니라 민족적인 일이기에 혼자서 분노하고 저항한다고 해결될 문제가 아닙니다. 따라서 마을 사람들이 힘을 합쳐 사전에 치밀하게 준비를 해

지주에게 대항해야 합니다.

3. 여는 송 첨지의 죽음을 보고도 분노하지 않는 마을 사람들을 삶을 경멸의 눈초리로 보지만 정작 자신도 분노만 하지 어떤 행동도 취하지 못합니다. 이를 통해서 우리가 배워야 할 지식인의 올바른 자세는 무엇일까요?

예시 답_ 배운 게 아무리 많더라도 눈앞에 닥친 문제를 해결하기 위해 노력하지 않으면 아무 소용이 없습니다. 지식인이라면 당면한 문제를 해결하기 위해 여론을 모으고 힘을 기르기 위해 앞장서야 합니다.

25. 《상록수》

※ 통합 사고력 문제

1. 여러분이 소설을 쓴다면 모델로 삼을 만한 인물이 누가 있을까요?

예시 답_ 가난하지만 배우려는 사람들을 위해 사비까지 털어 가며 봉사하는 야학 선생님들이나 방과 후 학교에서 봉사 활동으로 아이들을 가르치는 대학생들이 있습니다.

2. 지금 현재 젊은이들이 더 나은 사회를 만들기 위해 할 수 있는 일에는 어떤 것이 있을까요?

예시 답_ 지금은 인공지능 시대를 앞두고 있습니다. 하지만 많은 사람이 인공지능에 대한 이해와 지식이 부족해서 세대 간에 갈등을 겪습니다. 따라서 인공지능에 대한 이해와 지식을 넓힐 수 있는 자리를 만들어 많은 사람이 익힐 수 있게 하는 일도 더 나은 사회를 만드는 일이라 할 수 있을 것입니다.

3. 《상록수》의 주인공들은 자기 자신을 위해서가 아니라 사회나 나라를 위해 자신을 희생합니다. 이런 삶에 대해 어떻게 생각하나요? 또 나는 이렇게 살 수 있는지 생각해 보세요.

예시 답_ 개인적인 욕심을 버리고 더 큰 가치, 즉 민족과 나라를 위한 삶을 사는 것은 숭고한 일이라고 생각합니다. 하지만 내가 그런 삶을 살 수 있을 거라 자신 있게 말하기는 어렵습니다.

※ 한 번 더 생각하기

1. 채영신이 목숨을 바쳐 가며 한 농촌 계몽운동 중 '한글강습'에 많은 시간과 노력을 기울인 이유는 무엇 때문일까요?

예시 답_ 일제에서 벗어나기 위해서는 무엇보다 절대다수였던 농민들이 문맹에서 벗어나 지식을 습득하고 민족의식으로 힘을 합치도록 해야 한다는 사명감이 있었기 때문입니다.

2. 내 모든 것을 바쳐 가며 지키겠다고 맹세할 수 있는 것에는 무엇이 있을까요? 여러분이 꼭 이루고 싶은 신념을 말해 보세요.

예시 답_ 내가 배우고 익힌 것으로 나만의 욕심을 채우기 위해 살지 않고 나라를 위해 꼭 필요한 인재가 되고 싶습니다.

3. 지금의 젊은이들이 조국을 위해 해야 할 가장 중요한 일은 무엇일까요?

예시 답_ 우리나라를 한순간에 파멸로 이끌 수 있는 전쟁을 막기 위해 통일 운동에 젊음을 바칠 수 있을 것입니다. 또 세계화 시대에 경쟁력을 갖춘 인재가 되기 위해 열심히 공부하는 일도 학생에게 주어진 중요한 사명이라 할 수 있습니다.

26. 《몽실 언니》

※ 통합 사고력 문제

1. 주변에 몽실 언니와 같은 시기에 어린 시절을 보낸 이들이 있는지 찾아보고 여러분과 어떤 관계인지 말해 보세요.

힌트_ 1950년대 어린 시절을 보낸 분들이니까 지금은 80대 전후의 할머니, 할아버지입니다. 여러분 주변에서 한번 찾아보세요.

2. 몽실 언니가 겪은 고통스러웠던 삶을 다시는 겪지 않으려면 어떻게 해야 할까요?

예시 답_ 지금 우리 사회의 가장 큰 문제인 세대 갈등과 남북한 분단 문제를 해결하기 위해 노력해야 합니다.

3. 몽실 언니는 자신에게 닥친 큰 어려움을 극복하며 살아왔습니다. 지금 여러분 시대에 닥친 가장 큰 어려움은 무엇인가요? 그리고 그것을 극복하기 위해 어떻게 해야 할까요?

예시 답_ ① 학원에 다니느라 가족과 함께할 시간이 없습니다. 성적을 최우선으로 여기는 사회 분위기를 바꾸기 위해 우리 모두 노력해야 할 것입니다.

② 경제위기로 집안 경제 또한 어려워졌습니다. 이것은 우리 개개인의 힘으로 당장 바꿀 수 없는 일이지만, 가족끼리 똘똘 뭉쳐 서로 위로와 격려를 해 이 시기를 이겨 낼 수 있도록 노력해야 할 것입니다.

※ 한 번 더 생각하기

1. 몽실 언니가 어려운 환경을 극복할 수 있었던 힘은 무엇인가요?

예시 답_ 아무리 어려운 환경에 처해 있더라도 가족에 대한 사랑과 희망을 품고 항상 긍정적으로 현실을 받아들였던 마음입니다.

2. 전쟁을 겪은 어른들과 전쟁을 겪지 않는 젊은이들 사이의 세대 갈등을 해결하려면 어떻게 해야 할까요?

예시 답_ 전쟁을 겪은 세대는 지금 젊은이들이 겪는 고통을 옛날에 겪었던 고통과 비교해 가며 무시하지 말고 잘 이해해 줘야 합니다. 또 전쟁을 겪지 않는 세대는 《몽실 언니》와 같은 책을 읽거나 어른들로부터 이야기를 듣고 그들이 얼마나 큰 고통을 겪었는지 이해하려 노력해야 할 것입니다.

3. 지금 휴전 상태인 남북한의 전쟁을 막기 위해 우리가 해야 할 일은 무엇일까요?

예시 답_ ① 남북한의 차이를 인정하면서 서로에게 관심을 가지고 끊임없이 통일을 이루기 위해 노력해야 합니다.
② 북한이 쉽게 침범할 수 없도록 국력을 키워야 합니다.

27. 〈오마니별〉

※ 통합 사고력 문제

1. 지금도 우리 주변에는 가족과 헤어져 서로 생사조차 알 수 없는 이산가족이 많습니다. 이산가족의 아픔을 덜어 주기 위해 우리가 해야 할 일에는 무엇이 있을까요?

예시 답_ 이산가족의 아픔에 관심을 가지고 방송이나 인터넷을 통해 정보를 공유해 나가야 합니다.

2. 남북한 이산가족이 만나기 어려운 가장 큰 이유는 무엇이고, 이 문제를 해결하기 위해 우리가 해야 할 일은 무엇일까요?

예시 답_ 남북이 이데올로기로 대립하고 있기 때문입니다. 서로의 차이를 인정하고 자주 교류하면서 이산가족이 만날 수 있도록 노력해야 합니다.

3. 이중길이나 이수옥 같은 이산가족이 더는 생기지 않게 하려면 어떻게 해야 할까요?

예시 답_ 다시는 전쟁이 일어나지 않도록 나라의 힘을 키워야 합니다. 전쟁 위험만 키우는 이데올로기 대립을 끝내고 남북통일을 이룩하기 위해 노력해야 합니다.

※ 한 번 더 생각하기

1. 이중길이 다른 것은 다 잊었어도 '오마니별'에 대한 기억만은 잊지 않았던 이유는 무엇일까요?

예시 답_ 세상에서 누구보다도 소중한 혈육인 어머니와 누이에 대한 기억을 간직하고 있었기 때문입니다.

2. 피는 물보다 진하다는 말이 있습니다. 누구나 이 말의 뜻을 실감한 적이 있을 것입니다. 여러분이 생활 속에서 경험한 사례를 구체적으로 말해 보세요.

예시 답_ ① 내가 아프자 어머니가 밤새워 나를 간호하며 차라리 대신 아팠으면 좋겠다고 했을 때 그런 생각을 했었습니다.
② 친구와 싸웠는데 형이나 언니, 또는 동생이 내 편을 들어 주었을 때 피는 물보다 진하다는 말을 실감했습니다.

3. 예전에는 전쟁 때문에 가족이 만나고 싶어도 그러지 못하고 사는 경우가 많았습니다. 지금은 전쟁 경험이 없는데도 헤어져 사는 가족들이 있습니다. 그 이유는 무엇이고, 이를 극복하기 위해서 우리가 해야 할 일은 무엇인지 말해 보세요.

예시 답_ 부모가 돈을 벌기 위해서, 부모가 이혼해서, 좋은 교육을 받게 하겠다는 이유 등으로 부모와 자녀가 떨어져 사는 일이 종종 있습니다. 각자 처한 상황은 다르지만 가장 중요한 것이 무엇인지 돌이켜 본다면 가족이 서로 헤어져 사는 일은 막을 수 있을 것입니다. 가족은 자주 만나 서로 이야기를 나누며 '오마니별'처

럼 공유할 수 있는 기억을 많이 만들어 나가야
합니다.

28. 〈기억 속의 들꽃〉

※ 통합 사고력 문제

1. 인간성이란 무엇이고, 전쟁이 인간성을 상실
하게 만드는 이유는 무엇일까요?

예시 답_ 인간성은 사람이 사회적 동물로서 서
로를 배려하고 사랑하는 마음입니다. 전쟁은 상
대를 미워하고 죽이는 일이기 때문에 인간성을
상실하게 만듭니다.

2. 학교에서 학생들에게 인성 교육을 시키는
이유는 무엇일까요?

예시 답_ 공부를 아무리 잘해도 제대로 된 인성
을 갖추지 못하면 자기 욕심만 채우고 다툼을
일삼거나, 심지어 전쟁을 일으키는 사람이 될
수 있기 때문입니다.

3. 공부는 잘하는데 인간성이 나쁜 친구와 공
부는 좀 못해도 인간성이 좋은 친구가 있다면
누가 더 행복한 삶을 살 수 있을까요? 또 그렇
게 생각하는 이유는 무엇인가요?

예시 답_ 공부는 좀 못해도 인간성이 좋은 친구
가 더 행복한 삶을 살 것입니다. 아무리 공부를
잘해도 인간성이 나쁘면 사람들한테 미움을 받
아 행복할 수 없지만, 공부는 좀 못해도 인간성
이 좋으면 주변에 좋은 사람들이 모이고 그런
사람들과 함께하는 것만으로도 행복한 삶을 살
수 있기 때문입니다.

※ 한 번 더 생각하기

1. 학생 중에도 명선이의 금가락지를 노리는
사람들처럼 인간성을 상실한 친구들이 있습니
다. 어떤 학생이 그런 친구들인지 세 가지 이상
사례를 들어 말해 보세요.

힌트_ 친구 돈을 뺏는 사람, 남의 물건을 훔치는
사람, 친구를 때리는 사람 등등.

2. 인간은 환경의 영향을 많이 받는 동물이에
요. 그런데 우리 사회는 인간성을 지키기 어렵
게 만드는 환경이 참 많아요. 그런 예를 들고
그것을 고치기 위해 어떻게 해야 하는지 말해
보세요.

예시 답_ 일등만 중요하게 여기는 사회 분위기
가 만연해 있습니다. 꼴등이 있기에 일등도 있
다는 생각으로 서로의 가치를 인정하는 사회
분위기를 만들기 위해 노력해야 합니다.

3. 전쟁의 가장 큰 원인은 무엇이라고 생각하
나요? 그리고 전쟁을 막기 위해 우리가 해야
할 일에는 무엇이 있을까요?

예시 답_ 인간성을 갖추지 못한 사람들이 한 나
라의 지도자가 되었기 때문입니다. 전쟁을 막으
려면 그런 지도자가 권력을 잡지 못하게 하고,
또 우리 모두가 힘을 키워 다른 나라가 우리나
라를 함부로 넘보지 못하게 해야 합니다.

29. 〈수난 이대〉

※ 통합 사고력 문제

1. 지금 여러분이 겪고 있는 수난에는 어떤 것
이 있나요? 그것을 극복하기 위해서는 어떻게
해야 할까요?

예시 답_ 학원에 가기 싫은데 부모님이 억지로
가라고 합니다. 학원에 가기 싫은 이유보다 좋
은 점을 찾아서 열심히 다니려고 노력하거나,
학원에 다니는 것보다 다른 일을 하는 게 더 좋
다는 사실을 부모님께 말씀드리고 더 잘할 수
있는 일을 찾아야 할 것입니다.

2. 이 책의 주인공들처럼 만약에 내가 사고로
팔이나 다리를 잃게 된다면 어떻게 해야 할까
요?

예시 답_ 요즘은 팔이나 다리가 없어도 할 수 있
는 일들이 많습니다. 현실을 긍정적으로 받아들
이고 잘할 수 있는 일을 찾아야 할 것입니다.

3. 이 책의 주인공들처럼 우리 주변에는 신체
결함으로 어렵게 살아가는 장애인이 많습니다.
이들을 위해 우리가 할 수 있는 일에는 무엇이
있을까요?

예시 답_ 그들도 일반인들처럼 행복하게 살기
위해 노력합니다. 신체적 결함으로 인해 힘들다
는 것을 배려하고 그들이 여러 가지 어려움을
슬기롭게 극복해 나갈 수 있도록 도와주어야
합니다.

※ 한 번 더 생각하기

1. 〈수난 이대〉와 같은 민족적 비극을 겪지 않으려면 어떻게 해야 할까요?

예시 답_ 각자 맡은 분야에서 열심히 일해 다른 나라가 침략하지 못하도록 강력한 나라를 만들어야 합니다.

2. 이 소설에서는 아버지와 아들이 서로 부족한 부분을 채워 줍니다. 여러분은 주변에 이들처럼 서로 부족한 부분을 채워 줄 소중한 사람이 있나요? 지금 여러분에게 가장 부족한 것은 무엇이고, 그 사람이 그런 부분을 어떻게 채워 주는지 말해 보세요.

예시 답_ ① 친구가 가장 소중합니다. 나는 공부를 잘 못하는데 친구는 공부를 잘해서 쉬는 시간에 부족한 공부를 도와주곤 합니다.
② 엄마가 가장 소중합니다. 나는 아직 어려서 못 하는 일이 많은데, 엄마는 내가 필요로 하는 걸 모두 해 줍니다.

3. 2번 문제와 반대로 여러분이 소중하게 생각하는 사람이 필요로 하는 것을 생각해 보세요. 소중한 사람에게 지금 가장 부족한 것은 무엇이고, 내가 그 사람을 위해 해 줄 수 있는 건 무엇인지 말해 보세요.

예시 답_ ① 친구가 가장 소중합니다. 친구는 자주 학교를 빠질 정도로 몸이 약한데 나는 튼튼해서 친구의 가방을 들어 주거나 힘든 일을 대신 해 줄 수 있습니다.
② 엄마가 가장 소중합니다. 엄마는 밤낮으로 일하시느라 힘들어하시는데, 내가 시간 날 때마다 집안일을 도와주면 좋아하십니다.

30. 《소설 동의보감》

※ 통합 사고력 문제

1. 허준의 《동의보감》이 지금도 많은 이들에게 사랑받는 이유는 무엇일까요?

예시 답_ 병의 치료보다 예방이나 건강 유지에 바탕을 두고 집에서도 쉽게 따라 할 수 있는 의학 처치가 많기 때문입니다.

2. 참된 지식인의 자세는 무엇이라고 생각하나요? 《소설 동의보감》에 나오는 허준의 삶을 바탕으로 참된 지식인의 자세를 말해 보세요.

예시 답_ 지식은 개인의 출세나 성공만을 위한 것이 아닙니다. 따라서 습득한 지식을 꼭 필요로 하는 이들에게 도움을 주기 위해 사용해야 합니다.

3. 우리 주변에는 돈과 출세만을 위해서 일하는 게 아니라 자신이 하는 일에 참된 가치를 느끼고 그것을 실천하기 위해 일하는 이들도 많습니다. 주변에서 이런 분들을 찾아보고 왜 그렇게 생각하는지 소개해 보세요.

예시 답_ 우리 담임선생님이 그런 분들 중 한 분입니다. 진짜 우리를 사랑해 주시고, 정말 성심성의껏 가르쳐 주십니다.

※ 한 번 더 생각하기

1. 시험을 보러 가는데 환자가 쓰러져 있어요. 핸드폰도 없고 지나가는 사람도 없어요. 환자를 구하면 시험에 늦을 것 같고 그냥 가면 환자가 죽을 것 같아요. 어떻게 하는 것이 좋을까요?

예시 답_ 환자를 구하는 것이 먼저라고 생각합니다. 못 본 체 그냥 두고 가면 마음에 걸려서 시험도 제대로 못 볼 것 같습니다. 그뿐만 아니라 환자의 목숨을 구할 기회는 단 한 번뿐이지만 시험은 나중에라도 또 볼 수 있으니까 환자를 구하는 것이 먼저라고 생각합니다.

2. 허준이 의술에 온 열정을 바친 것처럼 여러분이 온 열정을 바치고 싶은 것은 무엇인가요? 여러분이 좋아하는 것이나 잘하는 것 중에서 하나만 이야기해 보세요.

예시 답_ 나는 게임을 좋아합니다. 인공지능 시대가 되면서 게임 산업은 매우 중요해졌습니다. 내가 좋아하는 일을 하면서 사회에도 기여할 수 있도록 게임 개발에 온 열정을 바쳐 일하고 싶습니다.

3. 자신의 능력을 발휘하기 위해서는 올바른 방향으로 이끌어 주는 스승이 있어야 해요. 허준에게는 유의태라는 훌륭한 스승이 있었지요. 여러분에게는 누가 있나요?

힌트_ 부모님, 담임선생님, 학원 선생님 등 여러분이 믿고 의지하는 분에 대해 써 보세요.

31. 〈이상한 선생님〉

※ 통합 사고력 문제

1. 친일파는 나쁘지만 친미파는 무조건 나쁘다고 할 수 없다고 하는 사람들이 있어요. 이들은 왜 이런 주장을 하는 것일까요?

예시 답_ 친일파는 일제강점기에 우리 민족에게 해만 끼쳤지만, 친미파는 독립 후 민주주의를 발전시키고 지금과 같은 경제 성장을 이루는 데 기여한 공로가 있기도 하기 때문입니다.

2. 지금이라도 친일파를 처벌해야 한다는 의견과 친일파라고 해서 무조건 처벌할 수는 없다는 의견이 있어요. 각각의 이유는 무엇이고, 그렇다면 친일파 문제를 어떻게 해결해야 할지 말해 보세요.

예시 답_ 친일파가 독립운동가를 비롯한 우리 민족에게 저지른 잘못을 그냥 두면 다시 또 그런 사람들이 나올까 봐 처벌해야 한다는 사람이 있고, 친일파라도 이후 친미파로 전향하면서 경제발전에 기여한 공로가 있기 때문에 처벌할 수 없다고 하는 사람도 있습니다. 친일파들이 스스로 피해자들에게 진심 어린 사과를 하고 용서를 빌 수 있는 사회 분위기를 만들어 가는 것이 좋다고 생각합니다.

3. 친일파는 왜 벌을 받아야 하며, 왜 피해자에게 직접 사과하고 용서를 빌어야 할까요?

예시 답_ 친일을 하면서 같은 민족을 탄압하고 독립운동가를 일제에 팔아넘기는 민족 배반 행위를 했기 때문입니다. 피해자가 있는데 가해자가 벌을 받지 않거나 용서를 구하지 않는다면 사회적으로 큰 문제가 된다고 생각합니다.

※ 한 번 더 생각하기

1. 우리가 기회주의자를 나쁘다고 생각하고 풍자하는 이유는 무엇인가요?

예시 답_ 기회주의자는 자신의 출세와 욕심만 채우려 해 누군가에게 피해나 상처를 주기 때문입니다.

2. 〈이상한 선생님〉은 이솝우화의 〈박쥐 이야기〉와 비슷한 내용을 담고 있어요. 두 작품을 모두 읽고 공통 주제가 무엇인지 말해 보세요.

예시 답_ 박쥐는 들짐승과 날짐승이 싸울 때 어느 한쪽 편을 들지 않고 있다가 이기는 쪽에 붙는 기회주의적인 성격을 보입니다. 이상한 선생님이 일제강점기에는 일제에, 독립 후에는 미국

에 빌붙으며 강자 편에만 서는 기회주의적 속성을 보이는 것과 같습니다. 두 작품 모두 기회주의자를 비꼬는 방식으로 현실을 고발하는 주제 의식을 보여 주고 있습니다.

3. 우리 사회에서 기회주의자가 성공하지 못하게 하려면 어떻게 해야 할까요? 여러분의 생각을 솔직하게 표현해 보세요.

예시 답_ 매사에 투명하고 공정한 과정을 우선시해야 하며 정정당당한 사람이 대우받는 사회를 만들어야 합니다.

32. 〈꺼삐딴 리〉

※ 통합 사고력 문제

1. 북한은 세계적으로 가장 부패가 심한 국가 중 하나로 알려져 있어요. 그 이유는 무엇일까요?

예시 답_ 독립 후 소련 편에 섰던 기회주의자들이 김일성 일가를 중심으로 장기 독재 정권을 유지하고 있기 때문입니다.

2. 우리나라는 경제력으로는 세계적으로 상위권에 속하지만 청렴도 지수로는 중위권을 벗어나지 못하고 있습니다. 우리나라가 청렴도 지수에서도 상위권에 속하려면 어떻게 해야 할까요?

예시 답_ 나라와 국민을 생각하기보다 개인의 출세와 성공만을 생각하는 기회주의적인 지도자들을 가려내야 합니다. 우리나라는 민주주의 국가라 선거로 지도자를 선택할 수 있으니 정치에 관심을 갖고 적극적으로 투표에 임해야 할 것입니다.

3. 작가 전광용이 〈꺼삐딴 리〉를 통해 우리에게 들려주고 싶었던 이야기는 무엇일까요?

예시 답_ 친일파, 친소파, 친미파로 시대의 흐름에 맞춰 개인의 영달만을 추구하는 기회주의자를 비꼼으로써 우리 사회에 이와 같은 기회주의자들이 없어져야 한다고 역설하고 있습니다.

※ 한 번 더 생각하기

1. '꺼삐딴 리'라는 제목에 담긴 뜻이 무엇인지 써 보세요.

예시 답_ '꺼삐딴'은 '우두머리'를 뜻하는 영어

캡틴(Captain)의 러시아식 발음 '까삐딴'에 일본식 발음까지 가미된 표기입니다. 이는 친일파와 친소파, 친미파를 모두 아우른 기회주의자를 뜻하는 말입니다.

2. 지금도 우리 주변에는 '꺼삐딴 리' 같은 사람이 많습니다. 어떤 사람이 그런 사람에 해당할까요?

예시 답_ 공부는 잘하지만 힘센 사람한테 아부하면서 자기 욕심만 챙기는 사람이나 나라와 이웃은 생각하지 않고 자기 이익만 챙기는 사람입니다.

3. 기회주의자가 성공하는 나라는 부패할 수밖에 없습니다. 우리나라가 좋은 나라가 되려면 기회주의자는 결코 성공할 수 없게 해야 합니다. 그러기 위해서는 어떻게 해야 할까요?

예시 답_ 대통령이나 국회의원, 시장 선거 등에서 기회주의자들이 당선되지 못하도록 적극적으로 투표해야 합니다. 국민들이 깨어 있어야만 기회주의자들이 성공하지 못하도록 감시할 수 있습니다.

33. 〈치숙〉

※ 통합 사고력 문제

1. 일제강점기 사회주의자들은 많이 배운 사람들로 개인의 출세만 생각했다면 남들보다 잘살 수 있는 조건을 갖추고 있었습니다. 이들이 자신을 희생하면서까지 사회주의 실현을 위해 노력했는데 많은 사람에게 지지를 받지 못한 이유는 무엇 때문일까요?

예시 답_ 사회주의자들은 민족보다 계급을 우선으로 여기는데, 일제강점기는 우리 민족이 일본인에게 차별당할 때였습니다. 따라서 일반 사람들은 계급을 우선시하는 사상을 받아들이기 힘들었습니다. 또한 지식인들 중에는 말만 그럴듯하고 실제로는 자신들의 앞가림조차 제대로 못하는 사람들이 많았기 때문에 지지를 받기 힘들었습니다.

2. 현대에 와서 많은 사람이 사회주의를 부정적으로 생각하는 이유는 무엇일까요?

예시 답_ 사회주의 국가에는 절대 권력을 휘두르는 독재자가 많고, 빈곤과 부정부패 등의 문제가 많기 때문입니다.

3. 일제강점기에 조선인이 완벽한 일본인이 될 수 있었을까요? 그렇게 생각하는 이유는 무엇인가요?

예시 답_ 될 수 없었다고 생각합니다. 일제강점기에는 일본인이 조선인을 차별하는 정책이 많았는데 이것만 봐도 한국인은 일본인이 될 수 없었을 거라는 사실을 알 수 있습니다.

※ 한 번 더 생각하기

1. 대학에서 공부한 지식인인 사회주의자 아저씨를 배운 것이 없는 내가 한심하게 보는 이유는 무엇 때문인가요?

예시 답_ 대학까지 나왔는데 무위도식하며 일도 하지 않고 집안 경제조차 책임지지 못하기 때문입니다.

2. 조선인인 내가 완벽한 일본인인 황국신민이 되어 성공하려고 하는 신념의 가장 큰 문제점은 무엇인가요?

예시 답_ 우리 민족이 탄압받는 상황에서 나라를 침략한 무리에 복종해 한편이 되어 혼자만 잘 살겠다는 생각이 가장 큰 문제점입니다.

3. 사람은 한번 잘못된 사상이나 생각을 품으면 현실을 제대로 보지 못하는 바보가 된다고 합니다. 이 작품 속 나와 치숙을 예로 들어 이 말의 뜻을 설명해 보고, 이를 극복하기 위해서는 어떻게 해야 하는지 말해 보세요.

예시 답_ 치숙은 사회주의 사상에 빠져 현실을 제대로 인식하지 못했고, 주인공은 완벽한 일본인이 되겠다는 생각으로 자신이 겪는 일제강점기의 잘못된 현실을 제대로 파악하지 못했습니다. 이 둘 모두 잘못된 사상으로 현실을 제대로 인식하지 못했다는 공통점이 있습니다. 이를 극복하기 위해서는 자신의 생각이나 사상이 잘못된 것일 수 있다는 생각을 갖고 끊임없이 현실을 직시하며 새로운 것을 배우고 익혀 나가야 합니다.

34. 〈양반전〉

※ 통합 사고력 문제

1. 만약 여러분이 부자라면 군수의 판결에 어

떻게 대응했을까요? 또 그 이유는 무엇인가요?

예시 답_ 끝까지 양반이 되려고 노력했을 것입니다. 왜냐하면 평생의 꿈이었기 때문에 어떤 수모도 참을 수 있을 것이기 때문입니다.

2. 무능한 양반에게 해 주고 싶은 말을 써 보세요.

예시 답_ 양반은 자신의 신분만 믿고 평생 일은 하지 않고 살다가 가난해지자 자기 신분을 팔아먹습니다. 다른 사람들이 그토록 선망하는 계층으로 태어나는 행운을 얻었다면 감사하는 마음으로 열심히 살라고 하고 싶습니다.

3. 군수의 속마음을 상상해 보고 글로 써 보세요.

예시 답_ 돈으로 신분을 산 부자를 겉으로는 칭찬했지만 경제력을 내세워 양반 신분을 사려고 하다니 무척 괘씸하다. 저자가 아무리 돈이 많다고는 하지만 감히 양반 족보를 돈으로 산다는 것은 절대 있을 수 없는 일이다. 무슨 수를 써서라도 적극 막을 것이다!

※ 한 번 더 생각하기

1. 사람들이 자신의 처지에 만족하지 않는다면 어떤 일이 생길까요? 또 왜 그런 생각을 하게 됐나요?

예시 답_ 세상이 혼란스러워지고 서로 믿지 못하게 될 것입니다. 어른, 아이, 정치인, 종교인, 군인 모두 자기 자리에서 맡은 바 일을 성실히 하며 열심히 살아가면 살기 좋은 세상이 될 텐데 자신의 처지에 불만을 가지고 책임을 회피하면 사회는 어지러워지고 결국 자기 자신도 불행해질 것입니다.

2. 이 글의 작가처럼 누구를 비판해 본 적이 있나요? 그 이유는 무엇인가요?

예시 답_ 버스를 타려고 줄을 서 있는데 먼저 타려고 앞으로 가는 사람들을 보며 친구와 공공질서를 지키지 않는 사람들을 욕한 적이 있습니다. 서로가 자기 편의대로 살고 자신의 목소리만 낸다면 세상은 혼란에 빠져 많은 사람이 다칠 수도 있습니다. 따라서 힘들더라도 지킬 것은 지켜야 된다고 생각합니다.

3. 책임 의식이 부족한 사람들의 예를 들어 보

고 오늘날 우리는 어떤 책임 의식을 가져야 하는지 써 보세요.

예시 답_ 불량식품을 제조하고 판매하는 일부 제조업체들, 응급차나 소방차가 지나갈 때 비켜 주지 않는 얌체 운전자들, 집값 내려간다고 장애를 가진 친구들이 다니는 학교를 동네에 들어오지 못하게 막는 어른들은 책임 의식이 부족한 것 같습니다. 오늘날과 같이 복잡하고 긴밀하게 연결된 사회 구조 속에서는 특히 각자의 입장이나 이익만 생각하는 것이 아니라 사회 공동체를 생각하는 책임 의식이 필요합니다.

35. 《허생전》

※ 통합 사고력 문제

1. 친구와 생각이 맞지 않을 때 여러분은 어떻게 하나요? 그리고 그 이유는 무엇인가요?

예시 답_ 내가 옳다는 것을 주장하기 전에 행동과 결과로 먼저 보여 줄 필요가 있습니다. 여기 나오는 허생과 변 씨처럼 오랫동안 친분을 쌓고 우정을 나눌 수 있기를 바라기 때문입니다.

2. 세상을 바꾸려면 먼저 어떻게 행동해야 할까요?

예시 답_ 허생의 비판의식을 본받아 현실 세계에 꾸준히 관심을 가지고 자신에게 이익이 되는 일보다 사회를 변화시키는 일에 적극적으로 나선다면 우리가 사는 세상을 좀 더 살기 좋은 곳으로 만들 수 있을 것입니다.

3. 《허생전》을 주제로 노래를 만든다면 제목을 어떻게 짓는 게 좋을까요?

예시 답_ 세상을 바꾸자는 내용이기 때문에 비판적인 가사가 대부분일 것 같습니다. 〈내가 살고 싶은 나라〉 〈무인도에서 만나〉 〈무소유〉 〈정말 우리가 행복했을까〉 등 이외에도 핵심 내용이 들어가는 재미있는 제목을 만들 수 있을 것입니다.

※ 한 번 더 생각하기

1. 내가 만일 허생의 아내였다면 어땠을까요? 그리고 그 이유는 무엇인가요?

예시 답_ 돈은 벌지 않고 학업에만 열중하여 가족을 굶긴다면 화가 날 것입니다. 그러나 대화를 통해 각자가 할 수 있는 일을 정한다면 순조

롭게 해결할 수 있을 것입니다. 그 이유는 가족이기 때문입니다.

2. 허생은 군도를 데리고 빈 섬으로 들어가 새로운 사회를 만드는 실험을 합니다. 이를 도덕적으로 어떻게 봐야 할까요?

예시 답_ 빈 섬은 허생이 구상한 낙원을 구체적으로 표현한 공간입니다. 도둑들을 변화시켜 가족을 만들어 주고 열심히 일하며 살 수 있도록 해 주었기 때문에 도덕적으로 문제가 되지 않는다고 생각합니다.

3. 이완 입장에서 허생에게 하지 못한 말이 있다면 무엇일까요? 아래에 써 보세요.

예시 답_ 나는 한 나라의 신하며 한 군대의 대장이오. 우리나라는 오랜 세월 지켜 온 사대부들의 예법이라는 것이 존재하는데 어찌 청나라를 본받으라고 하시오? 엄연히 나라 간에 법도가 있는데 우리가 그들을 따라서 변발을 하고 호복을 입는다면 선조를 볼 면목이 없을 것이오. 당신이 내세운 세 가지 계책은 현실에 맞지 않소. 따라서 나는 당신의 의견에 동조할 수 없소.

36. 《홍길동전》

※ 통합 사고력 문제

1. 이 소설의 결말이나 내용을 바꾸어 보세요.

예시 답_ 허균은 홍길동이 조정에 잡혀서 죽는 것으로 결말을 지을 수도 있었습니다. 하지만 이야기를 이렇게 끝맺으면 차별과 억눌림 속에서 살아온 백성들의 희망은 사라져 버렸을 것입니다. 홍길동은 자신의 처지를 극복하고 호부호형할 수 있게 되었고, 당시 사회제도로는 꿈도 꿀 수 없었던 벼슬에까지 오르고, 마침내 한 나라의 왕이 되었습니다. 길동은 숨죽이고 지내던 많은 약자들에게 용기를 준 진정한 영웅입니다. 그래서 나는 결말이나 내용을 바꾸고 싶지 않습니다. 다만 홍길동이 사랑하는 연인과 갈등하는 장면을 추가한다면 또 다른 재미를 줄 것 같습니다.

2. 여러분도 홍길동처럼 간절하게 소망하는 일이 있나요? 있다면 그것을 이루기 위해 어떤 노력을 하고 있나요?

예시 답_ TV에서 세계의 오지를 다니며 봉사하는 의사들을 본 적이 있는데 상당히 가슴이 떨렸습니다. 나의 도움을 기다리는 누군가를 위해 기꺼이 달려가는 이를 보면서 나도 지금 하는 학업에 더욱 열중하여 꿈을 이루고 싶다는 생각이 들었습니다.

3. 유명한 의적으로는 누가 있을까요? 또한 의적이라고 하면 어떤 생각이 드나요?

예시 답_ 영국의 전설적인 의적 이야기인 《로빈 후드의 모험》을 재미있게 읽은 적이 있습니다. 로빈 후드가 부하와 함께 숲속에 숨어 지내며 나쁜 귀족과 사제 등을 습격해서 재물을 빼앗아 가난한 사람들에게 나누어 주는 내용이었습니다. 어렸을 땐 멋있어 보이고 정의롭게 느껴지기만 했는데, 지금은 실제로 이런 의적이 있다면 그의 법적 처벌을 두고 논란이 일어날 것 같습니다.

※ 한 번 더 생각하기

1. 홍길동이 오늘날 법정에 서게 된다면 어떤 벌을 받게 될까요?

예시 답_ 도둑질을 하고 사회 질서를 어지럽힌 죄, 나라의 재물을 훔쳐 백성에게 나누어 준 죄 등으로 중형이 구형될 것입니다. 그러나 많은 국민들이 그의 선처를 구하는 청원을 낼 것입니다.

2. 우리 시대의 사회적 문제로는 어떤 것들이 있는지 생각해 보세요. 또 그 문제를 해결하기 위해 어떻게 하는 게 좋을지도 생각해 보세요.

예시 답_ 조선 시대처럼 신분 차별이 심하지는 않지만 경제적 불평등이 심합니다. '금수저' 논란뿐만 아니라, 낙하산 취업, 연예인 군 면제 등 일부 사람들의 특혜로 많은 국민들은 허탈감에 빠질 수밖에 없습니다. 또 사장과 사원들 사이에, 정책을 결정하는 사람들과 국민들 사이에 자주 갈등이 일어납니다. 이런 일들을 막으려면 불평등을 막고 원칙을 지키는 자세와 잦은 소통으로 서로의 입장을 이해하려는 역지사지의 자세를 가져야 합니다.

3. 부모님과 세대 갈등을 겪은 적이 있나요? 그럴 때는 어떻게 해결하나요?

예시 답_ 홍판서는 길동이 호부호형하지 못하는 제도를 당연하게 여기지만, 길동은 받아들이지 못하고 갈등합니다. 나도 어려서는 아버지께서 말씀하시는 것들이 모두 옳다고 생각했지만 커 가면서 내 일에 간섭하시는 아버지와 자주 갈등을 겪습니다. 내가 입고 다니는 옷이나 방을 정리 정돈해 놓은 상태 등 모든 일을 마음에 안 들어 하셔서 사이가 멀어지고 대화도 단절된 적이 있습니다. 하지만 같이 운동을 하고 캠핑을 다니면서 서로의 마음을 솔직하게 터놓고 대화하여 이제는 서로를 이해하는 마음이 생겼습니다.

37. 《규중칠우쟁론기》

※ 통합 사고력 문제

1. 일곱 가지 규방 친구들처럼 친구들과 갈등을 겪은 적이 있나요? 그런 일이 있을 때는 어떻게 해결하나요?

예시 답_ 학교에서 수업이 끝나고 쉬는 시간에 장난을 심하게 치는 친구가 있는데, 자칫 잘못해서 싸움으로 번질 때가 종종 있습니다. 그럴 때는 그 친구에게 어떤 점이 화가 났는지 솔직하게 말해 갈등을 해결합니다.

2. 평소 소중하게 여기고 아끼는 물건이 있나요?

예시 답_ 나는 학생이라 공부할 때 꼭 필요한 필기도구를 소중하게 여깁니다. 이름도 적어 놓고 아끼면서 쓰다가 잃어버리면 속상해서 마음이 아픕니다.

3. 여러분은 다른 친구 혹은 다른 형제자매보다 사랑받지 못한다고 느낀 적이 있나요? 그럴 때 어떤 마음이 들고 또 어떻게 하나요?

예시 답_ 열심히 한다고 했는데 선생님께서 다른 친구만 칭찬하시거나 똑같이 집안일을 했는데 부모님이 형이나 누나만 칭찬했던 적이 있습니다. 처음에는 정말 속상하고 억울해서 화를 냈지만, 이런 일이 몇 번 되풀이된 뒤에는 이유를 여쭤 보고 내 생각도 말씀드려 오해를 풀게 되었습니다.

※ 한 번 더 생각하기

1. 나는 일곱 가지 규방 친구들 중 어떤 인물이 되고 싶은지, 또 그 이유는 무엇인지 여러분의 생각을 써 보세요.

예시 답_ 감투 할미가 되고 싶습니다. 내가 해야 할 일을 잘하면 마음이 편하기도 하고, 계속 같이 지낼 친구들 모두를 대신해 솔직하게 잘못을 시인하며 규중 부인에게 잘못을 비는 용기도 있기 때문입니다.

2. 친구들 앞에서 내가 최고라고 잘난 척한 적이 있나요? 그럴 때 친구들과의 관계는 어땠나요?

예시 답_ 성적이 잘 나온 날 친구들 앞에서 자랑한 적이 있습니다. 그런데 시험을 잘 못 본 친구에게 내 행동이 상처가 되었는지 며칠 동안 그 친구가 내게 말을 하지 않아 관계가 서먹서먹해졌습니다. 먼저 화해하는 것이 공동체 생활에 있어 꼭 필요하고 현명하고 원만한 방법인 것 같아서 잘못을 사과하고 이후부턴 말조심하게 되었습니다.

3. 경쟁으로 인해 힘들었던 경험이 있나요? 그럴 땐 어떻게 해결하는 게 좋을까요?

예시 답_ 수학경시대회를 할 때 수학을 잘하는 다른 참가자들을 이겨야 한다는 생각에 너무 힘들었습니다. 이럴 때는 일단 최선을 다하되, 다른 사람과의 경쟁에 신경 쓰기보다 자신이 정해 놓은 목표를 이루는 데 초점을 맞추는 것이 좋습니다. 그래야 승패를 떠나 자신감과 성취감을 맛볼 수 있고 실패하더라도 다시 일어설 수 있는 지혜를 얻을 수 있습니다.

38. 《박씨전》

※ 통합 사고력 문제

1. 박씨 부인처럼 가까운 사람들에게 외모로만 평가받은 적이 있나요? 그럴 땐 어떻게 했나요?

예시 답_ 내가 키가 작고 말라서 힘이 없을 거라 생각하고 친구들로부터 무시당한 적이 있습니다. 그래서 체육 시간에 달리기를 할 때 있는 힘껏 달려 1등을 해 내 체력이 남들 못지않다는 것을 보여 주었습니다.

2. 만약 집안에 안 좋은 일이 생기면 어떻게 할 건가요? 그리고 그렇게 하는 이유는 무엇인가요?

예시 답_ 내가 할 수 있는 일을 찾아서 최선을

다해 어려움을 이겨 낼 것입니다. 사람마다 각자 자기의 역할이 있기 때문입니다.

3. 남자라서 혹은 여자라서 억울한 일을 당한 적이 있었나요? 그럴 때 어땠나요?

예시 답_ ① 남자라서 울면 안 되고 늘 씩씩해야 한다. 책걸상을 강당으로 옮기는 작업은 남자가 해야 한다는 말을 들을 때 이해할 수 없었고 공평하지 않다는 생각이 들었습니다.
② 부모님이나 어른들이 여자니까 치마를 입어야 한다. 딸이니까 집안일을 해야 한다고 말할 때 억울한 적이 많았습니다.

※ 한 번 더 생각하기

1. 여러분이 생각하는 이 시대의 영웅은 어떤 모습인가요?

예시 답_ 나라가 위기에 처했을 때 자신의 안위만 생각하지 않고 앞에 나서서 용기 있게 싸울 수 있는 사람이 진짜 영웅입니다. 군대에 가서 나라를 지키는 형이나 오빠, 광장에 모여서 정의를 위해 목소리를 내는 시민, 장애인 친구의 손과 발이 되어 주는 짝꿍, 혼자 사시는 분들의 친구가 되어 주시는 봉사자 모두 영웅이라고 생각합니다.

2. 주인공같이 어려움이 닥쳤을 때 앞에 나서서 해결한 적이 있나요? 아니면 뒤에 숨어 모른 척했나요?

예시 답_ 동생이 부모님께 억울하게 혼이 나는 걸 보고도 나도 같이 혼날까 봐 모른 척한 적이 있습니다. 지금 생각하면 동생에게 미안하고 제 자신이 부끄럽습니다. 이제 잘못된 일이나 옳지 않은 일을 보면 스스로 나서서 바로잡도록 할 것입니다.

3. 나만의 '피화당'이 있나요? 있다면 그건 어떤 의미인가요?

예시 답_ 나의 방입니다. 공부가 잘 안 되거나 친구와 갈등이 있을 때 방에서 혼자 음악을 듣고 있다 보면 마음이 편안해집니다. 그곳은 나만의 마음의 안식처입니다.

39. 《심청전》
※ 통합 사고력 문제

1. 부모님에게 효도한 경험이 있나요? 그때 어떤 마음이 들었나요?

예시 답_ 할아버지께서 돌아가신 후 슬퍼하시는 부모님을 봤을 때 마음이 너무나 아파서 내가 해야 할 일은 스스로 알아서 잘하려고 노력했습니다. 부모님께서 이런 노력을 칭찬해 주셔서 마음이 뿌듯했습니다.

2. 일이 잘 안 풀릴 때 여러분은 어떻게 해결하나요?

예시 답_ 일단 친구들과 풀어 보려고 노력합니다. 하지만 그렇게 해서도 해결할 수 없을 때는 부모님, 선생님 같은 가까운 주변 어른들과 상의하여 문제를 풀어 나갑니다.

3. 심청이가 정말 효녀라고 생각하나요? 그렇다면, 혹은 그렇지 않다면 그 이유는 무엇인가요?

예시 답_ 앞 못 보는 아버지를 혼자 놔두고 깊은 바닷물에 몸을 던진 심청이가 이해되지 않습니다. 자신의 허황된 약속 때문에 어린 딸이 죽었으니 아버지의 심정이 어땠을지 생각하면 마음이 아픕니다.

※ 한 번 더 생각하기

1. 내가 심청이었다면 물에 빠지지 않고 어떤 방법으로 효도를 했을까요?

예시 답_ 스님에게 솔직하게 말씀드리고 사과한 후 일생을 아버지 곁에서 봉양하며 살았을 것입니다. 그것이 아버지의 마음을 편안하게 하는 길이기 때문입니다.

2. 심청이처럼 고통을 겪을 때 누군가와 상의하지 않고 혼자 결정한 적이 있나요?

예시 답_ 문제가 생겼을 때 답이 보이지 않아 혼자 고민하며 결정했던 경험이 있습니다. 그러나 곧 후회하고 말았습니다. 친구들과 오해가 생겨서 일이 더 안 좋게 풀렸기 때문입니다.

3. 최근 효와 관련된 일화 중에 생각나는 일이 있으면 써 보세요.

예시 답_ 마산의 한 여고생이 간경화로 시한부 인생을 살아가는 아버지에게 자신의 간을 이식해 준 일이 있었습니다. 이 여고생은 "자식으로서 도리를 다했을 뿐이고 아픈 아버지에게 간을 떼어 준 것은 당연한 일"이라며 아버지가 건강하게 오래오래 살아 주는 일밖에 더는 바랄 것이 없다며 눈시울을 붉혔다고 합니다. 이 기사를 보며 나 자신을 돌아보게 되었습니다.

40. 《토끼전》

※ 통합 사고력 문제

1. 이 작품을 통해 여러분은 어떤 교훈을 얻었나요?

예시 답_ 이 작품에는 용왕으로 대변되는 지배 계층이 군자로서의 덕을 보여 주기를 바라는 민중의 바람이 반영되어 있습니다. 자라를 통해서는 당대 지배 이데올로기인 무조건적인 충성심의 어리석음을 비판하고 있습니다. 또 토끼를 통해서는 어려움을 극복하는 지혜를 보여 주며, 분수에 넘치는 헛된 욕심을 경계하라는 교훈을 주고 있습니다.

2. 왜 하필 토끼의 '간'이었을까요? 여러분의 생각을 써 보세요.

예시 답_ 누구도 간 없이는 살 수 없습니다. 그러므로 간은 인간의 존엄성, 훼손될 수 없는 소중한 가치를 상징합니다. 즉 토끼의 간은 권력의 폭력과 착취로부터 살아남고자 투쟁하는 민중들의 생명력이라고 할 수 있습니다. 토끼가 기지를 발휘해 간을 빼앗기지 않고 살아남는 결말은 민중들은 어떤 고난 속에서도 생명력을 지키며 끈질기게 살아남는다는 사실을 보여 줍니다.

3. 토끼를 놓친 자라의 속마음은 어땠을까요? 이야기로 만들어 재밌게 표현해 보세요.

예시 답_ 닭 쫓던 개 지붕 쳐다본다고 토끼의 말을 믿은 내가 참으로 어리석었다. 용왕님을 무슨 면목으로 뵌단 말인가? 나는 목숨을 걸고 육지로 나왔지만 토끼에게 당하기만 하였구나. 빈손으로는 도저히 용궁으로 돌아갈 수 없으니 이제 어디로 가야 한단 말인가. 이럴 때 토끼라면 어떤 꾀를 낼지 심히 궁금하구나.

※ 한 번 더 생각하기

1. 내가 용왕이었다면 어떻게 했을까요? 그리고 이유는 무엇인가요?

예시 답_ 내가 곧 죽게 되더라도 백성의 목숨을 노리는 행동은 안 할 것입니다. 왜냐하면 명예롭게 죽는 것이 임금으로서의 도리이기 때문입니다.

2. 우화소설 중에 인상 깊게 읽은 다른 작품이 있나요? 그렇다면 그 이유는 무엇인가요?

예시 답_ 〈장끼전〉을 재미있게 읽었습니다. 동물들끼리 감정을 교류하는 게 인간 사회와 비슷해 우화소설을 좋아합니다. 소설 속에 등장하는 동물들의 성격을 인간들과 비교해 가며 읽으면 더욱 재미있습니다.

3. 《토끼전》을 뉴스 기사의 헤드라인으로 뽑는다면 어떤 제목으로 하면 좋을지 생각해 보세요.

예시 답_ '토끼, 죽음에서 살아나다', '내가 사는 곳이 최고', '바다와 육지 동물의 대결', '용왕, 욕심부리다 결국 죽음을 맞이하다' 등 인물들을 중심으로 줄거리의 핵심이 들어가게 지으면 좋을 것 같습니다.

교과서
한국소설
핵심읽기

초판 1쇄 발행 2018년 11월 26일
개정판 1쇄 발행 2025년 4월 23일

지은이 한국독서철학교육연구소 강민선 · 고원재 · 김민주 · 선정완 · 이영호 · 이인환
펴낸이 이범상
펴낸곳 (주)비전비엔피 · 애플북스

기획편집 차재호 김승희 김혜경 한윤지 박성아 신은정
디자인 김혜림 이민선 인주영
마케팅 이성호 이병준 문세희 이유빈
전자책 김희정 안상희 김낙기
관리 이다정
인쇄 위프린팅

주소 우)04034 서울시 마포구 잔다리로7길 12 (서교동)
전화 02)338-2411 | **팩스** 02)338-2413
홈페이지 www.visionbp.co.kr
인스타그램 www.instagram.com/visioncorea
이메일 visioncorea@naver.com
원고투고 editor@visionbp.co.kr

등록번호 제313-2007-000012호

ISBN 979-11-92641-84-3 44800
     979-11-92641-82-9 44800 (세트)